534

欢迎登录本刊主办的"故

故事会

— STORIES —

2013年5月
上半月刊·红版

社 长、主 编：何承伟
副社长：夏一鸣
常务副主编(兼黄版负责人)：吴 伦
副主编(兼红版负责人)：姚自豪
本期责任编辑：吕 佳
电子邮箱：lujia411@yahoo.com.cn

红版发稿编辑：
姚自豪 石莎莎 李 丹 丁娴瑶
美术编辑：王怡斐
电脑制作：郭瑾玮
本社办公室电话：021-64375030
上半月刊编辑部电话：021-64310547
下半月刊编辑部电话：021-64336469
(上海市绍兴路74号 邮编：200020)
主管、主办：上海世纪出版集团
出版单位：《故事会》编辑部

发行范围：公开

出版、发行总监：张 凯
电话：021-64313938
广告业务：上海故事会文化传媒有限公司
广告总监：张 淮
广告业务：021-34010383
广告投诉：021-64333738
广告经营许可证
沪工商广字3100320080016号
国外发行：中国图书贸易总公司
印刷：上海文艺大一印刷有限公司
发行：上海市报刊发行局
江苏省报刊发行局
国内代号：4-225 定价：3.00元

特别提示： 凡本刊录用的作品，即视为本刊已获得该作品与《故事会》相关的网上传播、汇编出版、电子和录音像制品等权利。本刊向作者支付的稿酬，已包含了上述各项权利的报酬，如有特殊要求，请提前说明。

珍 重

有一对夫妻要离婚了，办手续那天，女的让男的像当初把她抱回家那样，把她抱出门。男的答应了，按她说的将她抱下了楼。临分手时，男的脸色不大好，只说了两个字："珍重！"女的听了这两个字，感觉对方其实还是爱自己的，于是一直期待复合。

直到有一天，女的听说前夫又谈恋爱了，她忍不住去质问。前夫想了半天，说："哦，你说那事啊，那天我是累着了，说的是：真重！"

（鱼多多）

（本栏插图：包丰一）

迟到理由

有个同学，一星期里迟到了好几次，每次都找借口骗老师。第一次骗老师自己头疼，第二次骗老师自己肚子疼……这天，她又迟到了，老师直接问她哪疼。同学没想好，一下子说不出话来，愣在那里。

老师叹了口气，对这同学道："不用说了，看你这样子，多半是嗓子疼。"

（王瑞玲）

机 会

一个女孩带着3岁的小表弟去逛街。在商场上厕所的时候，女孩担心小家伙被人拐走，就想拉他一块儿进女厕。哪晓得，小家伙死活不进去，还奶声奶气地说："妈妈说，我是男孩子。"

女孩快憋不住了，一着急，憋出一句话来："快进去，你长大以后就没机会进了！"

（汪 杰）

没法举手

妈妈去幼儿园接女儿，见女儿一副不高兴的样子，就问她怎么了。女儿说："今天老师批评我了，说我上课不举手。"

妈妈忙问怎么回事，女儿说："老师说，在家是自己叠被子的举手，我没有举手；老师又说，是爸妈叠被子的举手，我还没举。"

妈妈说："你两次都没举手，难怪老师批评你呢！"

女儿争辩道："可是，我们家从来都不叠被子呀！"

(王国良)

这叫什么事

老爸说起当年结婚，女方要求"四大件"，俗称"三转一响"。儿子问什么是"三转一响"，老爸笑道："三转是自行车、缝纫机、电风扇，一响就是收音机。"

不料儿子说："老爸，和我女朋友要的'新四大件'比，你这差远了。"

老爸忙问什么是"新四大件"，儿子叹了口气，说："新四大件俗称'一动不动，万紫千红'。一动是汽车，不动是房子，万紫是一万张五元人民币，千红就是一千张百元大钞。唉！就是把我卖了也凑不齐啊，老爸，你说啥也要帮帮忙呀！"

(圣水泉)

不是那个意思

春节前，小王去姐姐家吃饭，饭桌上他连声埋怨他们公司，说年底的奖金比他预想的差很多。饭后，小王起身告辞，姐姐的儿子跑到小王面前，小声说："舅舅，要不今年的红包……"

小王一阵感动，赶紧说："宝贝，放心，不会少了你的。"

没想到那小子说："舅舅，我不是那个意思……我是想说，你要是手头紧，就别买红包了，直接把钱给我就行啦！"

(幸福花开)

以买书的名义

男孩特别爱玩玩具，为买玩具浪费了不少钱，于是爸爸与他约定：凡是买玩具一律不给钱，凡是买书大力支持。

这天，男孩又问爸爸要钱，说要买本书。一听要买书，爸爸十分大方地给了钱。到了晚上，爸爸问男孩："你买的书呢？让我看看！"

男孩回到房间，拿来一本小册子，爸爸一看，竟然是本"手掌游戏机说明书"，就责问道："这就是你买的书呀？"不料男孩振振有词地说："说明书也是书呀，只不过人家商店附带给了一个手掌游戏机！"

（王 复）

监管

老婆要减肥，下决心不再吃肉，让老公监督。那天，夫妻俩去朋友家吃饭，朋友做了最拿手的"走油肉"，不多不少，每人一片。老婆馋得不行，强忍着不吃。谈笑间，老公突然帮老婆夹了一片肉。朋友笑道："看你俩，都老夫老妻了还这么恩爱。"于是，老婆特幸福地一饱口福。

回家路上，老婆假意埋怨老公："不是让你监督我吗，你怎么还给我夹肉吃？"老公一脸委屈："唉，那肉特别香，我又不好意思吃两片，只好将你那片夹给你，原指望你说不吃，给我吃，可没想到你实在太馋，竟不管不顾地吃了！"

（佑 依）

做榜样

有个大学生，寒假里天天睡到中午才起来。他弟弟在上高三，每天一大早就起床学习，辛苦无比。

妈妈看不下去，对大学生说："你是哥哥，得给弟弟做出榜样。"

大学生认真地说："我不是正在给他做榜样吗？"见妈妈不明白，他继续说："弟弟现在特羡慕我，我就是要让他明白，只要好好努力考上大学，他也可以天天睡懒觉！"

（极品咖啡）

6

超强六合一

一天晚上，健身教练和朋友小胖一起吃夜宵。吃完后，健身教练炫耀地撩起衣服，摸着肚子说："看我的六块腹肌！"没想到小胖也撩起衣服，说了一句让所有人笑喷的话："看我的，超强六合一！"

（水中鱼）

套圈

夫妻俩去逛庙会，看到有个套圈的摊子，摊主是个中年大叔。老公买了个圈让老婆玩。老婆很开心，说要套个大娃娃回来，说着一个圈丢出去，没想到套中了摊主的秃头。

摊主大叔幽怨地看了两人一眼，说："妹子，有老公了就不要调戏大叔了好吗？"

（千重）

比喻

很多人喜欢用动物比喻女友，有个男人也给老婆编了一段："狗熊腰，老虎背，大象腿；文的眉，漂的嘴，爱臭美。"

编完后他念给老婆听。老婆大怒，狠狠给了男人几拳，然后问："你现在这叫什么？"男人哭丧着脸说："金钱豹的皮和熊猫的眼……"

（姜宝龙）

寓意

情人节那天，夫妻俩去公园散步。妻子看到一个女孩儿幸福地依偎在男孩儿怀里，手里捧着一束很有创意的"花"，每朵"花"都是一只可爱的布偶熊。

妻子羡慕地对丈夫说："好浪漫啊！"没想到丈夫说："羡慕啥啊？寓意一点也不好。"妻子问是啥寓意，丈夫来了一句："寓意就是——'瞧你那熊样儿'！"

（汪杰）

（本栏欢迎来稿，读者、作者可将有新鲜感、有精彩细节的笑话佳作投寄给我们。来稿一经采用，最高稿费为100元。本期责任编辑电子信箱：lujia411@yahoo.com.cn）

年少时的好事坏事，过后想起来都很浪漫……

美丽糖纸

□ 芦宏伟

那一年，小伟14岁，上初二。也不知道是从哪一天开始，小伟觉得班上一个女生蛮特别的，她叫郑丽，比小伟大一岁。郑丽笑起来的时候，小伟觉得，仿佛整个世界都笑了。

小伟知道，郑丽的爱好是收集糖果的包装纸。这天，小伟装作跟往常一样，双手插在裤兜里，从教室门口走向自己的座位。其实，小伟很紧张，手心里都是汗。经过郑丽的座位前，小伟将左手从兜里快速地拿了出来，把什么朝郑丽桌上一扔，说了句："给你！"

那是一张塑料糖纸。正在埋头看书的郑丽，一下瞪大了眼睛，惊喜地叫道："是大熊猫图案，这种图案没有见过耶！"坐在她后面的小伟若无其事地说："我姑姑从北京带回来的，咱们这儿根本没有！"

郑丽拿着熊猫糖纸正面反面看了几遍。小伟见郑丽爱不释手的模样，心里像照进了一道阳光，却故意摆出一副无所谓的表情，说："我家里还有其他的，只是我妈怕我坏牙，每天只给我一颗糖吃。"

第二天，小伟又带给郑丽一张新的糖纸，第三天，又是一张。一连几天，郑丽都收到小伟送她的糖纸。可是郑丽不知道，这些糖纸是小伟跑遍了小县找来的。

终于有一天，郑丽拿到小伟的一张糖纸，说："这张我早就有了呀！"小伟心里"咯噔"一下，假装不耐烦地说："我姑刚从北京带来的，你怎么会有？"郑丽说："是真的呀！我小学五年级时就已经有

8

了。"

小伟心里七上八下的直打鼓，还嘴硬："可能……可能是咱们这儿从北京进的货吧！"郑丽诧异地说："可是糖纸上写着'上海产'啊！"

"你怎么这都不懂！"小伟的语气很强硬，"上海那么远，产的糖果到我们这里来，总要经过北京，这都不懂，哼！"郑丽不再说话，过了一会儿，小声说："对不起哦！"

从此，小伟不敢再去找糖纸送郑丽了。时间悄悄地溜走，这天，小伟听班上同学说，郑丽要转学了，还是转到外地的学校。听到这个消息，小伟脑子里乱作一团，一整天老师讲的什么都没有听进去。

晚自习时，学校突然停电了，教室里漆黑一片，学生们叽叽喳喳聊起天来。小伟拿笔帽捅了捅前面郑丽的后背，说："喂，听说你要转学，还是去外地？"黑暗中，郑丽似乎扭过头来，轻轻"嗯"了一声。

原来是真的，小伟心里顿时涌出一阵难言的酸楚，瓮声瓮气地说："外地有什么好啊？"郑丽说："我爸妈工作调到郑州，我如果不随他们去，就要住姑姑家了……"

接着，小伟和郑丽都不吭声了。教室里乱了一阵后，又亮堂起来。一整个晚上，小伟都不知道自己在做些什么，眼眶总是不由自主地湿润。

几天后，郑丽对小伟说："火车票买好了，这个月27号的。"小伟没有说话，把脸转向一边，望向远处。

郑丽上课一直上到26号，26号下午放学时，小伟走到郑丽跟前，说："明天我去送你吧！"郑丽说："我跟爸爸妈妈一起呢，你怎么送呀？"小伟说："我问过大人了，你坐火车去郑州，还要跫回来从咱们县经过，我就在咱们县等你……"

这时，两人走到了校门口，郑丽的爸爸正等在那。小伟突然迅速从兜里拿出几颗糖果，塞到郑丽手里，说："给，你路上吃吧。"说完，看了郑丽一眼，扭头便走了。

27号天气晴朗，郑丽随着爸爸妈妈上了火车，火车很快开动了。郑丽拿出小伟昨天送的糖果，放在桌子上把玩。那是六种不同的糖果，郑丽看着糖果，就会想到小伟。看着想着，突然，郑丽似乎听到有人喊她的名字，是小伟的声音！郑丽呆了一呆，朝窗外望去，竟然看到小伟站在火车道外面的田地里，正扯着嗓子大喊郑丽的名字。

原来，小伟打听到了郑丽的发车时间，算了火车经过的时间，来到一处火车经过的田地等郑丽。看到有火车驶来，小伟就放声大叫。

"小伟，我在这里，我在这里！"郑丽也喊了起来，把脑袋和胳膊伸出窗外，拼命朝小伟挥手。小伟慌忙奔跑着追来，一边追一边喊："郑丽，我给你的糖，你吃了吗？"

郑丽心想：我怎么舍得吃呢？吃完就没有了呀！这时，小伟虽然努力追赶，仍然离火车越来越远，郑丽忍不住流下了眼泪。她忘了手里还握着糖果，等她想起来，剥开糖纸一看，六颗糖果被攥成一团，已经快融化了。

郑丽转学后，小伟仍旧保留着收集糖纸的习惯。他见到新鲜的糖纸，便拿回家里，替郑丽保存起来，心里想着等下次见面送给她。可是，郑丽一直没有回来。

转眼，小伟上高二了。这天下午，小伟去书店买资料，无意间一扭头，看到一个熟悉的背影。小伟的心狂跳起来：这背影实在太像郑丽了，真的会是她吗？这时，那个女孩回过头来，看到小伟，她惊喜道："小伟，是你吗？"原来真的是郑丽回来了。

两人到外面找了一个露天冷饮摊坐了下来。郑丽说，她回来半年了，回来后整天忙功课，初中的同学都没有联系到，也没有时间去联络。

小伟听着，心里有许多话想说，最终却都没有说，只是问："你现在还收集糖纸吗？"郑丽苦笑了一下："学习这么紧张，我爸要我考北京的大学呢，哪还有时间去想这个！"

小伟说："我这里有一大把糖纸，你要不要？"郑丽瞪大了眼睛，说："好呀，你给我吧。"

小伟笑道："你想得美呢！我攒了那么多年，一下给你不是太亏了吗？我要一张张给你，每给一张，就让你请一次客！"小伟也在成长，开始学起了幽默。

"那好！"郑丽也笑道，"请客的事情我先记账，等我大学毕业挣钱了，一次次还清你。"小伟说："你家住哪里，我每天去送你一张。"郑丽说了家里的街道和门牌号。小伟一听，叫起来："我去上学，正好要经过你家呢！"

郑丽说："那你上学时，放一张

糖纸到我家门前的茉莉花盆里吧。"那时候，林志颖的歌《十七岁的雨季》正红，很多孩子学着歌里唱的那样，在自家门前摆上一盆茉莉花。

从这以后，小伟每天早上便多绕一条街，经过郑丽的门前。小伟说是"正好经过"，其实要多走二十分钟的路程呢！

郑丽特意在茉莉花盆里放了一块鹅卵石，小伟便将糖纸压在鹅卵石下面。将糖纸放好后，小伟总会朝郑丽家的大门看一会，心里想，郑丽就在家里吧，她起床了吗？

一个多月后，小伟放糖纸时，见鹅卵石下有一张纸条，是郑丽给他的留言："小伟，你暴露啦！邻居王伯每天晨练，他告诉我爸有个小子总在我家门前鬼鬼祟祟，我爸要

抓人了！"

小伟留纸条给郑丽："那我不来了，咱们北京见吧，我也要报考北京的大学。记着，北京见！"

小伟在班上的成绩只是中等，自从留了那张纸条，他便开始拼命学习。到了高三，小伟终于上升到了班级前五名。高考揭榜，小伟顺利地考进了北京的一所重点大学，而郑丽，也如愿以偿地考上了同一所大学。

两人一起买了去北京的火车票。火车上，两人说话不多，只是常常望着对方，然后就莫名其妙地笑了。小伟问郑丽："那年你去郑州，我送你的糖，你吃了吗？"郑丽说："吃了呀！"小伟问："那你……怎么想的？"郑丽说："什么怎么想，很感动啊，糖都化了，可粘牙呢！"

"糖都化了……"小伟怔住了。

郑丽看着窗外不断倒退的风景，轻声说："那时候，挺想有个……有个要好的同学跟我说，不要走，然后我就不走了，哪怕住在姑姑家……"

小伟叹了口气，想一想，又"扑哧"笑了。小伟没有说，那次，自己用针在每颗糖果上都刻了一个字，六颗糖果六个字，合起来便是：你不要走了吧。

糖融化了，郑丽没看到。想来青春就是这样，有缺憾也有无悔……

（题图、插图：安玉民 梁 丽）

莫逆之交

□ 佘远香

葵花中学后面有座山，丛林中掩映着一座庙宇，与教学楼正好遥遥相望。这天黄昏，校长常在云到后山去散步，走到山脚下的泉眼附近，与来取水的慧觉和尚不期而遇。两人聊了一会儿，一见如故，大有相见恨晚之意，直到太阳落山，才依依惜别。从此之后，常在云几乎每天这个时候，都要去后山与慧觉会面清谈。

不久后，常在云去市教育局参加为期一周的学习。这天，他刚走出会议楼，突然一个人拦在他面前，原来是书商张老板。张老板拉着常在云来到一旁的山林里，压低声音道："常校长，我给你送财运来了。"随即从包里拿出一叠教辅书，对常在云道："这套书标价九十八元，我只收六十八元，你们学校近千个学生，想想看，可以赚取多少差价？"

常在云心里疑惑，以往张老板销售给他的书籍资料，都是一口价，今天是怎么回事？他翻开书本仔细地看了看，才发现原来这是一批盗版印刷品，纸质粗糙，字体粗细不均，还夹有不少错别字。常在云心想，这些东西卖给学生，不是误人子弟吗？正想拒绝，突然想起一件事：母亲最近要做手术，医疗费还差三万块，如果卖了这批书，正好可以把钱凑齐。可是，万一此事传出去，自己一生的清誉就全毁了……

张老板是个狡猾的人，察言观色，很快就猜出了常在云的顾虑。他拍着胸脯道："常校长，你尽管放心，我保证书价的事，天知地知，你知我知，世上再也没有第三个人知道。"

常在云犹豫再三，最终禁不住眼前的利诱，答应了下来。

一周后，常在云回到了学校。这天傍晚，他又来到后山散步，想跟多日不见的慧觉聊会儿天。可是，常在云在林中走了好几圈，左等右等，始终不见慧觉的身影。眼见天色渐渐暗下去，他只得怅然地回到学校。

常在云留意观察了两天，都未见到慧觉的身影，他是云游去了，还是出了什么意外？常在云有点担心，就往山上的寺庙走去。刚走到庙门口，他就看到慧觉挑着一担水，从寺庙西面的山坡走上来。常在云很意外，慧觉怎么改到这边取水了？这条路是颇为陡峭的石道，比东边靠学校的那面山坡难走多了，路途也离寺庙更远些。

眼见慧觉越走越近，常在云正想上前问个明白，就在此时，一个可怕的念头闪过他的脑海：慧觉此举一定是在故意躲避自己！可是，他为何突然对自己避而不见呢？常在云细细回想，自己去市里的前一天还和慧觉见过面，两人相处得好端端的，并未产生芥蒂，难道就在

离开的这段日子里，他对自己产生了什么误会？

想着想着，常在云心里不由得一惊：一定是因为那批盗版书的缘故！或许慧觉发现了自己的秘密，便不想与自己交往了。

明白了慧觉的心思，常在云顿时心慌意乱起来。他不敢跟慧觉碰面，匆匆闪身下山了。不过，常在云感到很困惑，那批书张老板今天刚送到，还好好地躺在自己办公室里，老师和学生都未见过，慧觉究竟从何而知呢？莫非真的头上三尺有神明，他用佛眼发现了此事？

晚上，常在云躺在床上，听着寺院那边隐约传来的木鱼声，辗转难眠。心事重重地过了几天，最后，常在云终于受不住内心的折磨，把书又悉数退还给了张老板。虽然这么一来，常在云又要为筹钱的事到处奔波了，可他心里却感到无比轻松。

过了几天，常在云突然听到有人在敲屋子的后窗，开窗一看，惊喜地发现慧觉正挑着水桶站在窗前。慧觉看着常在云，大声道："常施主，多日不见，别来无恙吧？走，咱们到林里散步去！"

常在云听着这热情的话语，眼睛一热，觉得嗓子眼里有什么东西堵得难受。他心里明白，这是慧觉知道自己改正了错误，原谅了自己，又要重叙旧谊了。于是，常在云忙大声答应着出了门。两人再次见面，都心有默契地不提过往之事，只是无拘无束地畅谈。

一个月后，教育局的李局长来葵花中学检查工作，并带给常在云一个好消息——上面很快就要调他到市里去当副局长了。常在云一听，不由又意外又惊喜，只听李局长对他道："你知道局里为什么选中你吗？"常在云摇摇头，在市里这么多所学校的校长中，他确实不能算是最有实力的。

李局长微笑着对常在云道："本来，这次市里有几个校长都在考虑之列，可是据我们调查发现，这些人最近都引进了一批盗版的学习书籍卖给学生，从中牟取暴利，只有你例外，拒绝了书商。"

常在云听完，背上冒出了冷汗，原来上级早已在关注这件事了，幸好自己悬崖勒马，不然不仅升不了职，连现有的职位都难保了。

临去教育局上任前，常在云买了一罐上好的铁观音，来到寺里向慧觉辞行。两人坐在大殿里，边聊天边煮茶。茶沸后，常在云斟了满满两杯，然后端起茶杯，郑重地对慧觉道："我要敬大师一杯。感谢你暗中点拨，使常某没有铸下大错，才有了今日之幸。"

慧觉却不解地问道："施主荣升，是靠自身的本领，与贫僧何干呢？"

常在云以为慧觉谦逊，于是就把事情的经过讲了一遍，末了，他感慨地道："当初若不是大师有意疏离，常某又岂会幡然悔悟呢？大师当然对我有恩了。"

慧觉听完，哈哈一笑，道："施主果真是弄错了！贫僧一向相信你的为人，从没怀疑过你，这事纯属巧合罢了。"他告诉常在云，只因当时正值暮春，林中落英缤纷，每次他挑水经过树林，都会有残花败絮落入桶中，把泉水弄脏，难以泡茶。于是他就选择了从都是山石的西坡

速 度 （潘胜奎 编绘）　　　（《故事会》漫画版精品选登）

下山去挑水。而后来落花时节已过，他就又回到东山坡来取水了。

常在云听完，这才恍然大悟，正待说话，却见慧觉站了起来，双手端着茶杯，郑重地对他道："施主，现在贫僧要敬你一杯，聊表谢意。"这回轮到常在云糊涂了，忙问："大师要谢我什么？"

慧觉道："你因我对你的态度，而反思自己的行为、改变自己的做法，说明你把我当成了真正的朋友。贫僧要谢谢施主的这份厚爱！"

常在云一听，想了想，觉得这话也确实有理。于是两人相视一笑，都端起茶杯一饮而尽……

（题图、插图：安玉民　梁　丽）

故事会■新浪 微故事大赛

@ 茹纤的梦：小外孙坐在客厅若无其事地吃着苹果，这本是我想要的，可作为外公看他对妈妈毫无留恋又心有不甘：想妈妈吗？他愣了下，咧嘴笑了：妈妈让我每天高高兴兴地替她吃一次水果，妈妈走了，以后我照顾您。他又低下头专注地吃苹果，大颗泪滴滚落在苹果上，手背上，地板上……我真想狠抽自己嘴巴。

@ 正版无字仓颉：狱警问：想吃点什么？他知道，自己的大限到了。他想了想说：妈妈做的白烧饼。第二天，老母亲提着一篮子烧饼赶到，还另外带了一小瓶香油："你从小就不爱吃白饼，爱吃有味的，经常偷偷蘸香油吃。"他嚼着烧饼，听母亲轻轻哼起那首熟悉的儿歌：小老鼠，上灯台，偷油吃，下不来……

@ 流沙 _ 握的太紧：他紧握着病床上母亲的手，母亲已经昏迷一天了，丝毫没有醒来的迹象。"吃点东西吧，别到时候你妈醒了，见你没精神又骂我。"父亲边说边把碗递给他。这时，他手机突然响了，正想松开母亲的手接电话时，母亲竟然虚弱地摁着他的手，嘴嗫嚅着："这……次……吃……完……再……走……吧……"

@ 佳 zhui 求：一个农村小伙相亲，媒婆同行。进门后不久，女方父母已表现出不满意。反正这门亲是不成了，饭桌上，他脱掉上衣，打着赤膊，吃吃吃！见他这样不害臊，媒婆非常尴尬，女方父亲竟满意地笑了："这身肌肉都是干活练出来的，我闺女跟他不愁吃！"这是我父亲母亲的故事。

@ 正版无字仓颉：美国公民约翰逊在自己的寓所被害，死因是药里被人放了可卡因。嫌疑人很快锁定在三个人身上：卡尔、汤姆和一名华裔李先生。其中李先生的疑点最大，因为警察调查了事发前他与死者妻子连续三天的电话记录，记录显示：每天李先生的第一句话都是——"吃了吗？"

@ 山高人为峰 5699：王老板请马局长吃饭。王老板先点了清汤羊肉，马局长点了小葱拌豆腐，王老板又点了红白豆腐，马局长点了霸王别姬，王老板思索一会，点了东北三烧，马局长点了头。饭后，王老板对老婆说："马局真贪，我说工程没油水，他说他很清楚，我又说利益五五分，他要分手，最后我说三七分，他才点头。"

@ 杨信社：在学校住宿的儿子回来了，她包了饺子。儿子兴奋地说："我一猜就知道是饺子！"十年后的一天，她得知儿子要回来，早早包了饺子，可儿子却迟迟不来。她拨通了电话，那边儿子正觥筹交错，说："我吃了饭再回去。"她说："我包了饺子啊……"儿子淡淡地说："我一猜就是饺子！"

在中国传统建筑中，常见乌龟驮柱的景象，寓意祥瑞。在江南的一座老宅里，垫在柱子下的乌龟却有着一番特殊的含义……

垫柱龟

□ 大刀红

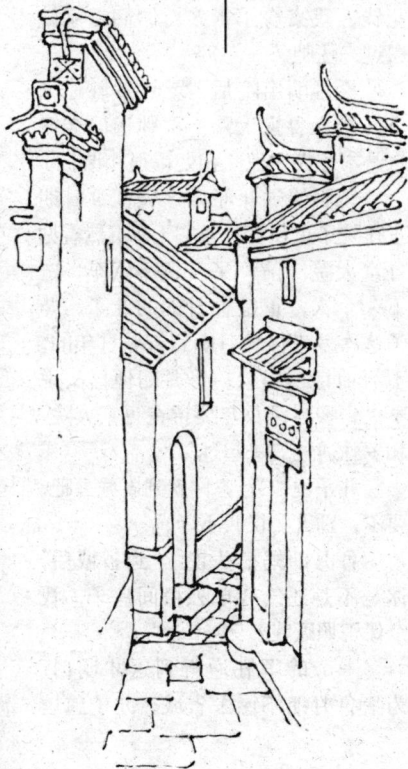

鲁月朗今年七十岁，有严重的心脏病。在省城经商的儿子曾接他去城里住，可没过几个月，鲁月朗又回到了镇上，独自守着鲁家大院。朋友们问他怎么不跟儿子住了，鲁月朗只是笑笑，并不回答。

鲁月朗知道自己身体不好，心脏病一发作要赶紧送医院，回来后，他就张罗起了找保姆。女保姆不行，要找就找个身强力壮的男保姆。想了半天，他想起一个人来。

前段时间，鲁月朗住了几天医院，病房里有个来自农村的老人，照顾老人的是个三十岁左右的年轻人，昼夜守在老人身边，端屎接尿，细致周到。大家都以为年轻人是老人的儿子，老人却告诉大家，年轻人是他的女婿，名叫罗胜通。

第二天，鲁月朗就找到罗胜通，说明来意，问他愿不愿意照顾自己："一个月一千五百元钱，在我这里吃住，你看怎么样？"罗胜通听了，很爽快地答应下来。

几天后，罗胜通就搬来了鲁家大院。他发现，鲁家大院是典型的江南徽派建筑，青瓦白墙，木制门窗上雕刻着精美的花纹。院内是天井，有八根装饰性的木柱，每根木柱底部，都用一只石龟撑起。

这天早上，罗胜通在天井里打

扫卫生，看见最东边那根柱子下的石龟伸头露尾地在动。他以为发生了地震，忙跑进屋里，把鲁月朗抱了出来。鲁月朗在门外站定，问罗胜通："你抱我做什么？"

罗胜通说："我看见石龟在动，以为地震了。"说完，就拉着鲁月朗走到天井里，指给他看。

鲁月朗见了，笑着说："那本来就是只活乌龟。"原来，别的垫柱石全是石龟，唯有最东边的木柱下面垫的是只活乌龟。鲁月朗说，他请教过专家，专家说，这么大个的乌龟，应该已活了几百年，很可能是大院落成时就在那里了。罗胜通仔细一看，那垫柱的果然是只大乌龟，因为这根柱子是装饰用的，所以不算重，只是刚好将乌龟固定在那里。

罗胜通后来看见，天气干燥的时候，鲁月朗就给垫柱龟浇水，每隔半个月，还要给垫柱龟喂些鱼虾瘦肉。罗胜通这才明白，这只老龟能活上几百年，是因为鲁家的每一代人都照料得很仔细。

鲁月朗的心脏病说犯就犯，那天晚上，鲁月朗感到胸闷气急，忙叫了一声罗胜通。罗胜通立刻从床上爬起来，给他服下两粒速效救心丸，又跑到门口叫了一辆的士，送他到医院急救。

鲁月朗住院后，罗胜通悉心照料，每天到了吃饭时间，出去一趟，就送来可口的饭菜。鲁月朗吃了几次，就问罗胜通："你一直呆在医院里，这饭菜是谁做的？"

罗胜通憨厚地笑笑："是我老婆。"罗胜通说，他和老婆在镇上一边打工一边照顾上初中的儿子。现在，他到鲁家大院来了，老婆和儿子还住在以前的出租屋里。听说鲁月朗病了，老婆就天天在家里做饭，说自家做的饭菜干净美味。

鲁月朗想了想，说："租房子要花钱，我家房子很多，你们一家就搬过来住吧。"

鲁月朗出院后，就让罗胜通把妻儿接来鲁家大院。罗胜通的老婆也是本分人，彼此相处得很和谐。

转眼快过年了，这天，鲁月朗正在院子里和罗胜通聊天，突然看见鲁家大院门前停下一辆小轿车，走下一个人，正是鲁月朗的儿子。儿子这次是来接鲁月朗到省城过年的。不料他话一出口，鲁月朗便摇头说不去，说自己今年要留在鲁家大院，和罗胜通他们一起过年。

儿子说："爸，你就到省城去吧，要不，别人会说我不孝。"

鲁月朗摇摇头说："到省城后，你是不是还给我单独租间房子，找个保姆照顾我？"

一旁的罗胜通听到这才明白，为啥鲁月朗不愿去省城。儿子尴尬地笑着说："我家里不够宽敞嘛。"

鲁月朗摇摇头，下定决心不去。儿子只好悻悻地走了。

一晃过了四年，鲁月朗彻底病倒了，他把儿子从省城叫来，指着罗胜通，对儿子说："小罗很想知道，那个垫柱龟是什么意思，你给他解释一下。"儿子看了罗胜通一眼，不肯开口。鲁月朗一再坚持，儿子才不情愿地说："爸，从小你就给我说过。"接着他就讲了起来——

原来，鲁家大院是两百年前鲁家的一位先人鲁东亭所建。鲁东亭十四岁的时候在扬州当小伙计，后来开始做生意。鲁东亭的父亲变卖了家里的房产，给鲁东亭做本金。鲁东亭天资聪颖，很快成为扬州的大富商。那一年，老家带信给鲁东亭，说他父亲病危，让他赶快回家。当时，鲁东亭有一笔重要的生意要做，可赚十万两白银。鲁东亭心想，等做完这笔生意再回家不迟，于是就耽搁了两天。没想到，回到家时，父亲已死去半日。鲁东亭没能给父亲送终，追悔莫及。他变卖了所有家产，回到老家，造起了鲁家大院，发誓为父亲终生守孝，从此真的一辈子没有走出小镇一步。为了警示后辈，鲁东亭还抓了一只有灵性的大龟，垫在柱子下面，告诫儿孙，无论在外面多么逍遥，都不要忘了家里的老人。垫柱龟，就是让在外面的儿孙"惦住归"的意思。

儿子讲完，面露愧意，对鲁月朗说："爸，不是我不想回来看你，确实是因为太忙了。你需要多少钱，说一声，我立刻打过来。"

鲁月朗苦笑一声，说："我在世上没几天活头了，要钱有什么用。我找你来，是想跟你说，这几年一直是罗胜通在照顾我，如果我死了，想把鲁家大院留给他，让他能有个安身的地方。"

鲁家大院是旧房子，地段不好，市值最多十万元，这十万元根本不在儿子眼里。见儿子同意了，鲁月朗就写了个赠与协议。

儿子走后，鲁月朗叹了口气，

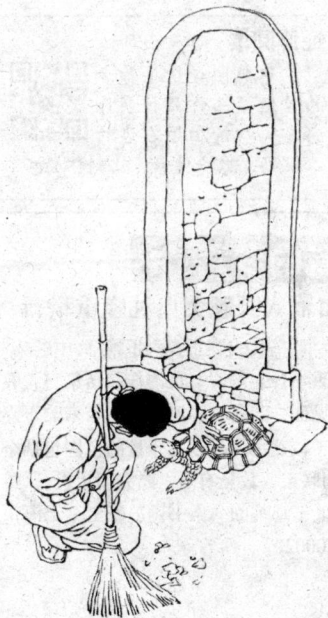

对罗胜通说："我死后，你就把那只老乌龟放了吧。以后再也没有鲁家的人住在镇上了，老祖宗'惦住归'的遗训，也没有意义了。"

没过几天，鲁月朗就去世了。办完后事，罗胜通想起老人放乌龟的遗言，就请了几个工人，用千斤顶把柱子顶起，用一个石凳替换下乌龟。有个工人把老乌龟翻过身，突然大声叫道："你们看，乌龟肚子上有字。"罗胜通凑上前一看，果然见乌龟肚子上有刻字的痕迹，擦去上面的青苔，露出一行字来。大家仔细一瞧，写的大意是：龟在房在，龟跑房倒。十金藏于天井下，后人重新建鲁家。

罗胜通想了想，明白了，一定是当年鲁东亭建造大院时，把这些字刻在了龟壳上。如果乌龟跑了，就说明房子倒了，鲁家后人遭难了。于是，鲁东亭就留下一笔家产，让

鲁家后人用来重建家园。

于是，罗胜通用铁镐把天井里的石板掘起，果然看见一个坛子，坛子上面用蜡封得严严实实，抱起来，沉甸甸的。罗胜通开启坛盖，见里面的东西全用油纸包着，打开油纸，露出十个金灿灿的元宝。

罗胜通和妻子商量后，决定把这批黄金交给当地文物局，而文物局因为鲁家大院是本镇古民居的代表，把它列入了文物保护单位，聘请罗胜通住在那里负责打扫养护。

那一只老龟，罗胜通按照鲁月朗的遗言，把它放生了。可是，不论把它扔多远，那老龟仿佛一直惦记着鲁家大院，每次都找了回来……

（题图、插图：刘为民）

延伸阅读

您想阅读这位作者的其他精选作品和创作感言吗？请扫描右边的二维码。更多精彩，立刻体验。

"我的故事 我的梦"

——2012全国青春励志征文大赛闭幕式暨颁奖典礼隆重举行

2013年4月25日，为期一年的"青春励志故事"征文大赛正式落下帷幕，主题为"我的故事 我的梦"的闭幕式暨颁奖典礼在上海隆重举行。同时，优秀作品结集《青春读本——80则感动中国的励志故事》正式与读者见面。为将青春励志故事带来的正能量传播得更广、更远，《故事会》编辑部现举办"千校赠书"活动。千校的范围包括全国的希望小学和民工子弟学校，请学校积极同我们联系，数量有限，赠完即止。

学校索书时，请将附有学校公章和详细地址、邮编的《索书函》寄至：上海市绍兴路74号《故事会》编辑部 陶云蕴收，邮编200020。

过不去的桥

□ 姜红梅

人都说远亲不如近邻，却不知有时挨得太近了，更容易闹矛盾，东山村和西山村就是这样。

两个村子中间隔着一条大河，只有一座长长的吊桥连接两岸。按理说，在这鸟不拉屎的大山里，两村的村民应该互帮互助，可现实恰恰相反。为了抢摘珍贵的山菇，两村的村长带着村民们干了几架，从此两村就结下了梁子。东山村的村长张大明和西山村的村长李小刚更是水火不相容。这时，又出了一件事，让两人的关系更加恶化了。

原来，张大明和李小刚的媳妇几乎同时怀孕了。附近只有一个医生，姓孙，住在离两村不远的镇子上。孙大夫发现两个孕妇的预产期很接近，就找来两个村长商量。张大明家的屋子多，孙大夫的意思是，能不能让李小刚的媳妇临盆前搬到张大明家暂住，这样到时孙大夫就可以同时照顾两个产妇了。不料张大明听了连声说：“不成不成，谁家的孩子在谁家生。老话说，在别人家生娃，会给那家带来血光之灾的。”

李小刚听了，狠狠瞪了张大明一眼，说：“谁稀罕住到你家去啊？我就不信那个邪，总不会两个人赶在一天生娃吧？”

孙大夫想想也是，只要两个产妇不是同一天生孩子，就一切好办。

一转眼几个月过去了。这天一大早，张大明急急地把孙大夫请到家里，说他媳妇肚子疼了一早上，怕要生了。孙大夫检查了一下，产妇果然要临盆了。正忙着呢，西山村有人跑来了，一进门就嚷嚷："孙大夫，我们村长媳妇快不行了，你快去看看！"

这真是"巧儿她爹碰见巧儿她娘——巧儿了"，两个女人竟在同一天生孩子！孙大夫赶紧拿了药箱，就要出门，却被张大明拉住了："不行，我媳妇这里离不开人啊，等我媳妇生完了，再去不迟。"

西山村的人不干了："你媳妇不是还好好的吗？我们村长媳妇快不行了，你们这不是见死不救吗？"

孙大夫想了想，转身对张大明说："现在你媳妇情况稳定，我先去西山村看看，我骑自行车来回，很快的。"张大明无奈，只好放人。

孙大夫骑着自行车，通过吊桥，来到李小刚家。进门一看，他的心才放下来，原来情况并不像说的那样严重，虽然产妇生产有些困难，但没有生命危险。李小刚一把拽住孙大夫，说："孙大夫，我媳妇是头一次生娃，全靠你了，你可不能再离开了啊！"

不料孙大夫刚呆了没多久，张大明就带着几个壮劳力赶来了，一进门就急了，对李小刚吼道："好啊，你们不是说人不行了吗？这不还好好的？骗人啊！"说着，张大明拽着孙大夫的胳膊就往外拉："孙大夫，我媳妇生不下孩子，你得去看看。"

李小刚顿时火了："孙大夫不是刚从你那里来？现在轮到我们了。"

两个村长剑拔弩张，撸胳膊挽袖子就要动手。孙大夫急了，大喊道："都给我住手，听我的！两个产妇现在都没有大碍，这样吧，我轮流去你们家，除非遇到特殊情况，每一家我都呆半小时，没事的话再去另一家，一碗水端平，行不行？"

两个村长虽然不愿意，但也只好认了。

就这样，不到半天的工夫，孙大夫已经骑着自行车在两个村子之间来回了好几次，累得直不起腰来。张大明和李小刚都劝他别动地方了，就呆在自己家吧，孙大夫却很守信用，坚持轮流去两个村子照看。

折腾到后半夜，两个产妇还是没生。两个村长心里明白，越拖下

去越危险，他们都想把大夫留在自己家。

这时候，孙大夫正在张大明家。张大明瞅瞅表，孙大夫还有5分钟就要离开自己家，去西山村那边了。于是，他悄悄拿起一把斧子，出门直奔吊桥。他想赶在孙大夫前面，把桥头的木板卸掉几块，这样，孙大夫上不了吊桥，就只好返回东山村了。

哪知道，张大明前脚刚出门，孙大夫后脚也出来了。为了赶时间，孙大夫这次抄了一条近路骑向吊桥。事情也是巧了，在孙大夫的前面，有个中年人也骑了一辆自行车，不知要过吊桥去办什么事。

中年人和孙大夫的自行车一前一后上了吊桥，片刻后，张大明就赶到了桥头。他不知道孙大夫已经上了桥，见四下无人，以为孙大夫还没到呢。于是，他赶紧把桥头的几块木板给卸了，丢到了河里，心想，即使对岸西山村的人找到木板捞上来也晚了，这叫釜底抽薪。

张大明是这么想的，可是，李小刚也不笨啊。此时，吊桥那头正蹲着李小刚。他算准了孙大夫马上就要过桥了，心想：等孙大夫骑过桥，我就把桥这头的几块木板卸了。孙大夫回不了东山村，就只能留在我家了。

很快，他听到了自行车的颠簸声，黑暗中，他看到一个骑车的身影过了桥。等那身影一过桥，李小刚赶紧把木板卸下，丢到河里。可李小刚不知道，他看到的那个身影并不是孙大夫，而是骑在孙大夫前面的中年人，孙大夫此时才刚刚骑到吊桥中央。

于是，在这个漆黑的夜晚，吊桥上发生了滑稽的一幕：孙大夫跟着前面的中年人，骑自行车过吊桥。两人刚上桥，张大明就把桥这头的木板卸了。中年人骑在前面，过了吊桥，孙大夫还没来得及过桥，李小刚又把那头的木板给卸了。就这样，孙大夫被困在了吊桥上，两头都回不去了。

两个村长做贼心虚，卸了木板就都赶紧溜回家等孙大夫，左等不来，右等不到，这才觉得可能出了事，忙拿了手电到桥上找人。等人们找来合适的木板再钉上，已经过去一个多小时了。孙大夫忙赶去给两个产妇接生。孩子终于落地了，但都留下了不同程度的后遗症，两个村长后悔得说不出话来……

（题图、插图：谢 颖）

红版编辑部各编辑邮箱：
姚自豪：yaobianji1950@126.com
吕 佳：lujia411@yahoo.com.cn
石莎莎：ssasha@163.com
丁娴瑶：dingxianyao@126.com
李 丹：lidan090@sina.com

请你帮个忙

□ 彭晓风

这天，向阳镇的李庆明镇长接到个电话。打电话的人自称是鸿宇集团的董事长胡鸿宇，说有件私事想麻烦李庆明，请他帮个忙。

鸿宇集团是近几年省内成长起来的企业，资产几十个亿。李庆明正为招商引资的事头疼，现在胡鸿宇主动找上门来，他不禁暗暗欣喜。

胡鸿宇客气了几句，就问李庆明，他们镇上那家"老王饭庄"还在不在。"老王饭庄"在向阳镇上经营了十多年，胡鸿宇突然问起这个，李庆明有些摸不着头脑，就笑道："莫非胡董事长跟老王是旧识？"

胡鸿宇说，十年前自己在那里被打了，所以记得。接着他说起了这件往事：十年前，胡鸿宇和三个朋友路过向阳镇，在"老王饭庄"吃饭。快吃完时，他出去接了个电话，接完回来就见三个朋友跟饭店里的老板伙计打了起来。胡鸿宇见状去拉架，却不知被谁从后面打了一板凳。这一板凳打得胡鸿宇头破血流，昏了过去。苏醒过来时，他发现自己躺在县医院里。胡鸿宇的父亲得到消息，立刻把他接了回去。休养一段时间后，胡鸿宇出国学习去了。等再回到国内，他早把这件事忘到了脑后。直到几天前，胡鸿宇偶然想起这档子事，于是查到向阳镇政府的电话，想请镇长帮忙寻找当年打他的那个人。

挂了胡鸿宇的电话，李庆明有些哭笑不得，亿万富翁的心思真是难以琢磨。十年前挨打，十年后找凶手。不过既然想拉他来投资，总要有个积极的态度啊！

想了想，李庆明决定先了解一下情况，就找来镇派出所的所长老莫。老莫警校毕业后就在向阳镇当警察，二十多年都没挪过窝。听李庆明问起当年那件事，他顿时激动起来："我记得那事，是我处理的。要不是因为那事，我早调到县里了！"

一起打架斗殴，竟然影响了警察的升迁，李庆明的好奇心被勾了起来。老莫叹了口气，讲了起来。

老莫的讲述与胡鸿宇差不多，最关键的区别是他讲了打架的原因：在胡鸿宇出去接电话的当口，他的三个朋友说菜里面有苍蝇，拒不付账。双方言语不合，胡鸿宇的朋友率先动手，才打了起来。

听老莫这么说，李庆明觉得很蹊跷，就问："菜真的不干净吗？"

老莫没正面回答，只说："我把胡鸿宇的三个朋友带到派出所，查了他们携带的物品，银行卡倒是有，可现金只有几十块。而他们那桌酒菜，据老王说要五百多！"

向阳镇上有几家银行，不过中午一般都不营业。李庆明有点明白过来，很可能胡鸿宇他们现金不够，又不想等到银行上班，就找茬吃霸王餐！

李庆明知道，鸿宇集团是家族企业，胡鸿宇堂堂一个企业接班人，怎么会吃霸王餐？于是就问老莫，这件事最后是怎么处理的。

老莫苦笑了一下，说："吃霸王餐，聚众斗殴，我给他们处以治安拘留并罚款。可处罚决定刚下，县里领导就打来电话，说胡鸿宇的三个朋友是省里三个厅长的孩子，陪胡鸿宇来这里考察，地方上不能这么对待企业家，让我撤销处罚决定。"

"我明白了，你肯定跟领导顶牛了！"李庆明笑了，他知道老莫这人铁面无私，前段时间李庆明的小舅子在镇上跟人打架斗殴，他说情也没用，照样被关了半个月。

老莫无奈地说："胳膊别不过大腿啊……"他告诉李庆明，后来，县领导带着卫生局的一帮人突击检查"老王饭庄"。老王被罚款五千，饭店也停业整顿，而他自己也因这事处置不力，被降职了。

听了老莫的遭遇，李庆明心里也不是滋味。老莫见李庆明面有难色，就问他怎么回事，李庆明苦笑着把经过说了。老莫一听胡鸿宇还想查当年打他的人，顿时气不打一处来："这事当年没追究，十年后上哪查去？"

李庆明忧心忡忡地说："我怀疑他当年挨打留下了后遗症，所以才想追查。虽说现在不能再抓人判刑，他找人出气总行吧？"老莫一听跳了起来："那更不能查了！"

李庆明看了老莫一眼，意味深长地说："以胡鸿宇的社会关系，我们不查，他就找不到人查？与其别人查，还不如我们来查……"

出了李庆明的办公室，老莫心领神会。他来到"老王饭庄"，找了个座位，坐下就唉声叹气起来。老王与老莫是老相识，见他心情不好，忙走过来关心地询问："莫所长，遇到麻烦事了？"

老莫说："是有件麻烦事，不过，你若配合就不麻烦。"接着，他似笑非笑地说："十年前在你店里挨打的胡鸿宇，现在要找打他的人……"

老王一听，本能地推脱："事情过去了十年，怎么找啊？"

老莫收起笑容，严肃地说："胡鸿宇多半是留下了后遗症。你现在可以不说，但胡鸿宇若是找别人来查，恐怕就不会有我这么好说话了。"

老王一听急了，脱口而出："一个孩子，打他一下，能留下后遗症？"

"孩子？"老莫怔了一下，突然想起，当年自己赶到时，看到老王上初中的儿子跑了出去，当时没往心里去，难道……

这时，老王看自己说漏了嘴，瞒不下去了，就恳求老莫说："莫所长，求你放过小乐，当年他才14岁！"

老莫沉吟了片刻，说："你放心，当年的事，是非曲直我心里清楚。"

第二天上午，老莫来到李庆明的办公室，说打胡鸿宇的人找到了。李庆明忙问是谁，老莫一字一句地说："老王的儿子小乐，不过，他疯了。"

李庆明先是一愣，随即明白过来，问："怎么个疯法？"

老莫一本正经地说："当年那件事发生后，县里很重视，为找打人凶手，询问14岁的小乐时，我用了违法手段，结果给他留下后遗症，平时没事，见到警察就发疯。"

"老莫，真有你的！"李庆明笑了起来。他最担心胡鸿宇当年挨打留下后遗症，现在好了，打他的人也有后遗症，两人半斤对八两。就算胡鸿宇想报复，看他怎么下得去手！

当天下午，李庆明拨通胡鸿宇的电话，告诉他老莫的"调查结果"。

"疯了？"这个结果出乎胡鸿宇的意料，电话那头，他久久没有出声。李庆明趁机试探地问："胡董事长，冒昧问一句，你为什么要寻找十年前打你的人？"

胡鸿宇的回答让李庆明大跌眼镜。胡鸿宇说："我想对他说声谢谢！"他叹了口气，缓缓说，"挨打那会儿，我刚毕业不久，整天跟着一帮朋友瞎混。到向阳镇那天，我们急着赶车，不想等银行上班，就决定吃霸王餐。结果打了起来，我挨了一板凳。养伤那段时间，我想了很多：要是自己就这么被打死，才真叫死得轻于鸿毛。我觉得再这样下去不行，养好伤我就与那帮朋友分道扬镳，出国学习去了。最近，一家媒体的记者采访我，问我最感谢的是什么，我突然想起那一板凳，就动了找人的念头。"

被打了，还要说声谢谢，李庆明瞠目结舌。这时，胡鸿宇说，为表达愧疚，决定汇十万元钱给小乐治病，并说过一段时间会来看小乐。

胡鸿宇若真的来看小乐，岂不

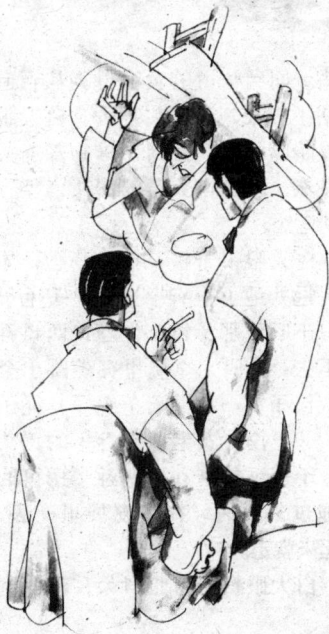

露馅了？挂了电话，李庆明急忙把老莫找来，问他怎么办。老莫也没想到是这种情况，他想了想，问李庆明："李镇长，当时你答应帮胡鸿宇，是想给他留个好印象，拉他来投资吧？"

李庆明点点头。老莫说："其实这事很好解决，向胡鸿宇坦白不就得了？"李庆明担忧地说："可这就意味着我骗他，怎能给他好印象呢？"

老莫正色说："知错就改是需要勇气的，胡鸿宇正因为有这勇气才有今天的成就。你若坦白，不仅能给他留下深刻印象，还能引起他的共鸣。"

老莫的话有道理。李庆明重新拨通胡鸿宇的电话，如实对他讲了事情经过。胡鸿宇听后沉默良久，最后感慨地说："李镇长，你怕别人受伤害才说谎，得知实情后又从容坦白，冲着这份胸怀，我决定去你们镇看看。有你在，我放心！"

挂了电话，李庆明兴奋地对老莫说："投资的事有门！这事你记头功，晚上我请你喝酒。"

"头功、喝酒就免了。"老莫嘿嘿一笑，从兜里摸出一张罚款单，对李庆明说，"李镇长，把你小舅子上次打架的罚款交了吧，拖了有些日子了，他说没钱，让我来找你。"

(题图、插图：谭海彦)

城里有群
流浪狗

□ 于 强

现在养宠物狗的人多，大街小巷的流浪狗也多了起来。有个叫白大眼的混混，就把目光盯上了这些流浪狗。对付流浪狗，白大眼可有一套，他把带倒钩的诱饵藏在馒头里，像钓鱼那样逮狗，逮到的狗就卖给城里的狗肉餐馆。

这天，白大眼在一处废弃的水泥管道里发现了一只流浪狗，这是一只黄毛母狗。白大眼正准备拿出馒头设陷阱，就见远处走来几个十一二岁的小孩。几个小孩都蓬头垢面，一看就是流浪儿。黄毛母狗一见小孩，就摇着尾巴上来迎接。为首的一个孩子从提着的塑料袋子里掏出半个烤白薯，丢给母狗。母狗吃了烤白薯，跟孩子们玩耍了半天，几个孩子就走了。

看来母狗是这几个流浪儿养的，趁他们不在，白大眼赶紧抛出诱饵馒头。闻到味道的黄毛母狗从管道里钻了出来，朝馒头走去。白大眼心里暗暗得意，谁料，母狗却连头都没低，越过白大眼的馒头，径直奔到远处。

白大眼很奇怪，抬头一瞧，才发现远处地上也有个馒头，黄毛母狗一下叼住那个馒头，三口两口吞了下去。这时，草丛里突然跳出个干瘦汉子，一手握着条绳子，绳子那头，正拴在黄毛母狗吞下的馒头上。干瘦汉子麻利地把吞了诱饵的狗拖过来，捆好往蛇皮袋里一丢，背起来就走。

白大眼瞧得目瞪口呆，没想到

自己发明的钓狗绝招，被别人学了去。这个抢自己买卖的人，他也认识，叫麻秆刘。

眼瞅着到手的肥狗没了，白大眼又急又气，马上拦下麻秆刘："姓刘的，你用我发明的招数钓狗，也太不要脸了吧？"

麻秆刘一瞪眼："什么？你发明的招数？有谁证明？你申请专利了吗？"说完，扬长而去。

白大眼被噎得说不出话，正生气呢，突然听到水泥管道里有声响，跑过去一瞧，里面竟然还有四只小狗崽。小狗崽一只只圆溜溜的，只有一个多月大，母狗被麻秆刘抢了去，白大眼只得顺手捉了四只狗崽。

餐馆老板一见白大眼带来的狗崽，就说狗太小，让白大眼养大了再来卖。白大眼连老婆孩子都养不起，还养狗？他带回家养了两天，就被狗叫搞得心烦，于是提着四只狗崽，丢在了家门口的垃圾箱里。

自从有了麻秆刘这个竞争对手，白大眼明显感到压力很大。钓狗时，就算两人一块丢出诱饵，那些流浪狗也大多奔着麻秆刘去。白大眼疑惑不已，经过研究，他终于弄明白了，原来麻秆刘用的诱饵，都是泡过肉汁的，狗当然奔着有肉味的去。

于是，白大眼也用上了肉汁馒头，可没想到，麻秆刘把馒头换成了火腿肠。白大眼跟着换成火腿肠，

麻秆刘又换成猪头肉。白大眼学着换成猪头肉，麻秆刘干脆不用钓钩，不知从哪里买了一些草药，配了一种饵料，这种饵料和麻醉剂差不多，狗一嗅它的气味，立马昏倒。

白大眼傻眼了，这种手段可没法偷学。眼瞅着麻秆刘把买卖都抢走了，白大眼怒从心头起，决定给麻秆刘一点颜色瞧瞧。

这天一早，麻秆刘出门，发现自家门口竟然拴着一条肥狗。麻秆刘乐坏了，心想是哪个笨蛋喝醉了酒，错把狗拴在他家门口，这不是往老虎嘴里送食吗？他想也没想，就把肥狗装进袋子，卖给了餐馆。

拿到钱后，麻秆刘哼着小调往回走。快到家时，一辆车子突然停在他身后，从车上跳下四五个彪形大汉，按着麻秆刘就是一顿臭揍。麻秆刘被打得鬼哭狼嚎。

事后，麻秆刘在床上躺了一个星期。伤好后，他一打听，才知道那条拴在自家门口的肥狗，是一个叫彪哥的地痞养的爱犬。那条肥狗被白大眼钓来后，偷偷拴在了他家门口。麻秆刘把狗卖给餐馆后，白大眼就跑去告诉彪哥，说他的爱犬被麻秆刘偷了。彪哥去餐馆一问，果然如此，于是叫来人，把麻秆刘狠狠修理了一顿。

麻秆刘知道了真相，气得咬牙

切齿："白大眼，咱们走着瞧。"于是他化装一番，跟踪了白大眼两天，无意中发现了白大眼的一个秘密。

原来，上次白大眼捉到四只狗崽，丢进家门口的垃圾箱后，就把这事忘了。这天，他路过垃圾箱，听到里面有狗叫，打开盖子一瞧，那四只狗崽竟然没死。这个垃圾箱地处偏僻，清洁工好久才打扫一次。经常有人往垃圾箱里丢残羹剩饭，四只狗崽就靠吃这些，竟然活得好好的，还长大了一圈。

白大眼乐了，以后他捉到狗崽，就丢进垃圾箱。为了防止狗崽逃跑，他给狗的脖子上都套上链子，牢牢锁在垃圾箱上。每次清洁工打扫时，他把狗牵回去，过后依旧放进里面。他还发现，垃圾箱封闭得太严密，狗崽一多，空气不流通，竟然活活憋死了几只，于是他就在垃圾箱上挖出了几个呼吸孔。

麻秆刘发现垃圾箱的秘密后，心里暗暗打定了主意。

这天一早，白大眼照旧去垃圾箱看狗崽。不想掀开垃圾箱的盖子，却发现长得最大最肥的那几只狗崽都不见了，只留下被砸坏的链子，上面还挂着张纸条："你养狗辛苦，我卖狗忙活，链子你留下，肥狗我带走。"

白大眼气晕了，他知道这肯定是麻秆刘干的，就气势汹汹地去找他算账。麻秆刘却死不认账，嚷道："捉贼捉赃，谁瞅见是我偷的？"白大眼一时语塞，只得恨恨地回来，在垃圾箱上装了一把大锁，白天打开，晚上锁上，把垃圾箱当成了自家财产。

那几只狗崽的确是麻秆刘偷的。过了几天，麻秆刘决定再整白大眼一次。这晚，他悄悄来到垃圾箱前，却发现垃圾箱上锁了。麻秆刘挺郁闷，突然，他看到垃圾箱上的几个呼吸孔，一个坏主意又冒了出来。他找来东西，把呼吸孔全都牢牢堵死，心里暗笑：白大眼呀白大眼，明天早上你就给你的狗崽们收尸吧。

做完这一切，麻秆刘肚子有点饿，就去了一家常去的餐馆，刚一进门，就发现白大眼也在里面，正啃着猪蹄喝小酒呢。见到麻秆刘，白大眼狠狠瞪了他一眼。

就在两人互瞪眼珠子时，一辆警车停在餐馆门口，几个警察进来，走到白大眼面前，问："你是白大眼？"白大眼战战兢兢地说是。警察又问："你家门前有个垃圾箱，你在上面装了把锁，对不对？"白大眼点头。警察立即严肃地说："请你立即去把锁打开。"

警察说，有位老人报案，说这一带有几个流浪儿童，最近天气太冷，为了取暖，孩子们钻进了白大眼养狗的垃圾箱。老人怕孩子们憋坏了，想叫他们出来，却发现垃圾箱被锁了，一打听才知道是白大眼上的锁。

白大眼吓了一跳，心想那几个孩子肯定是白天钻进去的，自己不知道，晚上上了锁。他正要带警察去开锁，就听身后"咕咚"一声，回头一看，就见麻秆刘瘫坐在地上，面色惨白，他颤抖着问警察："你、你们说那垃圾箱里有、有孩子？"

警察点头。天哪！麻秆刘差点晕过去，那垃圾箱被自己堵得密不透风，狗都能憋死，别说孩子了。他一把扯住白大眼，疯了一般大叫："你这混蛋，你在垃圾箱里养什么狗啊，你可把我害死了……"

警察觉察到了什么，问麻秆刘怎么回事。麻秆刘知道瞒不住，就照实说了。一行人都慌了，忙离开餐馆，赶到垃圾箱前，只听里面悄无声息，一种不祥的预感笼罩在大家心头。白大眼哆嗦着打开锁，却不敢去掀盖子。警察把垃圾箱的盖子掀开，一阵难闻的味道扑鼻而来，用手电筒一照，只见肮脏的垃圾堆里，几个流浪孩子蜷缩在一起，每人怀里抱着一只狗崽，正睡得香甜。

麻秆刘和白大眼见孩子们没事，仿佛得救了一般，连连说："老天保佑……"

警察很奇怪，垃圾箱被封得这么严实，里面的人怎么会没事呢？救出孩子们后，仔细一检查，警察恍然大悟，对麻秆刘和白大眼说："你们别谢天谢地了，要谢，还是谢那些狗崽吧。"原来，狗有刨土磨爪子的习惯，垃圾箱里的狗崽闲着没事，经常用爪子乱刨垃圾箱，天长日久，竟把垃圾箱底部刨出了一个透气的洞。麻秆刘封堵垃圾箱时，哪里会想到，这底下还有个窟窿呢！

望着活蹦乱跳的狗崽，围观人群中不知谁说了句："唉，人不如狗啊……"

（题图、插图：张恩卫）

本篇改编自杰弗瑞·迪弗的小说。杰弗瑞·迪弗，1950年生，美国当代侦探小说巨匠，代表作有《人骨拼图》、《空椅》等。

绝代佳人

名模的烦恼

凯莉是个超级名模，这职业给她带来了金钱和名气，可是，在令人羡慕的光环下，有一个烦恼一直困扰着凯莉，那就是——她太美了，美得无可挑剔。

凯莉有着金色的头发、精致的五官，所有时尚刊物都以用她的照片做封面为荣，他们把凯莉描述成世界上最美丽的女人。但凯莉不是那种徒有外表、头脑空空的姑娘，她很早就懂得了"红颜薄命"的道理。从学生时代起，无数优秀的男孩子在她面前都变得缩头缩脑，没有勇气约她出去，因为觉得她肯定会拒绝；相反，那些花花公子却不停地骚扰她，只为了让别人看到自己和学校里最漂亮的妞在一起。虽然有这些烦恼，但凯莉还从没遇到过真正恐怖的事，直到她遇到了那个叫戴维的男人。

凯莉第一次注意到戴维，是在为《时尚》杂志拍外景的时候。拍摄现场有不少路人围观，凯莉发现，围观的人里面有个大块头男人，他一直用古怪的目光盯着自己。突然，凯莉意识到，自己不是第一次看到这个男人，她在其他拍摄场地也见到过他！一定是碰到跟踪者了。

起先，这个男人只是在一些拍摄场地出现，后来，凯莉在自己签约的模特公司门口看见他在外面晃悠。接着，这个男人开始给凯莉写信，他说自己叫戴维，是个门卫，在信里狂热地表达着对凯莉的爱意。

终于有一天，凯莉在自家门口看

到了戴维的那辆灰色汽车。凯莉冲上前去与他理论，可是，戴维完全不顾凯莉的愤怒，只是直勾勾地盯着她，令人恶心地喘着粗气，低声地自言自语："太美了，太美了……"凯莉只好沮丧地回到屋里。

从此以后，戴维每天都会把车停到凯莉家门口，直到夜深人静才离开。他还会在街上跟着凯莉，坐在她吃饭的饭店里，偶尔还叫一杯便宜的啤酒送到她桌上。

凯莉向警察求助，可警察也没办法——戴维显然研究过相关法规，他知道怎样让自己的行为不触犯法律。他没有进入凯莉的私人领地，也没有侵犯她的财产。

后来，戴维竟然开始跟踪和凯莉约会的男人，并且对那男人说，自己是凯莉的未婚夫，叫他离凯莉远些。

这下凯莉再也忍受不了了，她决心彻底地解决这个问题。她本来就没打算一辈子做模特，正好借这个机会隐退。她悄悄出售了自己在洛杉矶的房子，在一个迷人的海边小城安了新家。搬家那天，她特意选在周末的凌晨两点出发，走的都是小路。最后，她确定自己逃离了戴维的视线。开车驰骋在公路上，凯莉兴奋地想象着新生活——自己可以再读个学位，参加些慈善活动，说不定还能邂逅真心喜欢自己、不

只看外表的男人……

可是，凯莉搬到新家后一个星期，她最不愿意看到的事发生了。这天半夜，她被一阵车子的发动机声惊醒，拉开窗帘一看，戴维的那辆灰色汽车正停在街对面！天啊，这个变态找到了她，他一定是雇了私家侦探。

冒险的决定

凯莉一夜无眠，天一亮，她就走进了当地的警署。警长罗萨接待了她。听凯莉讲了整件事的经过，罗萨十分同情，他保证会派警力密切注意凯莉的房子，一旦戴维做了什么不当的事，他们就可以限制他的活动了。

凯莉绝望地说："不，他太狡猾了，不会给你们抓住把柄的。"她停了一下，问，"警长，这儿的法律对自卫是怎么定义的？"

警长心里一动，严肃地道："小姐，我知道你心里在想什么。国家对自卫有严格的定义，在你的屋子外，哪怕在你的门廊上，你都不可以向任何没有武器的人开枪，然后用自卫的理由来逃脱制裁。"接着，警长的语气和缓下来，发自内心地对凯莉说："事情会过去的，千万别因为这个疯子亵渎了自己的生命。"

凯莉却像没听见一样，疲惫地说了句"我该走了"，就离开了警署。

这天晚上8点，凯莉又听到了停车的声音。她从抽屉里摸出手枪，紧紧握在手里，从窗口向外看。只见戴维捧着一大束花向院子走来，他知道自己不能走进凯莉的私人领地，就把花放在草坪边，花束边还放了一封信。接着他向着屋子飞了个吻，回到车里开走了。

凯莉等车子开远了才走出屋，她抓起花束扔进垃圾桶，捡起信封打开。她心想，也许警长找戴维谈过，把他吓住了，也许这是他写的道别信。可是打开信封一看，凯莉的心都凉了。戴维在信里说：凯莉离开了模特行业，这真是太好了。这样，他就不必和全世界一起分享她了。他知道，凯莉做这一切都是为了他，他们在这里一定会很幸福的……

凯莉绝望了，当晚她把房门上了三道锁，在卧室里痛哭了一夜。最后，她平静下来，对着那把手枪看了很久，心里明白，要结束这个噩梦，唯一的方法是要么戴维死，要么自己死。

两天后，凯莉飞到了南美洲的一个小国。几年前，她在这里拍过片子，在拍摄地附近的酒吧里认识了一个男人。两人喝过酒后，男人告诉了凯莉自己的职业，还问凯莉是否需要他的特殊技能。凯莉当时以为他在开玩笑，但还是收下了他递上的名片。现在，凯莉乘坐的飞机一落地，她就按照名片上的电话打给了那个男人。

两人约在一家酒吧见面。男人对凯莉说："你确定要这么做吗？这很冒险，会毁了你未来的生活……"

凯莉坚定地点点头，从包里拿出一个厚厚的信封，说："里面是我答应你的十万美金，这就是我的回答。"

男人迟疑了一下，接过信封，塞进了自己的口袋。

凯莉在积极地行动着，同时，警长罗萨也没闲着。这段时间，他找戴维谈了

34

好几次，敦促他停止对凯莉的骚扰。戴维却固执地说，他和凯莉互相爱着对方。凯莉飞去南美后，戴维还跑来警局吵闹，说警长把凯莉藏起来了。警长见无法说服他，就让联邦警局在戴维的电话上安了窃听器。

最后的抉择

这天，警长正在办公室里，一个下属上气不接下气地跑进来，喊道："警长，出事了！"

警长问怎么了，下属说，凯莉回来了，她刚刚给戴维打了电话，语气温柔地说要见他。警长心里一沉，忙问下属："他们约在哪里见面？"

下属说："约在今晚，在旧码头见面。"

警长摇摇头，想：真见鬼，旧码头可是个杀人的绝佳场所，那里很荒凉，凯莉或者她雇佣的什么人，可以轻而易举地把尸体抛进大海。不行，一定要阻止凯莉干蠢事。

警长带着几个下属立刻赶往旧码头。到了码头，隔着迷雾和雨水，警长隐约看到穿着雨衣的戴维正走向凯莉。凯莉背对着戴维站在岸边。警长大叫着让戴维停下，可是波涛起伏的声音盖没了他的喊声。警长大步向戴维跑去，但太晚了，凯莉突然转过身，朝戴维走去。由于海浪声太大，警长听不见枪声，蒙蒙的雨也使他看不清到底发生了什么，

但毫无疑问，戴维被击中了。只见他双手抱胸，扔下花束，倒了下来。

警长大叫一声："不！"他意识到，自己已经成了凯莉犯罪的目击证人，但警察的职业要求他严格地按照程序办，他只好举起枪对准凯莉，大叫道："趴下，凯莉！"

警察的突然出现让凯莉吓了一大跳，但她马上按照指示做了，把脸贴在湿漉漉的地上。一个下属冲上去给凯莉戴上手铐。警长则跑到戴维身边，如果他还活着，至少凯莉不会被判死刑。警长撕开戴维的衬衣，寻找伤口，可是怎么也找不到。警长问戴维："你哪里被打中了？快说呀！"戴维没有回答，一直在抽泣着，还不断大声呻吟，好像在忍受什么剧痛。警长又快速检查了一遍，奇怪的是，戴维身上一丝血迹也没有。

这时，趴在地上的凯莉发话了："他没事，我没开枪打他。"

警长示意下属让凯莉起来。凯莉站起来后，所有人都惊呆了。一个年轻警察忍不住叫道："上帝啊！"

出现在大家眼前的这个女人是凯莉吗？她有和凯莉一样的头发，一样的身材，连声音也一模一样，但那张美丽的脸消失了，取而代之的是另一张脸：有些胖，鼻子歪歪斜斜的，肉肉的下巴，眼角还有皱纹。

警长结结巴巴地问："你、你是谁？"

对方微笑着说："是我，凯莉。"

警长迷惑地说："我不明白。"

凯莉鄙视地看了一眼躺在地上的戴维，对警长说："他跟踪我到这里时，我就意识到，我们两人之间必须有一个要死，我选择了自己。我把这家伙魂牵梦萦的对象给杀了，我杀了那个绝代佳人凯莉。几年前，我在南美认识了一个整容医生，他开了一家免费的慈善诊所，为在意外事故中毁容的人整形。当时他开玩笑地给了我名片，说如果要整容就找他。这次我决定采取行动时就想起了他。既然他能让受了那么大创伤的人恢复正常，那么也一定能让一张美丽的脸变得普普通通。我飞去南美见他，一开始他不愿意做这个手术，但我给他的诊所捐了十万美金，让他改变了想法。"

警长听完，仔细地打量着凯莉，她不难看，只是看上去很一般，就和千千万万走在街上的路人一样。

这时，戴维又呻吟起来："不、不……"他挣扎着站起来，冲凯莉大叫："你怎么可以这样对我？"

凯莉怒吼道："对你？我的长相、我的生活，这一切的一切都和你无关，从来就没有任何关系！"接着，她用双手抓住戴维的头，让他正对着自己："看看我！现在你还爱我吗？"

戴维看了凯莉一眼，惨叫一声，转身就跑。他跑得那么慌乱，以至于绊了一跤，但他立刻爬起来继续跑。凯莉在他身后不依不饶地大声追问："戴维，你爱我吗？你现在还爱我吗？爱吗？爱吗？"

六个月后，凯莉过上了自己想要的生活：她在大学里攻读硕士学位，每天沿着美丽的海岸慢跑，再也没有不怀好意的男人来搭讪。她还在聚会上认识了一个好脾气的律师，上周，律师开始约她出去。至于戴维，从那晚以后，他再也没出现过。

（推荐者：罗印雄）

（题图、插图：佐　夫）

阿P开车

□ 郭振宇

阿P考出驾驶证后，立刻买了一辆二手车。开着车一上路，他发懵了，手忙脚乱不说，车还不停地熄火。最让阿P郁闷的是，他总被别的车加塞。阿P想，加塞的人不但不领情，还会笑自己是个草包。让人笑话可不行，阿P想了想，有了主意。

阿P来到一家汽修厂，问修车师傅能不能给自己装一个装置，就是一倒车就叫"倒车请注意"的那种。师傅说可以装，还向阿P介绍，这种装置以汽车倒车挡为开关，当汽车挂上倒挡，喇叭便开始工作了。

阿P说："好，但我不要'倒车请注意'，你给我换成'请您先行'。我一踩刹车，喇叭就叫'请您先行'。"

修车师傅伸出了大拇指，赞道："好！主动礼让，现在像你这样有修养的人不多了。"

其实，阿P装这个当然不是为了礼让，有了这东西，别人就会以为他是特意谦让，就不会笑话他车技差、开得慢了。装好后，阿P试了试，效果不错，就高高兴兴开走了。

这天，阿P出来兜风。他开到车站附近，从车站里走出一个二十来岁的女孩，女孩拉着个大皮箱，来到路边招手打车。阿P看女孩很漂亮，便想过去让她免费搭车。这时，从后面"嗖"地开来一辆出租车，一下子冲到阿P前面，停在了女孩旁边。女孩拉开车门，刚要往里放皮箱，司机说："箱子太大，放后备箱吧。"

女孩把东西放进后备箱，出租

车突然启动开走了。女孩傻了，跟在后面喊："停车！我还没上车呢。"

没想到司机根本不理。阿P明白了，这车多半是黑车，这不是在光天化日下抢劫吗？阿P一踩油门到了女孩旁边："快上车，我带你去追。"女孩来不及多想，匆忙上车，阿P追了过去。

路上车多，劫匪的车开不快，也没甩下阿P多远。到了一个路口，这个路口没有红绿灯，劫匪的车飞快地开了过去，随后，阿P也到了路口。这时，从左边路上来了一辆车，阿P本能地踩了一下刹车，他的车立即叫了起来："请您先行，请您先行！"左边开来的司机一听，立刻一踩油门开过去，阿P的车动弹不得。

阿P的车不停地叫着"请您先行"，就这样，两边的车一辆接一辆过，有的司机还直冲阿P招手致谢。阿P这个急啊，他赶紧找"请您先行"的开关，找开关的时候他抬起了脚，他忘了正踩着离合，这一抬脚，车熄火了。阿P急得满头大汗，等他好不容易发动车子，劫匪的车早已不知去向。阿P不知该往哪个方向追，只好信马由缰地开着，还装出一副胸有成竹的样子。

阿P开过了两个路口，劫匪的车还不见影子。突然，阿P看见前面路边围着几个人，他开过去一看，

原来是一个老大爷被车撞倒了，撞人的车没停，飞驰而去。围观的人议论纷纷，却没一个敢上前帮忙。

阿P一见，顿时有了主意：自己这就把老大爷送去医院，一来助人为乐，二来，就对女孩说自己要救人，这样就不会因为追不上劫匪而丢面子了。想到此，阿P停车，回身对女孩说："真不好意思，我不能帮你追了，我得送他去医院。"女孩只得下车，临下车前，她和阿P互留了手机号码。接着，阿P把老大爷抱到车里，开车就往医院跑。

老大爷被送进急救室，医生从老大爷的身上找到电话本，很快他的家人赶来了。没想到，老大爷的家人不让阿P走，说人是阿P撞的，还叫来了警察。

这下，阿P说不清了，只好打那个女孩的手机，请她过来给自己作个证。不料女孩冷冷地说："我正在公安局报案呢，现在没空过来。我从来没见过像你这么开车的，要不是看你后来救了个老大爷，我要怀疑你是不是和劫匪一伙的了。哪有人的车喇叭总叫唤'请您先行'的？"女孩说完就挂断了手机。阿P很郁闷，只好焦急地等着老大爷从急救室出来。

过了一会儿，护士把老大爷推出了急救室，说人没什么大碍，主要是受惊吓晕了。阿P赶紧让老大

爷证明不是自己撞的，不料老大爷摇摇头："我真不知道是不是你撞的。"阿P一听这话，傻了。

老大爷歇了歇，又说："我想起来了，当时我躺在地上，听见撞我的车跑了，后边又来了一辆车。那车很特别，会说话。如果你是从那车里下来的，就不是你撞的。"

车会说话？警察很奇怪，老大爷说："那车不停地说'请您先行'。"阿P顿时手舞足蹈："这是我的车。"

警察和老大爷的家人跟阿P下楼一看，阿P的车果然会"说话"。老大爷的家人很过意不去，赶紧向阿P道歉。阿P挺大度，这事根本没往他心里去，倒是刚才那女孩说的话，让他一直耿耿于怀。他要向女孩证明自己的清白，想证明自己，最好的办法就是抓住劫匪。

阿P一打听，才知道这劫匪是惯犯。他的车是套牌的，这家伙曾是赛车手，车技好，有人追过他几次都追不上。阿P到处寻找劫匪，找了一个星期，可是一点结果没有。

这天，阿P接到一个电话，打电话的是那个被撞的老大爷。他说自己出院了，要见阿P一面，表示谢意。阿P一听是老大爷，眼珠一转有了主意，立刻答应了老大爷。

见面后，老大爷告诉阿P，他姓李。李大爷感谢阿P，阿P说没什么，只是为了救他，耽误了一个女孩的

事。于是，阿P说了那天追劫匪的事，当然，他没说自己开车技术不行，而说因为救李大爷才没有追上劫匪。

李大爷听了挺内疚，阿P见铺垫得差不多了，就说自己有办法找到劫匪，只是缺一个帮忙的，问李大爷愿不愿帮忙。李大爷一拍胸脯，说行。

第二天，阿P买了个大皮箱，里面装满了旧报纸，又给李大爷找了一件西服，买了礼帽和文明棍，把李大爷打扮得像个华侨。然后，两人没事就到市里各个长途车出口的地方晃悠。李大爷拉着大皮箱，一副要打车的样子。凡是让他把皮箱放在座位上的车都不坐，只等劫匪。

等了两个多星期，这天，终于等来一辆出租车。司机让李大爷把皮箱放在后备箱里，没等李大爷上车，开车就跑了，劫匪终于出现了！

李大爷让阿P赶紧追，不料阿P却很笃定，说不忙着追，先报警。李大爷急了，说："一会儿这车都开没影了，报警有什么用啊？"

阿P得意地说："这次劫匪跑不了啦，他在我的手机里呢。"见李大爷一脸迷茫，阿P解释说，他在皮箱里放了个手机，手机有自动定位系统，劫匪跑得再远也能找到他。李大爷这才明白，赶紧报警，警察说马上赶到。

李大爷报完警，阿P的车正走到一个路口，这时，从侧面横着开过来一辆出租车，人家走的路是绿灯，所以没减速。阿P有心事，有些溜号，也没注意红绿灯，他的车直接就奔那出租车去了。阿P慌了，想停车，却一脚踩到了油门上，车一头撞上了出租车的侧面。阿P懵了，定了定神，发现自己没事，再看看后座上的李大爷，也没事，才安心了一点。他赶紧下车看被撞的出租车，一看那车，觉得眼熟。突然，阿P看出来了，这就是劫匪的车啊！

这时劫匪已经被撞晕了，很快，警察赶来，把劫匪拉走了。过了一会儿，保险公司的人来了，勘察完现场，把阿P的破车拖去修理厂了。

下午，报社记者来采访阿P，阿P侃侃而谈。他告诉记者，劫匪车速太快，一般人追不上，必须智取。他从定位系统看出劫匪要从那条路走，就从近道赶了过去。等劫匪的车开来，他便一下撞了上去。得知阿P是故意撞的，记者很佩服，竖起大拇指称赞阿P智勇双全。

第二天，阿P上报了，报上还登了阿P的照片。阿P正美滋滋地看报纸，手机响了，是保险公司的人打来的。他们说，看到报纸了，对阿P的勇气表示钦佩，但同时告诉阿P，他的车不能赔偿了，因为是故意撞车，故意撞车保险公司不赔。

阿P一听就傻了，这一口气，吹出去上万元啊！正郁闷着，手机又响了，这次打电话的是那天被抢的女孩，她说自己叫小兰，警察通知她案子破了。她在报上看到了阿P的事迹，十分敬佩，知道自己之前误会阿P了。为了表示感谢，她要请阿P吃饭。

阿P喜出望外，他想着小兰美丽的倩影，说不定这回自己能撞得美人归。和小兰比，一台破车算什么？想到这里，阿P又兴奋起来……

（题图、插图：顾子易）

延伸阅读

您想阅读这位作者的其他精选作品和创作感言吗？请扫描右边的二维码。更多精彩，立刻体验。

捏活人

□ 蔡美美

赶出家门

清朝光绪年间，苏州城外有个泥塑村，村里家家户户都会做泥塑。其中有个叫王全有的，捏出来的泥塑与众不同，栩栩如生，人送外号"捏活人"。

王家有个独子，名叫王君，今年已经二十岁了。这天，王君正在作坊里捏泥塑，家里的丫头佳慧端了茶水进来。这佳慧是王全有捡来养大的，名为丫头，实是养女。她和王君青梅竹马，早已暗生情愫。

见佳慧来了，王君放下手中的活儿，小声说："我有好东西给你。"他把佳慧拉到墙角，那里有一样东西用布盖着。王君揭去盖布，得意地说："看看我做了什么！"

那竟然是一个和真人一般大小的泥塑！这泥塑和佳慧一模一样，眉眼生动，连嘴角边那颗痣都惟妙惟肖。佳慧抑制着内心的感动，轻声说："你又不干正经活，偷偷弄这个，老爷见了要骂你的。"王君说："没事。祖传的技艺我早就学会了，这是我抽空偷偷捏的。怎么样，像吗？"

话音未落，身后响起一个气呼呼的声音："浑小子，我以为你在认真学手艺，原来是弄这些没出息的玩意儿！我王家'捏活人'的手艺，就要毁在你这浑小子手里了！"

来人正是王全有。他挥起拐杖，几下就打碎了泥塑。不但如此，他一怒之下，还要将王君赶出家门。他气冲冲地对王君说："如果不能捏出最好的泥塑，你就不要再回这个家！"

王君年纪虽轻，却有一身傲气，见父亲这么说，也就愤然离去了。

京城奇遇

王君被赶出家门。他想起，听人说京城有个地方叫天桥，天下顶尖的卖艺人都在那里，自己何不去见识见识？于是，王君一路进了京城，来到天桥。天桥捏泥塑的很多，王君靠着精湛的技艺，生意越来越好，他的摊前常常围满了顾客。

这天，王君的泥塑摊前来了个高鼻深目的外国人。这洋人说一口流利的中国话，自我介绍说叫彼得，他要王君照他的样子捏一个泥塑。王君点头说："好，你半个月后来取吧。"彼得大为惊奇："你不用我给你做模特儿吗？""模特儿？"王君一怔，经彼得解释才明白是什么意思。他哈哈一笑："不用。'捏活人'讲究'一眼过'，就是说，看一眼就记住了。我已经记住你的样子了，你走吧。"

半个月后，彼得见到自己的泥塑像，不由得啧啧称奇。他给了王君五十两银子，搬走了泥塑像。

第二天，彼得又回来了，说他有个中国朋友，看了泥塑像很喜欢，想请王君也为他捏一个。王君微觉奇怪，为什么这个朋友自己不来呢？

王君上了彼得的马车，马车放下帘子，走过了热闹的大街小巷，后来外面渐渐静了下来，又好像过了数不清的门，每一次都会停下来检查，后来终于停了下来。

王君一下车，发现自己置身重重红墙黄瓦之中，他竟然来到了皇宫！经彼得一说，他才知道，这次请他捏泥塑像的，竟是光绪皇帝的宠妃珍妃！原来，光绪一心维新，彼得是光绪的洋老师之一，常带些新鲜奇巧的东西给光绪和珍妃解闷。

珍妃美丽和善，王君一见顿生好感。刚说了几句话，突然来了一个太监，口称传老佛爷懿旨，说老佛爷听说珍妃这里来了一个会捏人像的艺人，叫带过去看看。没奈何，珍妃只好带着王君和彼得去见慈禧。

慈禧见了彼得的泥塑像，也很感兴趣，她对彼得说："这个活灵活现，就跟真人一样，我看比你们的洋相片还好。"慈禧又对王君说："这样吧，你给我捏一个像，给珍妃也捏一个。捏得好，重重有赏，要捏不好，我可要治你的罪——"说着，白了珍妃一眼，又瞪了王君一眼，王君只觉得背脊发凉。

王君想了想，回答说："要捏最好的人像，需用家乡特有的五色软泥，求老佛爷恩准小民回乡。"慈禧"哼"了一声，算是准了，又道："赏他一个七品顶子，让几个人跟着。"

衣锦还乡

一个捏泥塑的做了七品官，说得上是衣锦还乡了。可是离家越近，王君越是不安。到了家，只有老家人福安迎了出来。王君明白父亲不想见自己，便在父亲房门外行礼。王全有在屋里冷冷地说："我说过，要捏出最好的泥塑才能回来，并没有说当了官就可以重回王家。"

王君说："儿子这次回来，就是想捏出最好的泥塑。"他把自己关进了作坊，让跟来的差役守在门外，不放人进来打扰，一心一意地捏起了泥塑。

两个月过去，两个泥塑都已经捏得差不多了。看着这两个和活人无异的泥塑，王君的嘴角露出了微笑，暗想，这两个泥塑，就是父亲看了也会满意吧？他不由想起了被父亲打碎的佳慧的泥塑像，佳慧在哪里呢？这些天，他不止一次向送饭的福安打听，得到的回答都是，老爷把佳慧赶走了，谁也不知道她在哪里。

这天，王君出去散步，回屋后却觉得有些异样，仔细检查了一遍，才发现泥塑被人动过了。两个泥塑粗看并无变化，但慈禧脸上的皱纹少了，眉宇间

的暴戾之气也没了，变成了一个端庄慈祥的贵夫人。而原本光彩照人的珍妃，神色间竟黯淡了很多。王君大吃一惊，是谁在泥塑上动了手脚？他问门口的差役："我走后可有人进来过？"差役说："大人的父亲来过，小人不敢阻拦。"

父亲为何背着自己破坏泥塑？难道是出于妒意？王君气冲冲地去找父亲。王全有端坐在客厅里，仿佛知道他要来。王君恳切地说："父亲，以前儿子不肖，惹您生气。这次儿子回来，也是想捏出满意的活儿，光宗耀祖。这两个泥塑是儿子的心血，父亲为何背着儿子将它们改动了？"

王全有平静地说："你觉得改了

好还是不改好？"王君说："恕儿子直言，不改更好。儿子亲眼见过老佛爷和珍妃娘娘，觉得自己捏的和她们更神似。"

王全有冷冷地说："你在外这么些年，民间传说老佛爷和珍妃娘娘水火不容，你就没听说？"王君丈二和尚摸不着头脑："听得多了，可是这有什么关系？"

王全有说："你想想，老佛爷和珍妃娘娘明争暗斗，你捏的珍妃娘娘比老佛爷好看，她能放过你？"

王君从宫里出来，一心想把两人捏得越逼真越好，却从未想到这一节，现在仔细一想，不由汗如雨下。

王全有问："现在你觉得改了好还是不改好？"

不料王君想了想，说："感谢父亲的苦心，不过儿子还是觉得不改好。"王全有一震，只听王君继续说道："父亲从小就教育儿子，咱们王家的'捏活人'，想要把人捏活了，自己先得做一面镜子，才能照出对方的样子来。镜子越干净，照得就越清楚，捏得就越逼真，儿子想做一面干干净净的镜子……"

王全有听到这里，不禁哈哈大笑："没想到我儿子竟有这副肝胆。既然如此，你把泥塑改回去吧。这两个泥塑，深得我王家'捏活人'的真传，为父自愧不如。不过这倒惹起了我老头子的兴头，我这就去

捏一个一生最满意的泥塑，同我儿子一较高下。"说罢他吩咐福安："我要开工了，锁上门，不许任何人打扰。"说完，转身去了后堂。

见父亲还是不改争强好胜的脾气，王君不禁苦笑。

父爱如山

王君花了不少工夫，才把泥塑改回原来的样子。连日来心力交瘁，使他病倒了，他只得让差役将两个泥塑送进京去，自己留下来养病。

过了一段时间，王君身体好了许多，能起床散步了。这天一早，他去后山散步，回来后却发现家里大门紧闭。一敲门，开门的福安见了他大吃一惊："少爷，你不是和老爷一起逃走了吗？"王君被弄糊涂了："我和老爷一起逃走？"

福安一把将他拉进门，低声说："刚才来了一大群官差，说老佛爷看了你捏的泥塑后大为震怒，要抓你进京治罪。老爷用好酒好肉稳住了他们。后来，我听见马房里有响动，出来一看，是老爷和你同骑一匹马跑了，那些官差都骑马追了上去……"

王君如坠入五里雾中，自己明明不在家，怎会又跑出一个自己来？他忙去马房牵了一匹马，向福安问明方向，一路找寻下去。

在一处悬崖边，王君发现了很多马蹄印。他下马一看，不由得心

惊胆战，悲从中来。只见下面是奔腾的河水，河中的礁石上躺着一具马的尸体，正是父亲的坐骑。显然，父亲被官差追赶，最后连人带马从这里摔了下去，掉入了湍急的河中……

为了捏泥塑，竟弄得自己家破人亡，王君不由得万念俱灰，纵身就想往崖下跳去，突然听有人喊道："少爷，不可。"这声音让他一颤，回头一看，不错，正是他魂牵梦萦的佳慧！王君不敢相信自己的眼睛，喃喃问："你怎么会在这里？"佳慧一把将他拉上马车："这里不是说话的地方。"

马车拉上了窗帘，走了好半天崎岖的山路，最后终于停了下来。王君下车一看，这是绿水青山环绕着的一处小庄园。他疑惑地问："这是什么地方？"佳慧红着脸说："这是老爷为我们准备的安身之所呀！当初，他怕你沉迷于儿女之情，才把你赶出家门。大半年前，老爷告诉我你回来了，却不让我见你。他说你脾气倔强，怕你终有一天会得罪权贵，所以让我在这里苦心经营，以便能给你一个安身之所。刚才福安告诉我出事了，所以我一路追了上来。"

王君想起了什么，不解地问："福安说老爷和我共乘一骑逃了出来，这是怎么回事？"

佳慧想了想说："这半年来，我有时会悄悄回宅子看看你。老爷把自己关在屋里，说要捏一个一生最满意的泥塑，我回来时曾偷偷看过那个泥塑，你知道他捏的是谁吗？他捏的是你呀！那泥塑要是穿上你的衣服，简直和你没有区别！我想，那个和老爷共乘一骑的，就是你的泥塑像……"

父亲闭门半年，捏的那个让他一生最满意的泥塑，竟然是自己！王君突然明白了，父亲对今天早有准备，他呼唤了一声："父亲！"禁不住泪流满面。

(题图、插图：谢　颖)

本期主题：吹牛的故事

"吹牛"意指夸口、说大话。相传，古时候黄河水急浪恶，难以行舟。人们就想出了个好点子：用皮筏来代替木船。皮筏大多用牛皮制成，那时没有打气筒，只能用嘴吹胀牛皮，于是就有了"吹牛"这个词。因为吹气时鼓起腮帮子，面红耳赤，一副争强好胜的样子，人们就逐渐把"吹牛"引申为说大话。本期就为大家奉上一组"吹牛"的故事。

吹牛比赛

一个村里有两个老头，都好吹牛，可是到底谁是全村的吹牛大王呢？两人决定比试一番。

这天晚上，全村人都聚在大榕树下乘凉聊天，两个老头遇上了。家常话没说几句，甲老头就言归正传了："要说吹牛，那也不是谁都能吹的，它也是一门学问……"

乙老头不服气地说："有啥学问？编个段子，吹吹牛皮，还不是小事一桩？"

甲老头就说："不信咱就来赛赛。谁能吹出最大的东西就算谁赢了。"乙老头答应了。

甲老头先来："我爷爷的力气很大。那年他出海捕鱼，用渔网捉住了一条鲸鱼。我爷爷把鲸鱼拖回来，剖开肚子一看，肚子里有条大轮船。"

乙老头听了笑道："这事我知道，那轮船上装的全是毛线。你爷爷把毛线送给我爷爷了，我奶奶把所有的毛线都用完了，才给我爸织了一顶小毛线帽。"

甲老头不甘示弱，说："你爸爸刚把帽子戴在头上，我爷爷养的小鸟飞过来，轻轻地就把那整船毛线织的帽子叼走啦。"

乙老头说："我爸一看，提溜起两座大山，朝小鸟就扔了过去。"

甲老头听到这儿，没词了，眼看就要输了。这时，甲老头的小孙子笑了，吹出一句牛来，所有人都呆住了。

小孙子说:"那扔出去的两座大山没砸着小鸟,落在我爷爷的饭碗里了。爷爷一看,生气地说,也没刮风,从哪儿掉下来两粒沙子啊……"

各认亲友

古时候有个人爱慕虚荣,总要抓住一切机会吹牛争面子。一天,这人和朋友出门散步,一顶官轿迎面过来。这人忙对朋友说:"轿里是我的亲戚,省得他下来招呼,我们躲到路边去吧。"

他们避到路边不久,又有人坐着豪华的马车迎面而来。这人又对朋友说:"这是我好友的车,省得他下车寒暄,也躲一躲吧!"

两人一路走去,只要碰上达官贵人的车轿,这人总是那么一套话。

这时,路边来了一群乞丐,个个蓬头垢面、衣衫褴褛。朋友见状,忙把那个爱吹牛的人拉到路边,说:"这些都是我的亲戚朋友,我们也躲一躲吧。"爱吹牛的惊讶地问道:"你哪来那么多穷亲戚、贱朋友?"

朋友笑道:"富的贵的都被你认去了,我还有什么办法呢?"

阿凡提的朋友去了一趟印度,归来时阿凡提前去迎接。朋友一见到阿凡提,就滔滔不绝地说起在印度的所见所闻。说着说着,他开始吹起牛来:"我在印度见到一根黄瓜,足有一座山那么大。"

阿凡提一听便知他在吹牛,就对他说:"你去印度后,我们在家乡修了一座被施过法术的神桥。"

朋友问:"它有什么神奇功能?"

阿凡提说:"凡是吹牛的人经过桥上,桥就会从中间裂开个口子,让那人掉进河里淹死。"

朋友听了有些害怕,就说:"如果不从这座桥上过呢?"

阿凡提认真地说:"这桥是通往村里的必经之路,以后咱们村就再也没有吹牛的人了,多好啊!"

朋友慌忙说:"其实……我说的那根黄瓜没一座山那么大,有一间房子那么大。"又走了一会儿,朋友说:"唉,其实黄瓜没有一间房子那么大,不过里边也能装一个人。"

阿凡提满不在乎地说:"管它有多大呢。你看,桥快到了。"

两人到了桥边,阿凡提一脚踏上桥,回头招呼朋友:"你磨蹭什么呀?快来啊!"

朋友脸涨得通红,好半天,终于憋出一句话来:"其实,印度的黄瓜跟我们这里一般大,有的比我们这里的还要小。"

阿凡提听后,哈哈大笑起来。

神桥

千金买谎

从前有个大官，闲得无聊，就想出一个可以解闷的办法。他叫人到处张贴布告："征求谎话，谁能够一连说出三个谎话，奖赏黄金三百两。"

布告贴出不久，很多人争先恐后地来到大官家里。他们编造了许多荒唐的故事，可是大官听完后，总是说："是啊！是啊！真有这事啊！"

大官这样一说，不就是说讲故事的人没有吹牛，他也不必拿出一分钱了吗？那些上过当的人，一个个都把他恨得咬牙切齿。

有一个见义勇为的年轻人，知道了大官的行为后，就从容地来到大官家，恭恭敬敬地对他说："大人，我今天是来说谎给你听的。你看，我多么富有啊！"

大官心想：哼！你这穷小子明明是在吹牛，不！我可不上你的当。于是他顺着年轻人的话说："是啊！你真富有。"

年轻人接着说："大人，你知道为什么我会这样富有吗？告诉你，我养牛的方法很好。"

大官问是什么方法，年轻人说："我钉了许多大木箱，每个大箱刚好装进一头牛。我把牛关在箱子里，在箱子的前后左右挖了四个洞。我从箱前的洞喂牛，用箱后的洞让牛

大小便，从箱左的洞里抽牛油，从箱右的洞割牛肉。嘿！我那些可爱的牛啊，油越抽越多，肉越割长得越快……"大官忍不住喊了起来："哪里会有这种事？你在吹牛！"

年轻人一听高兴了，赶快说："你说我吹牛？那么我胜了！"

大官这才发现自己说漏了嘴。这时，年轻人接着说："我小时候，读书总考第一。那时你常称赞我：'你真聪明，等你长大了，我就把三姑娘嫁给你。'现在我已经长大了，请快把你的三姑娘嫁给我吧！"

大官一听，急得大声辩白："胡说，我什么时候答应要把三姑娘嫁给你？"年轻人笑道："你说我胡说，

承认我又在吹牛了，谢谢你啊！"

大官听了，暗暗叫苦。年轻人又说："几年前，我载了满满一大车梨子，到你家门口卖，一箩梨要卖一百两黄金。我记得你买过我三箩呢！"大官只好说："是啊，是啊，我买过三箩！"年轻人接着说："可是，当时你并没有给我梨钱。大人，请你现在把钱还给我！"

这下大官一句话也说不出来了。如果他说真有这回事，就得给年轻人三百两黄金；如果说没有这回事，不就等于承认年轻人在吹牛吗？还是要付给年轻人三百两黄金！

年轻人望着大官那副狼狈样，轻松地笑了。

兔子吹牛

很久以前，兔子的尾巴是长长的，后来怎么变短了呢？据说和兔子爱吹牛有关。

很久很久以前，有只兔子到小河边玩。它看到河对面有一片绿油油的青草，就想过河去吃个痛快。可是，兔子不会游泳，正犯愁呢，一只老鳖浮上了水面。兔子眼珠滴溜溜一转，有了主意。它对老鳖说："鳖大妈，听说在这条河里，你的孩子很多，是吗？"

老鳖听了，心里乐开了花，它说："是啊，在这条河里，我的孩子数也数不清。要是让它们排成队，在这河面上可以架一座桥呢。"

兔子就说："那我怎么一个也没看到呢？我不信。要说孩子多，还是我的孩子更多，要是我的孩子都到河边来，怕还挤不下呢。"

老鳖说兔子在吹牛。兔子说，那就比一比，看谁的孩子多。它让老鳖先把孩子都叫来，让它们浮在水面上，从河的这边一直到河的那边，排成一行，兔子从这边数过去。数完之后，兔子也把孩子叫来，在河岸上排成队，让老鳖来数。

于是，老鳖钻进水里，把孩子们都叫了过来，让它们浮在水面上，整整齐齐地排成了一行。兔子"扑"的一跳，就跳到靠岸边的小鳖背上，再一跳，跳到第二只小鳖背上。它就这么一边跳一边数："一、二、三、四、五、六、七、八……"数着数着，就数到了河对岸。

这时，兔子得意极了，它一面往岸上跳，一面说："哈哈，我刚才是吹牛的，我才没有孩子呢，老鳖你上当了。"

可是，兔子高兴得太早了，它往岸上跳时，那条长长的尾巴还拖在河里。老鳖发现上了当，就伸出嘴去使劲一咬，把兔子尾巴咬住了。兔子慌忙使劲一拉，结果把尾巴给扯断了，只留下了短短的一截。

撞石狮

□ 洪美姜

清朝年间，京城有位卖艺的高人，叫于鹤仙。于鹤仙卖艺与常人不同，别人常是合群表演，他喜欢落单，一人行走江湖；别人卖艺，要么抖软料，要么扛硬功，很少有软硬通吃的，于鹤仙却是两样不落，造诣非常高超。

所谓软料，即指吹拉弹唱，无非弹个小曲、唱个小调、摆个花架子；硬功则指胸口碎大石、铁砂掌之类的真功夫。软料讲究一个"巧"，硬功讲究一个"真"。

于鹤仙的软料是有一副出众的亮嗓子，他唱的皮黄戏响遏行云，摄人心魄。他的硬功拿手戏则是"铁头功"。人们都说，于鹤仙的脑袋比石头还硬。他每次沿街卖艺，都会带着一个木凳子，视为宝贝。于鹤仙管这个小凳子叫"佛歇脚"，据说

是于家祖上传下来的物件，用的是古寺里一棵百年老树的木料，虽不名贵，却有几分灵气。于鹤仙在外卖艺，再苦再累，只要把屁股往佛歇脚上一坐，小歇片刻，全身的疲乏顿时减去大半。于鹤仙曾眉飞色舞地对人说："善男信女到寺庙中拜佛，才能得到佛祖的恩惠，而我只要一坐佛歇脚，心里就变得宁静无比，好不自在。"

天有不测风云，人有旦夕祸福，于鹤仙年过古稀的老母突染疾病，卧床不起。于鹤仙是个大孝子，为了多赚钱给母亲买药，他每天卖艺更用心了。

这天，于鹤仙又到街上卖艺，他把佛歇脚端端正正摆好，清了清嗓子，开始圈场子："南来的北往的，啃田的吃饷的，您站一站，停

一停……"

把人都招呼住了，于鹤仙开始表演硬功。刚端好架子，就见几个地痞像螃蟹一样"横"了过来。为首的是个胖子，他吐口唾沫："这是我家老爷的地盘，你是哪棵树上的猴子，敢来这里杂耍？交圈地费了吗？"

于鹤仙行走江湖多年，知道强龙不压地头蛇，但他的积蓄全为母亲买药了，今天还未开张，身上没有分文，于是他一抱拳："这位爷，江湖规矩我懂，只是手头拮据，待我卖艺完了，有了进项再给您如何？"

胖子眯缝起了老鼠眼："哟，还有这种说法？你要看上一个姑娘，先和人家进洞房，后给人家彩礼，人家愿意吗？"

于鹤仙只能解释："我身上真的一文钱没有。"话音未落，就听"啪"的一声，胖子甩了于鹤仙一个耳光。

于鹤仙强压怒火，咬咬牙，退后一步，坐在佛龛脚上。心情刚平静下来，那胖子又一脚踢到于鹤仙胸口上："哟，装什么大爷啊，还坐板凳上了？来呀，把这凳子给我砸了。"

众人上来架住于鹤仙，一个愣头青抄起一根粗木棍冲着佛龛脚就砸了过去。于鹤仙忙上前一步，护住板凳，只听"咔"的一声，那木棍往于鹤仙脑袋上砸去，竟然断成

了两截。

胖子恼了："哟，还练过啊！抄真家伙！"一个爪牙抽出砍刀抢向于鹤仙，于鹤仙一闪身，顺手一推，刀反过来砍向了爪牙的小腿。爪牙顿时鲜血直流，躺在地上哭爹喊娘……

事闹大了，很快，胖子叫来帮手，把于鹤仙绑了个结结实实，押到徐府。这徐府可不平常，府里当家的徐老爷是二品大员，这胖子就是徐家少爷徐月文的心腹。听说自己的手下被砍了，徐月文气得吹胡子瞪眼。

于鹤仙骂徐月文："你们不要欺人太甚，会有报应的！"徐月文好不气恼，他让人把于鹤仙的嘴扒开，拿来一把明晃晃的匕首，手起刀落，于鹤仙的舌头被生生割了下来！

徐月文阴笑道："你不是会圈场子卖艺吗？我让你再乱吠！"

于鹤仙被割了舌头，有家药店的老板可怜他，给他敷了药，没收半文钱。于鹤仙回到家，老母问他话，他都借故赶紧离开，生怕母亲知道自己出了事。有时候实在避不开，就咳嗽几声，再指指自己的嗓子，意思是嗓子哑了，不便说话。

于鹤仙在家静养了几日，为了给母亲买药治病，身体稍一好转，他又上街卖艺。原先他嗓子亮，扯东说西，一会就能圈好场子，现在

舌头被割，他只能以硬功招呼人。他在大街上蹲好马步，拿木棍往脑袋上砸，"咔嚓咔嚓"，一根根木棍被砸断，人们见有热闹瞧，也就慢慢围过来捧场。

但是，没了亮嗓子，于鹤仙的进项明显减少，有时候辛苦几天，才能替母亲抓一天的药。过了没多久，母亲还是不治身亡了。于鹤仙知道，如果按时服药，母亲不会这么快离去，这一切都是因为那些爪牙，因为徐月文那个畜生！

料理完母亲的后事，这天，于

鹤仙卖艺完了，正坐在佛龛脚上休息，冤家路窄，胖子带着几个爪牙刚好路过。胖子见了于鹤仙，就笑嘻嘻地走上前，说："哟，卖艺的，给爷们唱一段，怎么，没了舌头，唱不出来？"

于鹤仙本来就因为亡母而悲痛欲绝，这次又受到凌辱，就用手比划着，意思是一定要报仇，要告御状！

胖子眼露凶光："要告御状？没舌头了，还能用手比划是吧？我让你比划！"说着他让手下按住于鹤仙，抽出砍刀，抢刀砍去，于鹤仙的十个手指被生生砍断！

胖子恶狠狠地说："你不是要告御状吗？你没了舌头，怎么在皇上面前喊冤？你丢了手指，怎么在皇上面前比划？哈哈哈……"

说着，胖子越发得意，他指着徐府门前的石狮子，说："你家门前有石狮子吗？只有朝中大臣才有！石狮子头上的鬃毛疙瘩代表品级，若是十三太保一品大员，门前的石狮子就有十三个鬃毛疙瘩。看到没有？徐府门前的石狮子头上有十二个疙瘩，只比十三太保差一级，我家老爷是当朝二品，你能撼动吗？"

于鹤仙目光呆滞，把佛龛脚抱在身上，转身离去……

从这以后，于鹤仙每天起来，就坐在佛龛脚上，在离徐府不远处

发呆。他头颅低垂，表情阴沉，不知在想什么。有人可怜他，把馒头塞到他怀里，有的见他吃饭不易，还亲自把馒头送到他嘴边。于鹤仙似笑非笑，似哭非哭，张嘴吃了，仍然面无表情。

一转眼几个月过去了。一日，皇帝一时兴起，带几名侍卫出宫探访民情，走到徐府门前，见一个蓬头垢面的人坐在一张小板凳上发呆，就让侍卫近前询问。于鹤仙见皇帝来到，眼中顿时明亮起来，他用胳膊指指徐府，又张嘴让侍卫看看没有舌头的嘴巴。然后，于鹤仙重新坐到佛歇脚上，片刻后，一滴浊泪从他眼中流出。突然，于鹤仙猛睁开眼，眼中精光闪烁，似乎从佛歇脚中吸取了巨大的力量。只见他气运丹田，摆好架势，猛地一头撞向徐府门前的石狮！就听"咚"的一声，于鹤仙歪倒在地，气绝身亡，石狮上溅满了鲜血！

有人暴死在徐府门前，皇帝知道此事必有蹊跷，命人追查，果然发现徐府欺男霸女，作恶多端。皇帝欲将徐府治罪，但不少大臣都说徐家是朝廷的功臣，自古贵贱有别，不宜为区区一介草民就重责功臣。

皇帝正左右为难，这时，突然有人密报皇帝：徐府门前的石狮头上有十三个疙瘩！徐家乃二品官员，石狮头上只能有十二个疙瘩，多了一个，此乃逾制。

皇帝下旨追查，徐老爷听闻后惊得目瞪口呆，连呼冤枉，说石狮头上一直只雕着十二个疙瘩，怎会突然多出一个？一定是有人陷害！

奉旨来查案的大臣指着石狮说："就算有人陷害你，在石狮头上多雕一个疙瘩，总会有痕迹吧？新雕出来的疙瘩和旧疙瘩能一样吗？这只石狮头上的十三只疙瘩浑然一体，显然是当初雕刻时就有意为之，你是何居心？该当何罪？"

徐府被治了罪，平了民愤，但石狮头上多出的疙瘩却一直让人不解，难道是有人把十三太保门前的石狮子换到了徐府门前？可一只石狮重达千钧，哪位壮士有如此神力？

后来有个读书人猜测，说这多出来的一个疙瘩，是于鹤仙用头撞出来的。有人说不可能，凡夫肉胎，怎么硬过石狮？哪能把石狮的头撞肿了？读书人解释道："凡人当然不能，但于鹤仙有佛歇脚啊，也许佛祖看不惯徐府为非作歹，赐给于鹤仙神力，把石狮的脑袋给撞肿了！"

当地少了一霸，百姓无不欢喜，他们把于鹤仙的后事料理得十分周全。在于鹤仙坟前，常年供着一个擦得干干净净的小板凳，那就是给人们带来希望的佛歇脚。

（题图、插图：黄全昌）

送礼秘诀

□ 尘世伊语

春节快到了，大刘一想到那些复杂的人情往来，就觉得头疼。去年，远房堂弟到大刘家来拜年，拎了两瓶酒，招呼大刘第二天去做客。大刘没多想，也从家里找了两瓶酒拎去，结果被老婆骂得狗血喷头。原来，远房堂弟拎来的酒，店里卖一百多，而大刘从家里拎去的要卖五百八，你说老婆能不骂他吗？

还有一次，大刘去看望老婆的姨姥姥，心想老人家牙口不好，正好家里有盒包装精美的蛋糕，上面清一色的外文字，大刘心想这肯定不错，就拎了过去。没过几天，老婆从娘家回来，拉长着脸。原来，丈母娘说那蛋糕在超市只卖几十块钱，说大刘看不起娘家人，害得老婆好几天不理大刘。大刘直叫屈，现在这五花八门的包装，谁知道哪个值多少钱啊？他这才明白，为啥一到快过年，老婆总往超市跑，就算不买东西，也要看看价格，做到心里有数。

打那以后，大刘听到送礼，心里就直发憷，让老婆全权做主。可今年春节老婆要带儿子出国旅游，就留大刘一个人在家，这年里的人情走动，可难坏了大刘。

大刘正犯愁呢，这天，老婆搬回了一样东西，大大的电脑屏幕，连着一个扫描器一样的东西。这是什么玩意儿？老婆笑着解释："这叫计较秤，运用了最新开发的软件。"

大刘奇怪了，家里的秤已经够多了，厨房里有弹簧秤，浴室里有体重秤，这计较秤是干吗的？老婆说："它的全称叫'智能型人情比较礼品秤'。"

大刘一字一字地念了一遍，还是不懂。老婆现场演示，拿出外甥今天送来的葡萄酒，用扫描器一扫，再一按回车键，电脑屏幕上立刻刷刷地显示出了一个列表——价格：218元，生产日期：2013年1月2日，用途：适合送有小资情调的人群……还把红酒的好处罗列了出来。

大刘马上明白了，老婆真聪明，怕自己送错礼，这不相当于请回了一个商场导购吗？老婆神秘地说："这还不是它最神奇的地方。你把送礼人的信息输进去，它还可以告诉你回礼的方式，建议送什么最适合。如果你家里有现成的礼品，它还会帮你搭配好。"

大刘一听乐了："这个好，就算老婆不在家也难不倒我了。"

接下来，大刘把每天收进的礼品和要送礼的人家都输进计较秤里。屏幕很快就显示出结果，大刘照单办事，拎着东西出门，再也没闹过笑话、得罪人了。

过了正月十五，大刘的同事赵亮搬家，请了一干同事。大刘照例在计较秤上输入了一番，屏幕上显示可包钱，可送画或瓶，寓意平安。大刘懒得麻烦，随手包了两百块，就去喝酒了。他刚入席，就被好友小张拉到了一边，小张问大刘："你包了多少？"大刘伸了两个手指，小张皱了皱眉，说："你不知道吗？赵

亮马上就要提副科了，我们都包了这个数，你怎么这么不识相啊！"大刘十分后悔，不过已经包出去的礼金，不能重新包了。

他回到家把这事对老婆说了，老婆一拍脑袋，说道："我忘了，这计较秤的软件版本已经升级了，我家的还没升呢。"大刘赶紧上网下载软件，把计较秤的版本升级了。还真别说，升级后的计较秤附带了一个公式，如果对方有升值空间，礼品的价格会乘以一个倍数，视具体情况而定，有时甚至达到几倍以上。而对没有什么发展空间的人，计较秤就只建议回送持平的礼品，有的还稍有折扣。大刘看得啧啧称奇。

这样过了一段时间，大家都说

大刘比以前懂人情世故了，送礼也都送到人的心坎上。

这天，局长的外孙从国外回来。外孙上初中，第一次回国，局长很高兴，要给外孙补请生日酒。科里大家都算计着送啥好。听说科长要送个金娃娃，真是肯下血本。

大刘心想，这次一定得送个出彩的礼品。他回到家，打开计较秤，可奇怪的是屏幕一片漆黑，怎么都没反应。大刘急了，早上家里跳了闸，难道把计较秤烧坏了吗？要知道，局长的酒席就定在今天晚上呀！

过了五点，大刘还没能把计较秤修好，正在着急，这时，儿子放学回来了。见大刘满头大汗的样子，儿子就问怎么回事。听大刘说了经过，儿子倒像是胸有成竹，说："我知道该送什么礼品！"

大刘意外地看着儿子，儿子说

道："购物中心五楼左手边，老字号谭家皮影玩偶。"

一旁的老婆听了，白了一眼儿子，说："送那干吗？又不能吃，又不能穿的。一个破玩意，好几百块钱一套呢。"大刘想了想，说："死马当作活马医，就它吧。"

老婆还是有点担心："人家都送几千块的，你这几百块钱的东西，拿得出手吗？"可是时间快来不及了，大刘不管那么多了，跳起来，按儿子讲的，找到店铺就买了一套皮影玩偶。

大刘赶到酒店时，宴会都快开席了。局长的外孙对科长送的金娃娃并不感兴趣，坐在那儿一声不吭。不料，大刘的礼盒一打开，外孙张大嘴巴惊呼："天啊，太有趣了。"饭也不吃，摆弄着皮影，还拉着大刘直叫带他去看真正的皮影戏。

见外孙如此爱不释手，局长直夸大刘有品味，懂人心。他拍着大刘的肩膀敬了一杯酒，大刘受宠若惊，心里那个美啊！

酒席散了，大刘哼着小调回到家。他问正写作业的儿子，怎么想到送这个礼品的。儿子委屈地说："爸，你忘啦，那套皮影玩偶我想了很久，你就是不给我买。那外国回来的小子和我差不多大，当然也喜欢啊！"

大刘一想，是啊，局长的外孙跟儿子一般大，儿子喜欢的，他自然也喜欢。站在别人的立场上想他喜欢的东西，这才是真正的送礼秘诀啊！大刘高兴地抱起儿子连亲几口，直夸他聪明，说要再买一套皮影玩偶奖励儿子。

没几天，儿子心事重重地对大刘说："爸，你的计较秤修好了没有？"大刘说："还没修好，咋了，你也要送礼？"

儿子一脸严肃地说："我最好的朋友要过生日了，我想送一份礼物给他。"大刘哈哈一乐，说："儿子，你不是总结出来了吗？送别人喜欢的、需要的就好。"

儿子想了想，一拍脑袋，说："我知道他最需要啥了，我用自己的压岁钱买给他。"大刘大方地说："好，儿子长大了，自己的钱自己做主。"

没想到过了几天，老婆生气地找大刘告状："你儿子把他的压岁钱都花光了，还说是你同意的！"大刘吓了一跳，儿子过年得了一千多块压岁钱，怎么一下子全花光了？

大刘揪出儿子就要打，儿子拖着哭腔说："老爸，你不是说我自己的钱让我自己做主吗？"大刘又气

又急，问："我什么时候这么说了？"儿子说："你忘了，前几天我说要给好朋友过生日的。"大刘问道："那你买了什么礼物给他，一下子用这么多钱？"

儿子低着头说："我没买东西，就是把钱都送给他了。他爸爸生病了，妈妈一个人养活全家。我仔细想过了，钱是他最需要的，送给他是让他买学习用品的。"

大刘愣住了，半天才说："那你也要看看钱数多少啊，这么多钱，一下子都给了别人。"

儿子仰起头，问道："爸爸，难道送任何东西都要用计较秤去衡量吗？"

面对儿子纯真的眼神，大刘举起的巴掌缓缓落了下来。

（题图、插图：丁德武）

神探夏洛克： B. 因为凶手不可能赤手拿着那个涂满了剧毒的小针球，所以有手套的人便是凶手。

疯狂Q A： 在电脑键盘上"%) %"相对应的数字是505，505与求救信号SOS相似。

思维风暴： 砌成圆形的。

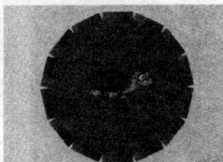

斗琴

□ 冷空

在一个旅游区的古镇街头，有个盲人正在拉琴卖艺。琴声悠扬动人，听众围了里三层外三层。一曲终了，盲人停手，喝水休息，满意地听着大家往盒子里扔钱的动静。

也真不巧，这时有个卖二胡的走过，一把二胡顶在腰间，一路走一路表演。大家都回头去看，盲人不高兴了，以为是来抢地盘的，他一改休息十分钟的惯例，拿起二胡又拉起来。那个卖二胡的闻声一愣，停下脚步侧耳倾听。大家这才注意到，这回盲人的琴声有点古怪，听起来十分刺耳。

这时，那个卖二胡的人看见了盲人，赶紧走上前来，毕恭毕敬地打招呼："听这位前辈的琴声，和在下师出同门。在下周正清，请问前辈尊姓大名。"

盲人不答，抖动弓弦，"吱吱呀呀"地又拉起来，周正清一愣，脸色十分难看。这回稍微有点音乐常识的人都听出来了：盲人是在用琴声骂周正清。他一连拉出十几声怪调，听得大家脸红心跳，不用说，骂的内容相当难听，简直不堪入耳。

周正清想了想，调了调手中的琴，也拉了一段。音乐是诙谐滑稽的风格，但声音尖刻，很明显是在讽刺盲人。盲人气得脸都青了，他慢慢地坐下来，侧耳倾听着什么，然后运足功力，轻轻地拉动琴弦。盲人刚拉了几下，周正清的琴声"嘎"地停了，脸色更加难看。接着，盲人的琴声迅速加急，周正清突然回头就跑，一直跑出几十米，这才心有余悸地回头看，盲人慢慢停了手。

周围的人哈哈大笑起来。周正清远远地喊："听你的琴艺，是王有才师叔吗？算辈分，我是你侄儿！"接着他说："师爷临终前让我们来找你，说他当初错怪你了。"

盲人大怒，"呱啦呱啦"拉了几声，好像是叫他滚远点。周正清为难地站着，这时，旁边走出来一个人，他自我介绍姓李，在这古镇上开了家诊所，业余爱拉胡琴。李医生把周正清请到自己的诊所里，说："先生有何难处，不如说出来，大家帮忙出出主意。"周正清长叹一声，说出了这个盲人师叔王有才的来历。

原来王有才的父亲是位胡琴大师，王有才自幼习琴，天赋极高，二十来岁的时候，已经达到登峰造极的境界。这时，他父亲发现，儿子常常悄悄溜出去，朝着某个漂亮姑娘拉一段曲子，那姑娘就会着了魔一般，跟着他去旅馆里开房。父亲又惊又怒，惊的是儿子的琴声竟然有这种魔力，真是闻所未闻；怒的是他竟干这种勾当！于是父亲找了几个弟子，趁王有才不备，一拥而上捆了个结结实实，拖回家中审问。一审就审出了王有才的秘诀，原来他用琴声勾搭姑娘，得完全迎合姑娘的心思。怎么能看出姑娘的心思呢？王有才总结了两句话，叫"旋律看瞳孔，节拍听心跳"。

· 层峦叠嶂　峰回路转 ·

父亲一听目瞪口呆，半晌，突然跳起来，几鞭子抽过去，道："老子叫你看瞳孔，叫你听心跳！"他暴怒之下，手头失了轻重，鞭子竟抽中了王有才的双眼，王有才脸上当场就开了花。父亲后悔莫及，赶紧把儿子送到医院治疗。不料，王有才却趁大家不注意，独自摸索着出走了，从此就再也没了消息。

李医生吃惊道："有这等事？难道琴声真的能勾魂摄魄？"

周正清道："旋律看瞳孔比较难，但节拍听心跳，内行一听就明白是怎么回事。不瞒您说，自从出了王师叔的事，王家的弟子对听心跳拉琴这一技法都有所研究。我可以试着专门为您拉一曲。"

李医生笑道："拉吧，我不怕，我又不是大姑娘。"周正清微微一笑，"嘎嘎"两声试音后，开始拉一首不知名的曲子。

李医生听着听着，突然觉得悲上心头，不能自已，不禁掉下泪来。周正清的琴声转急，李医生的情绪顿时失去了控制，他抓起手术刀，便向自己手腕上割去。

周正清拉住李医生，说："不好意思，您太上心了。"李医生骇然道："果然像着了魔一般！"

周正清点头道："我辈弟子，都受过严格的训诫，绝不能用琴声去

为非作歹，但我今天发现师叔并未悔改。他今天听着我的心跳拉曲，想逼我自杀，幸亏我跑得快。现在我要回去与师叔斗琴，并说服他跟我回去。不瞒您说，现在我们创办了一家胡琴厂，专门生产六角胡琴，我行走江湖，其实是为了调查市场。但我又有点害怕，我的功力，比有才师叔差出老远，万一斗不过他怎么办？"

李医生不愧是医生，立即有了对策，说："你师叔再厉害，毕竟眼睛瞎了，只能靠耳朵听。咱们可以在身上挂几个秒表之类的东西干扰他。你自己只需堵住双耳，用眼睛看他脖子上的大动脉跳动，效果也是一样。"

周正清大喜，两人找出几个节拍器，在周正清身上前后左右各挂了一个，又用棉花塞了周正清的耳朵，以免干扰到自己。准备停当，周正清回到街头，拉动琴弓。盲人一开始还想反抗，可是侧耳听了半天，只听见好几个节拍器在响，两拍子、三拍子、四拍子全有，他一下子慌了神。周正清则越拉越勇，琴声也越来越高亢激切。盲人听着听着，冷汗直冒，心里开始发虚，情绪也颓丧起来，眼看就要认错投降，但他突然明白了什么，赶紧把衣领立起来，盖住了大动脉。这下周正清没辙了，只好硬撑着继续拉。几个回合过去，盲人的琴音里突然露出了惧怕之意，只见他停了手，拎起胡琴就跑。

周正清大喜，追上去喊道："师叔，你既然认输了，就跟我回去吧。其实当年师爷是错怪你了。后来那个姑娘还来家里找你，说她是自愿的，师爷早就后悔了！"

盲人回头大喊："这我早就知道了！你以为我是怕你的琴声吗？笨蛋，你没有感觉到一股煞气吗？眼睛白长了，看远一点，城管来了！"

（题图、插图：刘为民）

赔偿一万二

□ 张长公

牛阿宝快七十了，他天天带了茶壶，到镇上的乐天茶楼去吃茶。今天，他进了乐天茶楼，泡了一壶茶，见他常坐的桌子旁坐着一对陌生男女。他四下张望着，只见一起吃茶的两个老兄弟坐在另一张桌子边，他忙走过去。经过陌生男女坐的桌子，衣服带住了一只包，"啪"一声，包从桌子上掉下来，掉在牛阿宝脚边。牛阿宝一脚踏在包上，身子不由得一歪，茶壶里的水洒了出来，人也差点跌倒。

他忙拾起包，放到桌上，连声说"对不起"。桌子旁坐着的男人"哼"了一声，说："对不起就算了？"牛阿宝想，对方一定是嫌包脏了，就说："我给你们擦一擦。"男的拍拍桌子，指着包说："看看清楚，这包擦一擦

能解决问题？"

牛阿宝不明白，说："你什么意思？"

"赔！"

包掉在地上也要赔偿？牛阿宝问："赔多少？"

"一万二！"

一只包赔一万二，什么包，这么贵？茶楼里有人认识那男的，问："毛三举，什么包这么值钱？"

毛三举指指包上的商标，叫着："名牌、精品，我特地为我女朋友菊花买的。大家看看，这包掉在地上，名牌商标上还给踩了一脚，这包我还能给女朋友吗？"

牛阿宝活了快七十岁，还从没听到有这么贵的包，这不是要敲诈吗？他说："你的包放在桌上，包带

荡在桌边，包掉下来，你也有责任。"

毛三举大怒，瞪着牛阿宝说："我的包放在桌上，你不碰会掉下来？这是给我女朋友的定情物，叫你赔一万二，还不包括精神损失费呢！"

大家听得你望望我，我望望你，原来这包是定情物，与戒指、项链一样，怪不得这么贵。牛阿宝的老兄弟忙打圆场，说："看在阿宝这么大年纪的份上，好商量，意思意思，少赔点。"

毛三举瞪了牛阿宝一眼，说："他年纪大关我屁事？少赔点，想都别想！"毛三举的女朋友菊花倒在一旁有所心动了，说："算我们倒霉，先说说，赔多少？"

牛阿宝想，一只包脏了，洗一洗擦一擦能花多少钱？可是为了息事宁人，他尽量往大里说："一百二十元。"

"呸！"毛三举啐了一口，叫着："一万二千元的包赔一百二十元，做你的白日梦！脏包拿去，一万二，一分不能少！"说着，拿起包，丢给牛阿宝。不料，那包正丢在牛阿宝拿茶壶的手上，只听"砰"的一声，牛阿宝手中的茶壶碎了。牛阿宝心痛地叫喊起来："我的茶壶碎了呀，赔我茶壶！"

毛三举仗着自己年纪轻力气大，一把揪住牛阿宝，恶狠狠地说："一只破茶壶，不及我包上的半寸皮值钱，你想不赔？"两人扭在一起，眼看要打起来了。周围的人见此情景，忙打110报警。一会儿警察来了，问明了情况，警察说："现在是法制社会，争吵斗殴行不通。商量不通的事，通过法律途径解决。"

警察这么一说，毛三举和牛阿宝打起了官司，没过多久，法院开庭判下来了：毛三举赔偿牛阿宝一万二千元。

乐天茶楼里的人知道后都觉得奇怪，毛三举口口声声要牛阿宝赔偿一万二，怎么庭审结果反要毛三举赔偿一万二呢？大家一打听，原来毛三举买包的发票是假的，那包是冒牌的，只值一百二十元。而牛阿宝的紫砂茶壶，经有关部门鉴定，却是五十年代工艺大师做的，市场价足有一万二。

大家议论纷纷，都说毛三举不是东西，想钱想昏头了。毛三举的女朋友菊花更是怒不可遏：弄个冒牌包来骗我，还好出了这事，否则上当受骗一生一世了！她立即和毛三举一刀两断。毛三举不但女朋友吹了，还要赔偿一万二，真是偷鸡不成蚀把米，搬起石头砸了自己的脚。

律师点评：

《赔偿一万二》故事涉及的法律问题，即过错行为民事责任的承担。根据《中华人民共和国民法通则》有关规定："公民、法人由于过错侵害国家的、集体的财产，侵害他人财产、人身的，应当承担民事责任。"

故事中毛三举以次充好，索要牛阿宝赔偿，已经涉嫌敲诈。在生活中，就算被碰的包是真货，也并不一定要全额赔偿。因为，赔偿基础一方面要看造成损害的后果，另一方面还要看是谁的责任。所以，同样是东西被碰撞，结果却会不一样。

（题图、插图：丁德武）

·本刊信息传真·

故事会■新浪 微故事大赛

5月征集主题：病

篇幅最短、含"金"最高的故事，等待你的挑战！

《故事会》杂志和新浪微博（weibo.com）联合主办微故事大赛继续进行，邀请各路故事名家、草根英雄和世界高人展开较量！

本次大赛所有作品通过**新浪微博**平台征集（搜索#微故事大赛#），每月一个主题，当月设金奖1名，奖金1字10元（字数低于120字的按120字计），银奖2名，奖金1字5元，另设年度奖项。优秀作品将在每月的《故事会》上刊登，并结集出版。3月吃的故事结果已经揭晓，详情请登录故事中国网（www.storychina.cn）查看。

5月微故事征集主题：病。人吃五谷杂粮，难免有个大病小灾，打针吃药，住院开刀，由此引出的故事数不胜数，当然，还有一些其实不是病……正文字数在130以下，力求情节出人意表，立意隽永深远，文字鲜明生动。本月的微故事达人或许就是你！截稿日期：5月21日。（本期刊物特别选登3月微故事大赛优秀作品，详见P16）

玉不能言，却蕴涵着无穷的力量。山里人家娶亲时，婆婆都会送给新娘一只玉做的手镯，表示婆家人对新人的接纳和关怀。山里人相信玉是通灵的，它能祈福纳祥、驱邪压祟。下面我们就说一个关于翡翠玉手镯的神奇故事……

善心如玉

□ 陈 墨

1. 夜路惊魂

腊月二十三小年这天，山杏和奶奶、爹娘一起祭过灶，吃了饺子，就急匆匆地与家人告别出门了。她要赶回城里金老板家。

山杏在金老板家做保姆。金老板三十八岁，在城里开了一家很大的玉器店。他平日里忙生意，怕媳妇在家寂寞，专门高价雇请年轻清爽的姑娘做保姆。做家务其次，主要是陪媳妇说话解闷，山杏就这样来到了他家。金老板夫妇为人厚道，山杏在他家一干就是三年。前两年到了年关，金老板都会给山杏一个红包，让她回家团聚，可是，今年金老板的媳妇有喜了，预产期恰好在年头岁尾这几天，金老板两口子就跟山杏商定，让她腊月十五回家团聚，在腊月二十四之前赶回去，

照顾金老板的媳妇生孩子。山杏郑重地答应了。今天到了她回城的日子，下半晌，她特意采了一大把腊梅花，准备送给金老板夫妇。这么新鲜的腊梅花，城里根本买不到呢。

山里只有一条崎岖的小路通向外面的公路。山杏的家在半山腰，每次出山走到公路，需要两个来小时，可是，今天不知怎么回事，山杏走了半天还没到。山里天黑得早，

此时月暗星稀，山杏手里的小手电发着微弱的光亮，只能照出前边一米左右的距离。这点光亮，让她感觉路两边更黑了。山风呼呼地吹着哨音，山杏用手紧了紧围巾，抱紧了怀里的腊梅花，使劲加快脚步。

终于出山了，山杏看到公路旁那块竖起的大石头，长长地松了一口气。这块石头就是当地人的站牌，平时不管多晚，这里总会聚着几个候车的人，可是今天奇怪了，冷冷清清的一个人都没有。山杏心想：可能是临近年关，人们都往家赶，没人出山了吧。忽然，一阵冷风吹过，让她打了个寒噤，四周死一样寂静，山杏觉得就像掉到了冰窖里，一股彻骨的寒意从四周袭来，她真有点后悔让爹多送她了。

黑暗中，山杏听到"嘀、嘀"两声，她精神一振，汽车来了！车刚一停稳，山杏就一步迈了上去。车里空空的，没有乘客，连售票员也没有，只有司机一个人坐在驾驶座上。山杏将钱递给司机，脸一直冲前的司机慢慢回过头来。这是个中年人，苍白的脸上一双细眯眼仿佛几天没睡一样，红红的。山杏让司机一打量，禁不住打了一个寒战。

山杏找了个靠门的位子坐下。就在司机要关车门的时候，车门边忽然挤进一个人来。这是个老婆婆，她穿着脏兮兮的黑色棉袄棉裤，一上车就一屁股坐在了山杏旁边，一股酸臭味随即在车厢里弥漫开来。山杏忍不住将头扭到一旁。老婆婆却像什么都没察觉似的，凑到山杏跟前，问："姑娘，去哪啊？"山杏只好回过头，只见老婆婆一脸的皱纹里淤着黑黑的泥，山杏顿时起了一层鸡皮疙瘩。

见山杏不说话，老婆婆再次问道："姑娘，去哪啊？"说着还抬起一只脏手，颤巍巍地要来摸山杏的头发。山杏一激灵，立马从座位上弹起来，越过老太太，从还未关严的车门挤下车去。

山杏的两脚刚一着地，就觉得周围的一切"忽"的一下，仿佛转了一个圈，全都变了。她惊恐地发现自己竟然站在后山的坟场子里。自己明明在车站啊，怎么会迷路来到这里呢？

山杏还没转过神来，就见刚才的那辆汽车"忽"的一下化成了一个棺材，又"嗖"的一声，闪进一个荒坟里。接着，一个阴沉的、好似尖刀摩擦玻璃的声音在她的头顶炸开："老婆子，你坏我好事，我绝不饶你！"

"啊！"山杏吓得大叫一声，身上的汗毛根根竖起。她慌忙转身，却见那个脏婆婆就站在自己旁边。借着月色，山杏看到老婆婆脸色慈祥，眼里透出焦急的神色。突然，老婆婆一把抓起山杏的手,说:"姑娘,快跟我走!"拽着山杏就急急往前奔去。山杏像木偶一样不由自主地跟着。不知跑了多久,老婆婆终于站住了,她用手一指,山杏远远地望见了公路边的大石头,石头下站着几个候车的人。这才是平时正常的景象啊,刚才到底是怎么回事呢?山杏呆呆的,站着一动不敢动。

这时,老婆婆说话了:"姑娘,你刚才险些遭了毒手。那个假司机,他生前就是个泼皮,在一次斗殴中被人打死,碰巧葬在了灵脉上,魂魄没散,每三年就要到阳间来作祟一次,骗一个八字纯阳的年轻女子进他的坟里,以保他的魂魄不散。"

听着老婆婆那飘飘乎乎的声音,山杏半信半疑,可是,要不是这样,刚才那可怕的一幕又怎么解释呢?这时,老婆婆递过一包东西来,山杏不敢去接。老婆婆轻声道:"姑娘莫怕,你祖上对我有恩,我今天才冒险出手相助。这个给你,拿上它,鬼魅就不敢近你的身了。"

山杏颤声问:"我祖上怎么对您老有恩了?您老救了我,我怎样才能报答啊?"

老婆婆看看天色,说:"姑娘,我急着赶路,不能说太多了,这个灵物你收着,说起来,这也是你祖上的东西,今天,我算是物归原主

了。"老婆婆一边说,一边把一包东西塞到山杏手里,接着急匆匆地转身就走。

还没走两步,她又折回身来,对山杏说:"这个阴毒的老山怪不会放过我的,我就从你这里借一朵腊梅花吧,希望这美丽的生命能护佑我。"老婆婆说完,从山杏手中的花束里摘下一朵腊梅,身形一飘,就隐进夜色里不见了。

山杏呆呆地站在原地,刚才发生的一切太诡异了,仿佛是做梦,可要说是一场梦吧,手里明明多了一个东西。在黑夜里,她用手摸了摸,是凉凉的一个圈。山杏顾不得多想,将这个东西胡乱地揣进口袋,像逃一样向公路边那块大石头跑去。

2. "双棒"之谜

第二天上午,山杏来到了城里。经历了昨晚的事,她仍有些惊魂未定。山杏来到金老板家门口,伸手敲了三下门,"当、当、当",没人应门。她拿出钥匙打开门,屋里静悄悄的没人。这是一套400平米的复式住宅,山杏关好门,径直走进她的保姆房,将那束腊梅花放到桌上,人便像散了架一样地坐在了床上。

歇了一会儿,山杏从口袋里小心地掏出了昨晚老婆婆递给她的那包东西,打开一看,是一个通体浓

绿的翡翠镯子，在阳光下闪着润泽的光。山杏用手轻轻地抚摸了一下镯子，感觉就像在抚摸着有弹性和体温的皮肤。金老板是做玉器生意的，山杏在他家这几年没少见玉器，近朱者赤，凭眼看，山杏就知道这是件上品。听老婆婆说，这是山杏家祖上的东西，可她自己怎么从来没听说过呢？她忽然想起老婆婆说，这是个灵物，便将左手向镯子里一伸，一下便将镯子戴在了左手腕上。还真是神奇，山杏一戴上镯子，郁结在心里的恐惧仿佛被驱散了，觉得踏实了许多。她站起身，将带来的腊梅修剪好，抱着来到客厅，准备全部插到客厅里的大花瓶中。

她刚走到客厅，大门"砰"的一声被打开了。金老板拎着大包小包闯进来，一抬头，见山杏站在面前，立刻大着嗓门哈哈笑起来，说："太好了，山杏回来了。你嫂子昨天夜里生了，你猜怎么着，生了'双棒'！我正怕我一个人照顾不过来呢。"

"双棒"就是双胞胎的俗称，山杏得知喜讯，高兴地问金老板："生了'双棒'？嫂子检查的时候，医生不一直说是单胎吗？是男孩女孩啊？"

"一儿一女！这笔买卖赚了，哈哈！"金老板开着玩笑，山杏也跟着笑起来。金老板放下东西，又说："不过丫头生下来的时候，不知怎么，

被挤了一下，现在放在暖箱里了。"山杏一听，不由得紧张起来，金老板笑了笑说："没事，医生说没大碍的。你嫂子也饿了，既然你回来了，就由你来做饭吧，我还得回去看看你嫂子和孩子，你做好饭就送过来吧。"金老板说完，把东西一撂，又赶紧出去了。

山杏一阵忙碌，她把金老板买回来的土鸡洗净，在鸡的腹腔里放入葱姜、大枣、西洋参，放到砂锅里炖着，又手脚麻利地煮鸡蛋、和面、擀面条，终于做好了一锅香味四溢的鸡汤面。山杏将砂锅四周围上毛巾，整个装进提笼里，朝医院赶去。

到了医院，山杏很快就找到了金老板妻子的病房，进门一看，她吓了一跳：只见金老板坐在妻子床边，神色与刚才判若两人，他一脸憔悴，无助地看着躺在床上抽泣的妻子。原来，在这短短的时间里，情况发生了变化，原先没什么大碍的女婴，不知为什么，突然脸色青紫，呼吸急促。医生马上实施了抢救，但没什么起色。医生已经通知他们，做最坏的准备。刚才还沉浸在喜悦里的金老板夫妇哪受得了这么大的打击，一下子六神无主，只剩下掏心掏肺的难受了。

这时，一个护士急匆匆地走进病房，吩咐道："家属，赶紧去二楼药房取药给患儿输液，我们再做一

下努力。"见金老板夫妇相对抽泣，山杏赶紧接过取药单子，跑着去二楼取药。两三分钟后，山杏取回了一大一小两瓶液体，又赶到抢救室门口……

抢救室里，女婴的生命体征越来越微弱。山杏推门进来，见好几个医生围着一张床忙碌，隔着医生的背影，她看不见床上的孩子，只从两个医生站着的间隙里看见一只婴儿的小手半张着。咦？婴儿的小手里好像攥着什么东西？山杏定睛一看，原来，她的小手里不是攥着东西，而是长着一个胎记，那胎记长在手心正中，呈暗红色，就像一朵腊梅花！

腊梅花？山杏不由得激灵一下。就在这时，一个护士过来，从山杏的手里接过药，示意她赶紧出去。

山杏往外走着，忍不住又回头看那只小手，没错，就是腊梅花一样的胎记！昨夜那一幕又出现在她的脑海里——老婆婆为了救自己，将镯子塞给自己，然后摘去了一朵腊梅花……想到这，她下意识地用右手摸了一下镯子。她没有注意到的是，随着她的这一摸，一道柔光从镯子上闪过……

山杏回到病房，见金老板正在低声劝慰妻子："女儿会没事的，万一……咱不还有一个儿子吗？你在月子里千万要注意身体啊！"

一听说儿子，金老板的妻子止住了哭泣，对啊，刚才只顾着女儿了，儿子怎么样了？"快，快把儿子抱来让我看看。"她用手使劲地推着丈夫，恨不得马上见孩子。金老板站起身向婴儿室走去，他想，现在也只能用这个办法转移妻子的注意力了。

不出金老板所料，妻子一抱上儿子，果然露出了笑容。病房里的气氛轻松了许多，山杏也笑着俯身去看那个男婴。就在她低头的一瞬间，男婴正巧睁开了眼。一看那双眼睛，山杏立时浑身一麻，那是一双通红的细眯眼！此时，她分明看见，这双通红的细眯眼里滑过一丝诡异的笑意，一股凉气从山杏的脚底一直升到头顶。

这时，金老板的妻子向丈夫笑道："儿子和你一样，爱睡懒觉，这么半天了还睡着。"山杏呆住了：怎么，睡觉？难道他们看不见男婴刚才睁开眼睛，诡异地窥视着周围吗？

昨夜老山怪恶狠狠的话又在山杏的耳边响起："老婆子，你坏我好事，我绝不饶你！"难道他纠缠到了这里？难道那个正在抢救的女婴竟是老婆婆投胎转世？山杏想起，昨夜老婆婆急着赶路的样子，原来那就是老人们常说的赶去投胎啊！山杏明白了，金老板的妻子孕期检查时一直是单胎，忽然间却生下了"双棒"，原来半路中加了一个他——这个可恶的老山怪！

3. 翡翠灵镯

想起女婴现在凶多吉少，山杏心里很难过，早知道这样，当初真不该要这个翡翠镯子。她低下头，右手下意识地抚摸着左手腕上的镯子。这一次，她看见了镯子闪出的柔光，再一抬头，就见金老板妻子怀里的那个男婴，脸上诡异的微笑仿佛僵住了，那双细眯眼也好像困乏得闭上了。怎么回事？会不会是自己看错了？

这时，病房的门一下被推开了，刚才那位护士一进来就笑着说："好消息，你们的女儿有救了，现在已经有自主呼吸了。"金老板激动得"腾"地站起来，对护士连声说谢谢。

护士一笑，说："谢什么，也是这孩子命大。"她一指山杏，"本来我们都不抱希望了，哪知用了这姑娘送来的药，病情一下好转了，现在生命体征已经稳定了。"护士说完，一旁的山杏差点流出了眼泪。她在心里祈祷着上天，一定要让女婴健康地活下来。

三天后，医生终于宣布女婴无恙，大人孩子都可以出院了。听到这个消息，金老板仿佛遇到了大赦，他给儿子起名叫金宝，小名宝儿；给女儿起名金枝，小名枝儿，喜洋洋地张罗着接老婆孩子出院，回家过大年去喽！

金老板把婴儿房设在二楼朝阳的屋子里，紧靠着主卧室。婴儿用具是早就准备好的，问题是，只准备了一张小床，现在却抱回来两个孩子。金老板大手一挥，说："没事，先让这对双棒用一张床。"说着，一边一个，将宝儿和枝儿并排放在了床上。不知为什么，山杏看着两个并排躺着的孩子，心里忽然产生了一种莫名的不安。

为了照顾孩子，家里又请了一

个月嫂。月嫂在婴儿屋里靠墙搭了个铺，山杏也从一楼的保姆房搬到了二楼婴儿房对面的屋里。

这天，山杏、月嫂再加上金老板，三个人手忙脚乱地哄睡着了两个孩子，再看表，已经夜里十一点了。金老板嘱咐了几句就去睡觉了。山杏轻轻地回到自己房间，拧开壁灯，和衣睡在了床上。

夜漆黑漆黑的，仿佛是沉到了一坛浓墨里，连四周的空气都凝固了。山杏发现，自己正急急地跟着老婆婆往前走，忽然，一个黑影挡在了前面，是老山怪！他睁着血红的细眯眼，一下子掐住了老婆婆的脖子，嘴里狠狠地嘶叫着："坏我的好事，我决不会饶你！"老婆婆痛苦地扭动着身子，老山怪发出一阵"嘿嘿嘿"的冷笑……

山杏猛地睁开眼，发现自己睡着了，原来做了一个噩梦。她翻了个身，准备抓紧时间再眯一觉。就在这时，"嘿嘿嘿"三声惊悚的冷笑，在静静的深夜响起。山杏立刻起了一层鸡皮疙瘩。她屏住呼吸再听，"嘿嘿嘿"，没错，冷笑声就来自对面的婴儿房！山杏一骨碌坐起来，壮着胆子悄悄地向婴儿房走去。

推开婴儿房的门一看，山杏差点惊叫出声。只见婴儿床上闪着两个红豆似的荧光，在暗黑的房间里就像坟地里的鬼火。她赶紧伸手打开灯，灯光下，她看到了更可怕的一幕——宝儿的头压在枝儿的脖子上，此时，枝儿已憋得脸色青紫，一双小手难受地上下挥舞着。山杏一个箭步冲上前去，抱出了枝儿。惊恐让山杏全身微微颤抖，她将枝儿抱回自己屋里，放到床上。只见枝儿一动不动地躺在那里，两只小手无力地耷拉下来，右手心的胎记在灯光下是那样苍白。

山杏悲伤地想：老婆婆拿了一朵阳世的花，还是没能保护她，要是她不把镯子给自己……噢，对了，镯子！山杏赶紧伸出右手，抚摸起左手腕上的镯子。神奇的事情又发生了：只见一道柔和的光从镯子里闪过，再看枝儿的小脸，慢慢由青紫变得红润，随着"哇"的一声大哭，她的小手小脚又生气勃勃地上下挥舞起来。

山杏一阵惊喜，这时，金老板夫妇和月嫂听到动静，一齐来到她的屋里。月嫂怀里抱着宝儿，她见枝儿正躺在山杏的床上大哭，奇怪地问："咦，枝儿怎么在你屋里？她怎么哭成这个样子？"

山杏此时顾不得许多了，只有实话实说："宝儿的头压在了枝儿的脖子上，压得她喘不过气来，险些出事，还是让枝儿睡在这吧。"

月嫂抱着宝儿走近，俯身察看

枝儿的情况。这时，月嫂怀里的宝儿突然睁开了通红的细眯眼，他舞动着肥嘟嘟的小手，似乎不经意地搭在了月嫂的左手腕脉上。月嫂的心脉被扣住，一股看不见的黑气悄悄地顺着她的心脉向上漫延……很快，月嫂的印堂一片暗黑。

这时，月嫂突然恼怒异常，朝山杏大声呵斥："你这姑娘是睡糊涂了还是脑子有病？宝儿才几天大，怎么能将头压到枝儿的脖子上？"月嫂一边说，一边将怀里的宝儿交到金老板手里，自己气哼哼地抱起枝儿向婴儿房走去。一想到枝儿又要与宝儿放在一张小床上，山杏急得眼泪在眼眶里打转。她把脸转向一旁的金老板夫妇，却发现他们正紧张地打量着自己。

金老板拍拍山杏的肩，说："山杏啊，大哥知道你这些天累了。你跟大哥说，刚才你是做梦呢，还是真的看见了？"

听金老板这么说，山杏把到嘴边的话又咽了回去，她小声说了句"做梦"，就颓然地坐在了床上。她知道，要将实情说出来，他们非但不会相信，反而会怀疑自己脑子出毛病了，那样，金老板夫妇就不会再让自己接触他们的孩子了，枝儿岂不更危险了！想到枝儿，山杏不禁摸了摸手腕上的镯子，她只有通过这个"灵物"保护枝儿了。

"咦！这个镯子……你从哪里得来的？"金老板注意到山杏手腕上的镯子，显得十分惊讶。他俯身仔细端详，这是他从没见过的上品，在一圈浓绿中，有一丝暗红色的细纹。

"血翡翠！"金老板不由得叫出了声，"以前没见你戴过啊，这是哪里来的？"

山杏一时答不上来。此时，抱在金老板怀里的宝儿脸上滑过一丝诡异的笑，那肥嘟嘟的小手又看似偶然地搭在了金老板的左手腕脉上。随着金老板的心脉被扣住，很快，他的印堂上也泛起了一片暗黑，一阵莫名的烦躁从金老板的心底滋生

山杏哪知道这些，她犹豫着一抬头，不由倒吸一口冷气，她不明白金老板的面色为什么突然变了。最后，她急中生智，撒了个谎："这、这是我娘给我的。"

山杏她娘确实有一个镯子，但成色比这个差多了，那是山杏娘结婚时，山杏的奶奶送她的。山里人自古以来传承着一个习俗，家家无论贫富，新媳妇娶进门的第一天，婆婆都要给新媳妇一个玉镯子。贫家给普通的，富家则要准备上好的翡翠。山里人相信，玉蕴涵着无穷的力量，新人佩戴上它，能护体免灾，为夫家带来好运。

金老板张了张嘴，还想再问什么，却忽然打住了，对山杏说了句："现在太晚了，赶紧睡吧。"然后，就一手抱着宝儿，一手扶着妻子回屋去了。

"血翡翠？什么是血翡翠？"金老板夫妇走后，山杏不禁凑在灯下，仔细观看起这翡翠镯子来。在灯光的映照下，就见翡翠玉镯通身翠绿，隐隐悬浮着片片翠絮，在翠絮之间，竟横贯着一条极细的红丝。红丝是活的，里边仿佛有血液在缓缓流动！

4. 碧玺陷阱

金老板安顿好孩子，回屋看着妻子睡下，他却怎么也睡不着。他只觉得一股无名火从心底向上升腾。"血翡翠！原来听师傅说起过有这么一种奇珍，没想到今天出现在了自己的眼皮子底下！"

以金老板多年鉴玉、识玉的经验，他一眼便看出山杏戴着的玉镯是在墓中经过了二次成色、行家称之为"沁色"的稀世珍品血翡翠。翠絮中的那根红丝，是戴着它下葬的人用其血肉沁渍而来的。本来，作为行家，遇到只闻其名的宝贝，理应激动和兴奋，可他怎么也兴奋不起来，反而像着了魔似的，满心转着一个念头：一定要废了这血翡翠的灵性！

血翡翠极具灵性，想废了它，一般人是做不到的。可是，金老板不怕，他也有一件宝物。金老板来到放置藏品的柜子前，轻轻地打开柜门，伸手从里边拿出了一个通身骏黑的碗。

这可不是一个普通的碗，它是用黑色碧玺精琢而成的，是金老板的师傅临终前传给他的。金老板听师傅说起过，世间万物都有其"克星"，血翡翠虽是极灵之物，但它也有克星，它的克星就是黑碧玺碗。

黑碧玺碗与血翡翠相克相生，既能蚀去血翡翠的灵性，但在特殊情况下，也能增加血翡翠的灵性。前者的方法是：在黑碧玺碗内注入七成清水，选中午正阳之时，将血翡翠放入其中。血翡翠内里的血丝抵不住阳气，就会从翡翠里面被拔出，流入清水中，于是灵性尽失。而增加血翡翠灵性的方法，师傅却没有传授。师傅说，那是人力无法掌控的，得凭天意造化，须有缘之人才能做到。

第二天一早，宝儿那"嘿嘿"的怪异哭声就震响了整个房间。山杏刚一出屋，就看见金老板已经坐在客厅里等她了。金老板将手里的一件东西递过来，山杏接过一看，是一个黢黑的碗。

金老板对山杏说："山杏，你戴着的镯子是件血翡翠，镯子里的那根红丝其实是死人的血沁出来的，属极阴之物。你是个女子，也属阴，阴阴相配，会生成极大的负能量。"说到这，他指了指山杏手里的碗，"这

是黑碧玺做成的碗，跟你的血翡翠是天缘一对。你的血翡翠得用它除煞，除煞后血翡翠便带有了阳性，能更好地保佑你和你周围的人。"

见山杏毫不怀疑地直点头，金老板松了口气，他站起来，对山杏说："中午十二点，你把血翡翠放进黑碧玺碗，就能除煞了！"此时，谁也不曾注意到，婴儿房里，宝儿脸上滑过了一丝诡异的微笑。

金老板家的午饭十一点开，他们夫妻习惯每天饭后午睡一会儿。这时，月嫂抱着宝儿在婴儿房外的露台上晒太阳。山杏一看，快到十二点了，赶紧回到自己屋里，此时，黑碧玺碗里已倒好清水，山杏摘下镯子，刚要放进去，只听"哇"的一声，留在婴儿房里的枝儿大哭起来。

"山杏，赶紧抱抱孩子！"在露台抱着宝儿的月嫂腾不出手来，又怕哭声吵醒午睡的金老板夫妇，赶紧招呼山杏。山杏放下镯子，来到婴儿房，抱起枝儿。可是，无论她怎么哄，枝儿还是哭个不停。山杏担心错过时辰，就抱着枝儿回到自己房

间，一手抱着枝儿，一手拿起桌上的手镯，就要放到黑碧玺碗中。

就在她拿起镯子的时候，镯子碰到了枝儿舞动的小手，被她的小手不经意地抓住了，枝儿的哭声戛然而止。山杏轻轻地想从枝儿手里拿出镯子，突然，她惊异地发现，镯子里的那条红线"突"地弹了弹，变得粗大起来，一道柔光从镯子里闪出，跃进面前的碧玺碗里。碧玺碗的清水里就像电视屏幕一样映出了一幅景象：

水里映出的竟然是山杏要做可还没做的事——只见她将镯子放进碧玺碗内，茫然地站在一边守候着。碗内的翡翠镯子慢慢沁出血水，镯子立刻就变得黯淡无光了。这时，画面上，山杏的身后忽然多出一张惨白的带着诡异微笑的脸……

山杏浑身一战，惊出了一身冷汗，看看手中的镯子，她庆幸自己没干傻事。幸亏了枝儿，想到这，山杏看了看怀中的枝儿，此时，她正用一双清澈的眼睛望着自己，嘴里"呀呀"地叫着，仿佛要跟自己说什么。

5. 善心善果

山杏听老辈人说过，刚出生的婴儿既不属阳也不属阴。虽说他们托生前喝了孟婆汤，但还要在阳间吹上十天的风，才会刮去前生的所有记忆。所以上天让新出生的婴儿在头十天里除了吃就是睡，基本不睁眼。

看来，枝儿还记得之前的事情。山杏忽然想起郁结在心中的那个谜团，到底老婆婆与自己祖上有什么渊源？于是，她将镯子放到枝儿的小手上，俯下身去，低声说道："如果能听懂我的话，就告诉我，我的祖上怎么对您有恩了？"

山杏说完，紧张地等待着。只见镯子里的那条红线又"突"地弹了弹，变得粗大起来，一道柔光从镯子里闪出，跃进面前的碧玺碗里。山杏只觉得身子一轻，好像腾空而起，似一阵风一般，也飘进了这黑碧玺碗里。

她看到，迎面来了一个背行囊的年轻后生，正大步走在崎岖的山路上，微微的山风吹拂着他的衣襟，也拂过他年轻英俊的面颊。山杏知道，这是她祖爷爷年轻的时候，每年除夕，山杏家都要请出祖先画像祭拜，山杏祖爷爷的画像，就是这样的。

此时，祖爷爷的背囊里放着用老山参换回的镯子，二十多岁的他即将娶亲。忽然，祖爷爷嘴里发出"咦"的一声，停住脚步，原来，他看到山脚下躺着一个人。这是一个年轻女子，蜷缩在一片血泊中，已不省人事。

祖爷爷急忙到跟前，伸手试了试她的鼻息，还有微弱的气息。他忙从行囊里掏出止血药，给这女子搽上，又掏出一个葫芦，扶起女子的头，往她的嘴里灌了些药，然后脱下身上的衣服给她盖上，坐在旁边静静地等着。大约过了半个时辰，这女子幽幽醒来，一睁眼，见旁边有人，就问："我这是活着，还是死了？"

这有些飘飘乎乎的声音，山杏一听马上知道了，这就是那位老婆婆年轻的时候。见女子醒来，祖爷爷高兴地说："姑娘，你命大，还活着！"谁知姑娘的眼里竟"吧嗒吧嗒"地落下泪来，她深深地叹一口气说："大哥，我是故意从崖上跳下来的，虽说一下子没摔死，但是躺一会儿没人救，也就死了。死了，也就解脱了，你为什么救我呢？"祖爷爷劝解道："姑娘，爹娘给了命，哪能说死就死啊？"姑娘又叹了一口气说："不瞒大哥，我命苦啊……"

从姑娘断断续续的哭诉中，祖爷爷知道了，这个姑娘叫桂花，自幼与后山洼的山柱订亲。自打山柱爷爷患上痨病，为了治病，家里变卖光了值钱的东西，最后连祖传的玉镯也卖了。眼看这年他们都十八了，该谈婚嫁了，可山柱家连给媳妇的玉手镯都没有，山柱一跺脚，与几个人结伴去了大山外。临走时，山柱托人捎话来，让桂花等着他，他一定会给她带回一个像样的玉镯子！

一转眼桂花二十岁了，和山柱一起出去的人回来说，山柱当了兵，跟着部队打仗去了，到现在还没回来，也许早就……多年的期盼成了泡影，后娘这时又逼着桂花嫁人，她想不开，就从崖上跳了下去。

一旁的祖爷爷犯了愁，这个憨厚的汉子不知怎样才能让姑娘消除寻死的心，怎么办呢？撒谎骗她，对，就这样！祖爷爷定定神，假装吃惊地说："原来你就是桂花啊，让我好找！山柱哥在部队里当了大官，一时回不来，让我给你带个信呢！"

"什么？"桂花听了这话，不知哪来的力气，一下子坐了起来。话说到这个份上，祖爷爷索性将自己的行囊打开，露出了他用老山参换回来的翡翠镯子："看，山柱哥有钱了，给你买了一个这么好的翡翠镯子！"

"啊，真的！"桂花伸出颤抖的手接过镯子，惊喜交加，"大哥，多劳你了，上家里喝碗水吧。"因为兴奋，桂花竟一下子站了起来。

"不了，我还急着赶路呢，你回吧，记着山柱哥说的话，一定要等着他啊！"见桂花已无大碍，祖爷

爷嘱咐了几句，就继续赶路了。

山杏知道，后来祖爷爷回家跟家里又撒了谎，说老山参被盗了。娶亲的那天，只好用一个成色普通的玉镯子代替。而桂花回家后，一心等着山柱回来。家里的后娘见到那只上好的翡翠镯子，也不由得不信山柱当了官，不敢逼她嫁人了。

祖爷爷做了这件大善事后，根本没往心里去。他不知道，以后的事情还真让他说中了。两年后，山柱真的回山了，他当了地方上的大官，风风光光地将桂花娶进了门。

世事轮回，善根结善果。后来桂花富足一生，她感念那个后生的救命之恩，四处打听恩人的下落，却毫无音讯。于是她一生不戴其他饰物，只戴着这个翡翠镯子，直至终老。

"山杏，你愣什么神呢？"月嫂的一声喊叫惊醒了山杏。她向四周一看，原来自己一直站在原地没动，再看看跟前的黑碧玺碗，里面还是那大半碗清水。

"快把枝儿给我，得晒太阳了。"月嫂一把将枝儿抱过去。最近月嫂常抱着宝儿，脸上的黑气越来越重，脾气也越来越阴郁了。月嫂将枝儿抱走了，山杏立刻后悔了，她应该先问问枝儿怎样制服老山怪呀，怎么能为了自己的好奇心，误用了这

段宝贵的时间呢？

6. 除夕"压祟"

这天，金老板的妻子抱过宝儿后，觉得不舒服，看了医生，医生也说不出是个什么病。金老板的脾气也越来越坏，见山杏的镯子至今安然无恙，他心里就像有一股邪火在烧。他几次盘问山杏，是否按他说的，正阳之时将镯子泡入黑碧玺碗里。得到山杏肯定的答复后，他仍然半信半疑。年三十这天一大早，他终于忍耐不住，对山杏说，要在今天正午时分，亲自看着山杏将镯子浸到黑碧玺碗里。

怎么办？山杏急得六神无主，她知道，镯子一旦失去灵性，枝儿的命也就保不住了。她一边准备午饭，一边忍不住偷眼瞄座钟。山杏突然想到，何不让座钟走慢一点呢？她趁别人不注意，悄悄地将座钟调慢了半小时。

将近十一点，金老板家年三十的午饭开饭了。山杏借口去洗手，从餐厅溜出来便直奔婴儿房。她悄悄抱起枝儿，一见宝儿要张嘴大哭，便利索地掏出一个奶嘴塞进了他的嘴里。

山杏抱着枝儿来到自己房间，桌上的碧玺碗内已注入了清水。她快速地摘下玉镯，让枝儿的小手抓住镯子，低着头急促地说："快告诉

我，怎么才能逃过这一劫，制服老山怪！"

就见一道柔光划过玉镯，玉镯内的血丝"突"地弹了弹，水面上又出现了一幅景象：

一个月暗星稀的黑夜，连绵不断的山脉间排着一座座坟茔，坟茔之间星罗棋布地闪烁着点点亮光。仔细看那亮光，竟是一盏盏燃着的灯笼，几乎每个坟前都有一盏。只有一个荒冢前没有灯笼，就见一个狰狞的影子在荒冢边飘来荡去。突然，一个通体碧绿的光环从天而降，兜头罩住了那个影子……

"山杏，你怎么又抱着枝儿在这发愣呢？"山杏正要仔细看那圈光环是什么东西，吃完饭上楼来的月嫂一声吼，将山杏唤回了现实。山杏看了一下座钟，时针指向十一点半，她知道，金老板一会儿就要来了。她要赶紧好好想想，刚才看到的景象到底是什么意思。

"坟茔前点灯笼"，分明就是山里人敬奉祖先的除夕灯笼。山杏想起来了，山里人过年有一个特别的习俗，那就是在除夕午夜，全家要一起"压祟"——先在祖先的坟前燃起灯笼，请祖先及下界的神佛来家，然后在除夕午夜子时，借助祖先及神佛之力，将主妇手上的玉镯压在一个封好的坛口上，以示压住邪祟，保佑来年日子红火，身体安康。

今天是除夕，正是"压祟"的日子！山杏摸了摸手腕上的玉镯，她猛然意识到，刚才看到的那罩住魅影的碧绿光环是什么了。山杏知道，自己必须马上行动！

这时，山杏的屋外响起了敲门声，金老板来了。山杏打开门，手里提着个包袱，急匆匆地说，刚才自己接了家里的电话，奶奶病了，她现在得赶回家去，说完也不等金老板答应，就赶忙跑出门去了。

去山里的车已经没有了，山杏花高价雇了一辆"摩的"。等她赶到大山，时间已是夜里十点多了。她

下了"摩的",便拼命地朝大山里跑。她要赶在午夜十二点前找到老山怪的荒冢,用翡翠玉镯"压祟",压住老山怪!

终于到了坟场子,山杏屏住呼吸,四下察看起来。只见一座座坟茔前都燃着压祟的灯笼。可一圈找下来,山杏竟找不到没有点灯笼的荒冢。这时,远处传来稀稀落落的鞭炮响,马上就要到十二点了!山杏稳住心神,仔细回忆着碧玺碗内看到的荒冢的方位。终于,她在一个杂草丛生的地方发现了那个已秃成平地的荒冢。山杏壮着胆子走上前,摘下翡翠玉镯,拢在双手之中,虔诚地默念:"请祖先保佑,让翡翠玉镯'压'住老山怪!"

山杏将玉镯平放到荒冢上,刚站起身,就见荒冢里"噌"的蹿出一股青白色的烟雾,这股烟雾直朝着山杏扑了过来。正在这时,玉镯上闪出一道柔光,那股烟雾挣扎着被撅进了玉镯内。山杏刚要松口气,忽然她发现,玉镯内的青白烟雾正在拼命地向外撑挤。坏了!要是玉镯被撑碎,那就麻烦了。山杏紧张得大气都不敢喘,此时她似乎听见玉镯被撑挤发出的"咔咔"声。就在这时,大山里响起了一片午夜的鞭炮声,十二点了!与此同时,就见玉镯内一道红光划过,那根红色的血丝"突"地弹了弹,青白色的

烟雾在玉镯的光芒中终于渐渐萎顿下去,最后和翡翠玉镯一起慢慢地沉入了冢中……

第二天一早,山杏赶回了金老板家。给她来开门的月嫂脸色红润,一扫之前的黑气,见到山杏便一把拉她进屋,小声告诉她:"出大事了,昨天半夜宝儿没了!"

"什么?"山杏一时没明白过来,月嫂低声说:"昨天夜里宝儿忽然人事不省,送到医院,已经浑身梆硬,没了气息,简直就成了个泥娃儿。医生说这是罕见的'泥婴症',得了这种病的孩子,只能靠娘胎里带来的养分活这么几天,根本养不大。"

山杏急急地问:"那枝儿呢?"

月嫂说:"知道宝儿是先天畸胎养不活,金老板两口子赶紧抱枝儿去做了全面检查,所幸枝儿完全正常。你没看见他们抱闺女回来时的样子,就跟捡了个金蛋一样。"

山杏听了这话,终于长长地松了口气。

三个月后的一天,山杏抱着枝儿在外面晒太阳。和煦的阳光照在她们身上,枝儿好奇地四处张望着,不时兴奋地挥舞着结实的小手臂。她的小脸儿红润光泽,手心里那腊梅花样的胎记早已无踪无迹。山杏望着枝儿红扑扑的小脸,心想:但愿她今生也做个善良的人……

(题图、插图:杨宏富)

动感地带 "码" 上开始

请用手机或电脑扫描下列二维码，开启全新的视听旅程！（推荐使用"快拍二维码" www.kuaipai.cn）

微信有奖竞猜

故事会正式开通微信官方账号！您有3种方法关注我们：1、用微信客户端扫描右侧二维码；2、查找微信号story63；3、通过QQ号码2652898766查找。通过微信，您将免费读到我们准备的精彩故事，了解《故事会》活动信息，还能获得动感地带有奖竞猜的特权，答题赢取精美奖品哦！

参与本期竞猜办法：请使用微信发送答案字母（题目见P82）给故事会，我们将从回答正确的读者中抽取3位幸运者，赠送故事会公司出版图书一册。（竞猜只限微信用户哦！）

上搜狐客户端 看免费好故事

《故事会》业已登陆国内用户人数最多的搜狐新闻客户端，目前订阅量已经超过400万，加入他们，你就可以获得每周一次的故事加餐，既有最新刊物精华，也有历年《故事会》精萃和网络最新流传的好故事。扫描右侧二维码，在您的手机上下载并安装搜狐新闻客户端，然后订阅"故事会"即可。

微故事大赛

扫描右边的二维码，您就可以收听到由台湾汉声出版社授权的中国传统童话故事。（不能使用二维码扫描的读者，也可直接登录www.storychina.cn收听）

本期（4月22日-5月7日）共有16篇故事，部分篇目：飞将军李广、少年英雄霍去病、泣血的杜鹃、大舜做陶器等。

我懂了（做个好宝宝）

故事会公司原创苹果APP应用，专门针对3-6岁幼儿，通过生动有趣的画面和情节，教会孩子日常行为规范，养成良好生活习惯，本辑共包括做个懂事好宝宝、做个安全好宝宝和做个礼貌好宝宝，每集包含15个生活场景及行为要点，由专业播音员配音，一定会让宝宝看完以后，自豪地说一声：哦，我懂了！（需用IPAD扫描，或在APP STORE中直接搜索"我懂了"）

囧段子

是不是嫌一期《故事会》上的笑话不过瘾？我们为您搜集了网上流传的爆笑段子，每周更新，保证内容新鲜火热，让您看到合不拢嘴哦！

您对于本栏目的设置有任何意见或建议，欢迎登录故事中国网ｗｗｗ.storychina.cn 论坛反映。

友情提示：尽管《故事会》是免费向您提供以上增值服务，不过您如果用手机上网下载音频、视频文件，将产生额外的流量费，且速度较慢，建议您在wifi环境下使用。

新闻照片

·神探夏洛克·

一个青年在居所被人杀害。神探夏洛克在现场找到一张报纸，发现报上的一条社会新闻旁，有人用钢笔写了一行字："见死不救，真该死！"这条新闻是写一位年轻女孩在大街上被人捅了一刀，围观者竟无人出手相救，眼看女孩痛苦地死去。文章旁附有一张照片，正是当时的情景。

夏洛克注意到本案的被害者——这个青年也在照片上。他站在围观者中间，脸上被人画了叉。 此外照片上还有五个围观者：有一个流氓腔调的年轻人，一个中年人，一个老人，还有一位年轻母亲带着个小女孩。夏洛克说："马上派人去保护照片中的五个人，凶手还有作案的可能。"警方随即出动大量警力保护另五人。但是，几天后，凶杀案还是发生了，你知道死者是谁？

超级视觉 裸眼3D漩涡

多媒体艺术家Beau Deeley致力于电脑绘画，尤其擅长制作裸眼3D图案。这幅是他的代表作之一，是不是很炫目？

疯狂QA 脱离险境

一个独居的男人正在浴室里洗澡，忽然发现水龙头坏了，怎么也关不掉，水很快就漫出了浴缸。男人想离开浴室，门竟然也坏了！浴室是全封闭的密室，没有任何可以出去的通道。男人该如何脱离险境？请帮帮他！

思维风暴 发条士兵与他的齿轮

（此题可加故事会微信参与有奖竞猜，参与方法详见P81）

从前有个发条士兵，他每天最喜欢拉绳子转齿轮玩。这不，你看，他又在玩了。你能说出ABCDE五个球里，哪些球会往上升，哪些球会往下降吗？

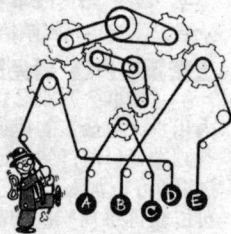

A.AB 上，CDE 下　B.ABC 上，DE 下
C.ABD 上，CE 下　D.CDE 上，AB 下

想知道答案吗？方法一，直接扫描二维码。方法二，登录http://t.cn/zYQerk9查询"动感地带"答案的同步更新。方法三，购买5月下《故事会》！动感地带，与你不见不散。（上期答案见本期P59）

善良的回报

有 个商人，每周都去城郊登山锻炼。这天爬山时，他听到土坡后传来一声尖叫，过去一看，一个老农坐倒在地。原来老农在这里拔草，遭到了毒蛇的袭击。

商人知道这里很偏远，等不及救护车到来，于是他将嘴巴对准伤口，帮老农吸毒。吸完毒，陪老农去医院时，商人自己也顺便做了检查。幸运的是，他并未摄入毒素；不幸的是，他却查出胃癌，所幸是早期，及时治疗，没有恶化。

两年后，商人彻底痊愈，他觉得这是自己一念之善的回报。而每隔几天，老农夫妇都会送一篮新摘的蔬菜上门。商人多次婉拒，老农却说："查出你的病是无意，你救我

却是有心。我没什么文化，救命之恩还是懂的。"

（作者：江泽涵；推荐者：望风情）

机遇是怎么遇到的

一名大学生问一个成功的企业家："为什么你总能得到命运的眷顾，而我连一次机遇都没有呢？"

企业家笑着说："给你讲个故事吧。上大学时，我喜欢上一个女生。我远远地跟着她，跟了整整三个月。常常在图书馆，她在那头专心地看书，我在这头专心地看她。终于有一天晚上，图书馆停电了，趁着黑，我鼓足勇气上前帮她找书包，和她搭上了话。后来我约她到渤海划船，再后来她约我参加她的生日聚会……现在，她已经是我老婆了。"

大学生听到这里，疑惑地问："你这个故事和我们的话题有关吗？"

企业家笑道："怎么没有关系呢？你想啊，如果没有那三个月的跟踪，我怎么能知道她的作息规律呢？如果我不知道她的作息规律，怎么会有图书馆里的守望呢？如果没有图书馆里的守望，我怎么能碰上那次停电的机会呢？上天不会白白给一个人机遇的。"

大学生幡然醒悟。

（作者：蒋骁飞；推荐者：蝴蝶飞飞）

两全齐美

圣诞节前夕，警察菲利普在街上巡逻。他看见一辆破旧的小汽车违章停靠在一家蛋糕店前，就走过去准备抄牌开罚单。这时，一个年轻人奔过来，连声说："对不起，警官先生，我马上把车开走！"

菲利普让年轻人出示证件，一查证件，问题更大了，这竟是一辆过期汽车，而且尚未注册。这不仅要处罚，还得重罚！

可是，年轻人接下来的一番哀求，让菲利普颇感为难。他说："警官先生，我失业一年多了，妻子和我离婚跑了，两岁的儿子归我抚养。我是个失败的父亲，没钱去给这辆破车注册。我本想给儿子买很多圣诞礼物，结果也只能买这么小的一个蛋糕。"他一边说一边打开手里的纸袋给菲利普看，没错，蛋糕的确很小，菲利普开始犹豫起来。

在警校时，菲利普曾经听教官讲过一个真实案例。有一年平安夜，一位警官巡逻时接到上司指令，让他火速赶到某街区的一间车库，有个男子擅自在那里睡觉。警官遵命赶到车库，发现睡觉的男子是个无家可归的流浪汉，便决定拒绝执行上司的命令。结果，他受到了停薪停职30天的处分。但是，流浪汉们对这位警官的行为充满感激，他们拿出乞讨所得和部分福利金，凑足了3000美元，作为圣诞礼物送给了这位警官。

今天，菲利普感到自己面临了同样的选择，是网开一面，还是公正无情地执法？经过短暂的考虑，菲利普做出了最终的抉择。

他既没有网开一面，也没有冷漠无情。像很多尽职的警察一样，菲利普细致地填写了一张处罚单交给年轻人。不同的是，在这张罚单里，菲利普悄悄夹进了一张100美元的钞票。

（作者：孙建勇；推荐者：从　容）

吃鱼的毕加索

刚参加工作的记者摩根，很想采访到著名画家毕加索，可是毕加索一直没有时间。这天，摩根又一次不约而至，来到毕加索家门前，想找个机会采访他。正值午饭时间，摩根从客厅窗外经过，看到毕加索正伏在餐桌前吃饭。

毕加索的午餐很简单，两个碟子里的东西已吃得干干净净。让摩根惊讶的是，毕加索还在认真地吃一条鱼骨架。只见他一只手捏着鱼头，一只手捏着鱼尾，低着头，仔细地用嘴清理着鱼刺。

这条完整的鱼骨架上面已经一点鱼肉也没有了，可是毕加索吃得那么香甜、那么津津有味。拿在手里的鱼骨架闪烁着银白色的光芒，仿佛有了灵性，要游动起来。

摩根还从来没有见人能将鱼吃得这么干净。这条被吃的鱼，简直就是一件艺术品，每根鱼刺都完好无损地排列着。摩根灵光一闪，迅速地拿起相机，调整好镜头，准备拍摄照片。

摩根准备拍照的声响，惊动了正低头津津有味吃鱼的毕加索，毕加索抬起头向窗外看去。转瞬间，摩根迅速按下了相机的快门，接着，他在窗外对毕加索说道："尊敬的毕加索先生，我本想来采访您，现在就不打扰了，您继续用餐吧，其实，刚才我已经采访过您了。"

毕加索听了他的话，不由得微微一愣。

第二天，摩根供职的报纸刊登了他拍摄到的照片。照片下方只有这样一行字：吃鱼的毕加索。这张照片刊登后，立刻在读者中引起了强烈反响。毕加索登峰造极的艺术魅力，一直像谜一样，萦绕在广大读者的心中。人们看到这张照片后，仿佛找到了一种答案：能将一条鱼吃得像一件艺术品，这就是毕加索成功的秘诀。

后来，报纸还专门为此发表评论，评论的题目是：一次最成功的采访。评论最后写道：人生的成功很复杂，复杂得山重水复；人生的成功其实也很简单，简单得只需轻轻地按下相机快门。摩根采访的成功，就在于抓住了新闻的"活鱼"。虽然毕加索吃的是一条鱼骨架，但在新闻里，他正在吃的其实是一条"活鱼"。

（作者：李良旭；推荐者：圣水泉）

（本栏插图：安玉民 梁 丽）

学写作文，
从读故事开始

哭的变化

◆ 小学时，你哭了，全班同学和老师都围过来，问你怎么了。

◆ 中学时，你哭了，几个要好的朋友过来抱抱你，告诉你：还有他们，没关系。

◆ 大学时，你哭了，人家会说，怎么还跟个孩子似的。

◆ 工作后，你哭了，大家都觉得你演技很棒。

（推荐者：极品咖啡）

倒写四大名著

◆ 红楼梦：贾宝玉本是和尚，后来还俗贾府，娶了宝钗，还与黛玉纠缠不清，并且和家里的丫鬟嬉闹折腾，不成体统。最后逼走黛玉宝钗，自己化成一颗石头，就连女娲补天也不用他……

◆ 西游记：如来派唐僧师徒四人去东土大唐宣扬佛法，路上遇到各种妖怪，发现他们都是有后台的。八戒和沙僧觉得太黑了，一个躲进了高老庄，一个钻进了流沙河，只有孙悟空一路斩妖除魔。天庭对孙悟空看不顺眼，就和如来达成协议：我们可以让唐僧平安到达长安，不过你得把孙悟空这个刺儿头给办了。于是，孙悟空就被压在了五指山下。五百年后，孙悟空从五指山下蹦出来，把天庭搅了个天翻地覆，最后在东海变成了一块石头。

◆ 水浒传：一群好汉组成了一支强大的皇家讨逆部队。怎料贼寇越打越多，最后，这帮好汉索性也反了朝廷，占梁山为寇，共计108个。大伙儿排定座次，大秤分金，小秤分银，分完立刻散伙儿。

◆ 三国演义：司马炎雄霸天下，传到司马昭、司马师屡被双规，职位一降再降。好汉孙皓、刘禅、曹奂三分天下，却被不肖儿孙坐吃山空。东吴传到孙策，成了收古董的小贩；蜀汉传到刘备，竟沦落到卖草鞋的地步；最过分的是曹操，竟把曹腾送去做了宦官！后经董卓祸患，汉献帝一统天下，建立了强大的东汉！

· 逗段子 ·

动物幽默

◆ 熊的家庭条件特好，夏天去北极避暑，就叫北极熊；到马来西亚旅游，就叫马来熊；海滩上太阳毒，晒成棕熊；又到非洲住三年，把自己整成黑熊；跟风取个英文名，叫泰迪熊；狗嫁它，生下狗熊；猫嫁它，后代是熊猫。

◆ 总有一些马，思想另类，喜欢打扮得与众不同，先穿一件白衬衣，外面再套上一件黑T恤。为体现个性，把黑色那件撕成条状，称为混搭。这就是斑马。

◆ 鹿爱上了邻家姑娘，但对方父母反对。相思愁人，它就每天去院墙外偷看，有一次被发现了，院墙越加越高。爱情的力量真伟大，从此，一种脖颈很长的鹿出现在世界上，被称为长颈鹿。

◆ 有一只母鸡，为吸引大家眼球，称自己饱览群书，上知天文下知地理，五百年来第一鸡。为了不暴露真实的自己，证明自己有学问，它每天喝墨水，没想到墨水浸入骨髓。于是，乌骨鸡诞生了。

尴尬一刻

◆ 一次回家，上楼乘电梯，发现里面居然有一坨大便。正想出去时，电梯坏了。等有人发现修好时，电梯门口围了一堆人！无法解释……一直在想：要不要搬家？

◆ 一男一女相亲，两人一见钟情。临别时，男方羞涩地说："能不能让我亲……亲……"女方扭扭捏捏地点了点头："嗯。"男的接着说："亲……亲自送你回家。"

◆ 打的，跟司机说："跟着前面那辆车。"司机师傅很兴奋："好嘞，你们是执行任务吗？我们不能贴得太近，会被发现的。"我狂汗，说："师傅，冷静点，我只是和朋友去聚餐，前面那辆坐不下了。"

雷人的生活段子

◆ 昨天晚上，我们这里下了薄薄的一层小雪。老公一早起来就开始擦车。我让他别擦了，不料老公说："不行，必须擦干净，这样就能给人一种我家有车库的感觉。"

◆ 在食堂用餐，买了个炒黄瓜，发现黄瓜不新鲜了，有点黄，就说："师傅，黄瓜怎么发黄啊？"师傅大声说："黄瓜不黄，难道还是绿的？"我想想也是，就走了。

◆ 本人男，表妹要找男朋友，拜托我介绍，于是我在QQ签名上写"寻找温暖靠谱男青年一名！"结果老爸回复："儿子，无论你做什么决定，老爸都会支持你的……"

（推荐者：解　敏）

迈克之死

两个要好的朋友在酒吧里见了面。第一个人开口问:"你听到消息没有?迈克死了。"朋友很惊讶:"啊,他出了什么事?"

第一个人叹了口气,说:"唉,昨天他开车来我家,到我家外面时,只听见'砰'的一声,车子撞到了路边的石头。他被甩出车,飞过空中,撞破了我家卧室的玻璃窗。"

朋友叹道:"死得太惨了!"

不料第一个人说:"不,他没有死,车祸并没有夺去他的性命。他落在我的卧室里,这时候,他看到了卧室里的古董衣柜,便伸手抓住衣柜的把手,试图站立起来。没想到,体积庞大的衣柜一下倒在他身上,砸得他全身多处骨折。"

朋友喊道:"太可怕了!"

第一个人继续说:"可他并没有死,他幸运地活了下来。他使尽全身力气将衣柜推开,然后爬到了厨房。他试图扶着炉子站起来,可他却伸手抓到了一口热水翻滚的大锅。哎呀,满满一锅沸水倒在了他的身上……"

"天啊,他死得太惨了!"

第一个人摇头:"不,他还没死!他躺在地上,浑身被沸水浸湿了。这时,他看见了桌上的电话,就试图站起来,想打个求救电话,可他却鬼使神差地抓住了电灯开关,把整个开关从墙上拉了出来。你想想,水电不相容呀!他触电了,强电压从他的身上穿过。"

这回,朋友学乖了,问:"这次他死了吗?"第一个人说:"不,他活了下来……"

朋友忍不住问:"那他到底是怎么死的?"

第一个人说:"我开枪杀了他!"

朋友震惊了:"你杀了他?你为什么要杀了他?"

第一个人怒道:"因为他把我的家全给毁了!"

(翻译:闻春国;推荐者:格 慧)

86

办假证

□ 郝国平

老黑到劳务市场找工作，人家一看他的文凭是初中毕业，纷纷摇头。这天，老黑看到一家酒吧门前贴着一张招工告示，眼睛顿时一亮，只见上面写着："急聘保安，月薪两千，管吃住。"

老黑兴冲冲地进门报名，经理斜眼看着他说："保安是那么好干的？就你这样的，来吃霸王餐的你能搞定吗？喝醉了闹事的你能镇住吗？"

老黑悻悻地出来，与一人撞了个满怀。一看，竟是同村的阿发。听说阿发这小子靠造假证发财了。老黑灵光一闪，像碰到了救星，赶紧拉阿发进了小饭店。

三两酒下肚，阿发满面红光，醉意蒙眬，问老黑："老黑哥，说吧，找我有啥事？"

老黑"嘿嘿"一笑，一本正经地问："假证生意你还做吗？"

阿发看老黑认真的样子，就点了点头。老黑说："现在我找工作遇到点困难，想请你做个假证。"

阿发笑了："老黑哥，你就说吧，想要哪个学校、什么学历的假文凭，包在我身上。"

老黑想了想，说假文凭他倒用不上，他要做另一种假证。说着，他附到阿发耳边说了几句。阿发顿时张口结舌，半晌才跷起大拇指："高、真高！"

几天后，老黑再次来到那家酒吧，把做好的证书"啪"的扔到经理面前。经理定睛一看证书，顿时喜笑颜开，拉住老黑："原来你是'镀金'过的，咋不早说！"

当即，老黑换装上岗。他看着那张证书，心里不由苦笑：自己应该是第一个找人伪造《刑满释放证》的人吧。

（推荐者：鱼多多）

87

改色的汽车

□ 马 光

这天，王强接到朋友老林的电话，说晚上要聚一聚。原来，老林即将升职，一高兴，就打算请客庆祝一下。老林让王强下班在公司门口等着，他开车顺路接王强去饭店。

下班了，王强站在楼下等老林。等了一会儿，一辆黑色轿车停在王强身边。车窗摇下来，老林探出头，对王强说："还愣着干啥？上车呀！"

王强一愣，他知道老林新买的车是红色的，怎么变黑色的了？王强打开车门，刚要钻进车里，一个警察走了过来，冲老林敬了个礼："您违章停车，请下车接受处罚！"

老林傻了眼，只好乖乖下车。警察拿过他的证件看了一眼，冲老林严肃地说："你的车登记的颜色是红色，怎么变成黑色的了？"

老林嬉皮笑脸地说："警察同志，我这车确实是红色的，为了换换心情，我前两天给贴了层装饰膜……"

警察点点头，三下五除二开出罚单，对老林说："除了违章停车，你还未经交管部门批准，擅自改变车身颜色，请到银行缴纳罚款。"

交警走后，老林一脸沮丧。王强在一旁说："你呀，好好的，给车改什么颜色？你不是说红色有个性，特意买的红色车吗？"

老林白了王强一眼，说："你懂啥？钱是小事儿，为了我的前途，不能不把车身颜色改了！"

这下王强糊涂了，车的颜色和老林的前途有什么关系？老林叹了口气说："唉，我们领导的老丈人刚刚去世，他听说我新买了辆车，让我追悼会那天帮忙接送几个亲戚。"

王强不解地问："那又怎么样？"

老林说："你想啊，我正处在升职的关键时刻，不能给领导留下任何不好的印象。参加他老丈人的追悼会，我总不能开辆红车去吧？"

红遍全国

□ 亮 坡

戴冷莎长得不错，她的梦想就是一夜成名，成为明星。于是，她花高价找了一家包装公司，说不论让她干什么，只要能红就行。包装公司的人满口答应："听我们的，包你红遍全国。"

于是公司开始运作。公司里的人说："要想红，得脱光衣服。"戴冷莎开始不大愿意，包装公司的人说这样才能红得快，戴冷莎咬咬牙就脱了。她拍了许多原以为会叫座的片子，不料炒作了半天，没人看。

包装公司的人又想出了第二招："要不你骂人吧，最好是骂名人。"戴冷莎起初不怎么敢，包装公司说这样才能红，戴冷莎就开始骂，骂得很难听，谁知还是没人理她。

包装公司的人又说："还有一招——要变态，要发疯，越不正常越好，这样才能吸引眼球，才能红！"戴冷莎憋足了吃奶的劲，拼命作践自己，可效果还是不怎么明显。

最后，包装公司也泄气了，说一期宣传就做到这里吧，你要想继续运作，就再交点钱，续个二期。戴冷莎一听就急了："你们承诺过的，包把我炒红，而且要红遍全国！我们可是签了合同的，敢毁约，我上法院告你们！"

包装公司的人冷笑道："目标实现了啊，你已经红遍全国了。"戴冷莎大嚷："骗谁！我现在出门，根本没人找我签名。"

包装公司的人大笑，说："签名能说明什么问题？其实，全国各地知道你的人也不少呢，包括你的亲戚朋友，一说起你，没有不脸红的，有的甚至还红得发紫！"

89

老师的遗憾

□ 天宗健

大周是一家晚报的编辑。这年春节，他联系了几名同学去看望高中时的语文老师刘老师。

刘老师见到大家很高兴，一聊天才知道，除了大周是编辑，其他几位也都与文学沾边儿：大刚是编剧，大成是某市的作协副主席。同学们纷纷表示，刘老师当年因材施教，激发了他们对文学的兴趣。不料刘老师却伤感地说："我有愧啊！"

看大家不明白，刘老师叹道："当年文学社里有一个同学，我以为他

思想不活跃，缺乏想象力，就对他辅导得比较少。现在想来，我看错了！"大周问这个同学是谁，刘老师说："他叫杨刚森。"

一听到这名字，大周眼前立即浮现出了一个矮矮胖胖的小子，就说："我有印象。当年他写的东西干巴巴的，是没什么想象力啊！"刘老师却道："错啦，我也是才知道，他的想象力非常惊人。"

大周心中一惊，问："他是不是成了全国著名的作家？"

刘老师摇摇头："不是，他现在是我们市里的新闻发言人。"

几位同学都疑惑不解，这和想象力也没什么关系啊。

刘老师叹了口气，说："那次，市里一座刚建不久的大桥塌了，公众质疑桥的质量不好。杨刚森面对镜头，说是行驶在桥上的汽车超载压塌的，桥没问题。后来，市里一幢在建的高楼倒了，杨刚森说大楼是整体性倾伏，他一口气说了十分钟，竟然没说一个'倒'字。后来，新修不久的公路坑坑洼洼，把猪都颠死了，杨刚森说这是正常损耗的提前到来……要是没有过人的想象力，能编出这些匪夷所思的解释吗？试问你们这些搞文学的人，比得过他吗？"

众人一听，不禁愕然。

（本栏题图、插图：包丰一 顾子易）

90

535

2013

SEMIMONTHLY

下半月刊

5月

STORIES

欢迎登录本刊主办的"故事中国网"（www.storychina.cn）

故事会
—STORIES—

2013年5月
下半月刊·绿版

社 长、主 编：何承伟
副社长：夏一鸣
常务副主编（兼绿版负责人）：吴 伦
副主编（兼红版负责人）：姚自豪
本期责任编辑：颜轶超
电子邮箱：yanyichao1004@sina.com

绿版发稿编辑
朱 虹 刘迎曦 黄美舟 陶云韫
美术编辑：王怡斐
电脑制作：郭瑾玮

本社办公室电话：021-64375030
上半月刊编辑部电话：021-64310547
下半月刊编辑部电话：021-64336469
（上海市绍兴路74号 邮编：200020）
主管、主办 上海文艺出版（集团）有限公司
出版单位：《故事会》编辑部

发行范围：公开

出版、发行总监：张 凯
电话：021-64313938
广告业务：上海故事会文化传媒有限公司
广告总监：张 淮
广告业务：021-34010383
广告投诉：021-64333738
广告经营许可证
沪工商广字3100320080016号
国外发行：中国图书贸易总公司
印刷：上海文艺大一印刷有限公司
发行：上海市报刊发行局
江苏省报刊发行局
国内代号：4-225 定价：3.00元

小气的男人

有个大婶刚进城，到处找工作，后来她见电线杆上有招聘广告，于是每次只要经过电线杆都要凑上去瞧个仔细。这天，她见有个男人在墙角边的电线杆前站着不走，料想上面有有用的信息，于是也快步上前。

那男人听到脚步声，往电线杆靠了靠，遮遮掩掩。

大婶脚步不停，嘴里还咕哝着："大男人，咋那么小气！还不给人看？"

男人听了，嚷了起来："看啥看，没见过小便呀！"

（赵晓熙）

（本栏插图：包丰一）

原来如此

小明在准备公务员考试，经常通宵不睡。室友见了，不禁好奇地问："公务员考试都考些啥？"

小明回答说："天文、地理、人文、历史等等！"

室友听了，摇头表示不信。

小明进一步解释说："你想，不少公务员上班都是聊天，知识面不广，谁跟你聊啊……"

（张　黎）

懂事的宝宝

有个孕妇临盆在即，宝宝在肚子里动来动去，让她睡不踏实。这天晚上，她又翻来覆去，睡不着。

身旁的丈夫睁开眼来，问她怎么回事。

孕妇气鼓鼓地说："你儿子不睡觉呗！"

丈夫想了想，说："他应该是知道要出来了，在里面收拾行李呢……"

（李方达）

可怕的检验

有个小女孩去医院看病，医生让她去验血，小女孩害怕得大哭起来。

旁边的小男孩见了，忙好言安慰，让她别哭。

小女孩却是毫不领情，边哭边喊："验血要割手指的，我不要割手指！"

小男孩听完，愣了一下，一屁股坐到地上，号啕大哭起来，哭得比小女孩还大声。

小女孩止住了哭泣，问他："你也要验血吗？"

"不！"小男孩抽抽搭搭地说，"我、我要验尿！"

（张 华）

回报师恩

有个年轻的女老师戴了顶帽子，样子挺滑稽。她的学生看到了，边笑边说："老师，你的帽子太丑了，赶紧摘了吧。"

老师听了，正色道："那你好好学习，以后赚钱给老师买顶漂亮的帽子，好吗？"

"不好！"这学生想都没想，立刻摇头拒绝。他见老师一脸难过，又拍着胸脯保证说，"等我以后赚钱了，直接带你去韩国做一张漂亮的脸……"

（谢 克）

如此倒计时

一对老夫妻在公交站等车，等来等去，车不来。老头烟瘾上来，就点了根烟，刚吸了一口，车来了！

老太在一边抱怨起来："让你忍一忍，车那么挤，白白浪费这根烟了！"

老头急了，这是根中华烟啊，得两块钱一根呐，不能浪费。于是，他开始"啪哒啪哒"一阵猛吸，想要在公交车进站前，吸完这根烟。

老太看了，一边看着车，一边给他鼓劲："还剩一块八，还剩一块五，一块……"

（西 岸）

· 笑话 ·

不许动

临近春节，银行里人来人往。突然，一个年轻壮汉高喊一声："都不许动！"

大家瞬间安静下来，呆在原地不敢动。银行保安暗叫一声：糟糕，遇上抢劫的了！但他仍壮着胆，暗暗摸向电棍，伺机而动。

壮汉注意到了保安的动向，又大吼了一声："不许动！"他见没人再轻举妄动，忙趴到地上，一边慢慢摸索，一边解释说，"我的隐形眼镜掉地上了，求你们别乱走，踩坏我的眼镜！"

（方 芳）

肯定输钱了

爸爸检查儿子的语文作业，其中有一题是用"肯定"造句。

儿子造的是："爸爸悲伤地回家，肯定输钱了。"

爸爸看了，很不高兴，让儿子重新造句。

儿子满口答应，很快又造了一句："妈妈冲着爸爸吼，爸爸肯定又输钱了。"

爸爸让儿子重新再造，别再写自己输钱了。

儿子想了很久，最后写道："爸爸不让我写输钱，肯定怕妈妈知道他又输钱了。"

（浩 子）

特别的疗法

有个女孩感冒了，很难受，便给男友发短信说："人家感冒了！"

很快，男友回短信了，他发两个字："开门。"

女孩一边骂"笨蛋"，一边喜滋滋地起身，用最快的速度冲去门口迎接男友。此时，手机又响了，她又收到了一条短信，她一手开门，一手点开短信，这条也是男友发来的，他写着："多呼吸点新鲜空气，运动运动。"

（郭宝贝）

6

意　外

有个六七岁的男孩在小区里学骑自行车。突然，一个两三岁的小朋友摇摇晃晃跑了过来，正巧摔在他车前。

小朋友没什么大碍，但仍委屈地大哭，哭声引来了很多人。

男孩无奈地跨下自行车，恼恨地说了句："哎，遇上碰瓷的了……"

(刘洲元)

善良的老师

有个学生考试考了58分，便去求老师给自己加点分数。一番软磨硬泡下来，老师终于松口了，答应加分。

学生一听，如释重负。

老师补充说："看在你这么有诚意的份上，我就给你加1分吧！"

(姣姣)

踏青之后

一个城里人到乡下去玩，他在农田里玩得正高兴，忽听一农民提醒道："同志，你踏到青菜了。"

城里人瞟了农民一眼，讥笑说："没文化，这叫踏青。"

等城里人走出农田，农民一把将他推到了河里，笑着说："那我让你再踏踏浪！"

(沈苍海)

见招拆招

有个男孩和几个同学相约去好友家玩，大家约在一个公交车站集合。

男孩一下公车，看到同学们都到了，他再定睛一看，大家手里都提着牛奶、水果，只有自己两手空空。他想转身去买东西，却被眼尖的同学看到了。大家看他什么也没拿，眼神都有点异样。

男孩急中生智，猛地一转身，追起了自己坐的那辆公车，一边追一边大喊："师傅停车！我的东西忘拿了！"

(隆龙)

本栏欢迎来稿，读者、作者可将有新鲜感、精彩细节的笑话佳作投寄给我们。来稿一经采用，最高稿费为一则100元。本期责任编辑电子信箱：yanyichao1004@sina.com。

灰姑娘的故事在中国

□ 何 大 搜集整理

迪斯尼乐园遍布全球，灰姑娘的城堡是乐园的标志性建筑之一。灰姑娘的故事可谓家喻户晓，但是你知道吗，其实灰姑娘的故事最早诞生在中国。

1984年，中国民俗学家乌丙安教授写了一篇文章——《灰姑娘的故事在中国》，被翻译成了27种语言。他说：我要告诉欧美的读者，灰姑娘最早诞生在中国。唐代著名诗人段成式在长安遭到了陷害，被贬到酉阳，酉阳属于现在的重庆，是土家族地区。这个故事被段成式记录在《酉阳杂俎》中，一共300多字，这就是第一个灰姑娘故事的雏形。欧洲的灰姑娘故事是11世纪才开始流传，13世纪才记录下来，因此9世纪的中国灰姑娘故事在其之前。

可惜的是，从盛唐至今，我们的灰姑娘一直被锁在《酉阳杂俎》中，也没能出来跳跳舞，以致中国的大人小孩都不得不去看迪斯尼乐园的城堡，看外国的灰姑娘占领全世界。

下面，我们就翻开《酉阳杂俎》，让中国版灰姑娘——叶限和大家见见面……

古时候，南方少数民族的首领被称为"洞主"。传说，有个姓吴的洞主，娶了两个老婆，后来，大老婆死了，留下一个女儿叫叶限。叶限从小温柔贤惠，能用金线做出华美的衣服，吴洞主非常宠爱她。可几年后，吴洞主也死了，叶限就由后母抚养。后母对她不好，经常欺侮她，不是让她到高山上砍柴，就是去深潭边汲水。

叶限有次去打水的时候得到一条鱼，两寸来长，红色的背鳍，金色的眼睛。叶限看了很是喜欢，就小心地把鱼喂养在自己的脸盆里。鱼长得很快，几乎每天都能看出变化来，很快小小的脸盆就容不下这条鱼了。叶限就把它放到院子后面的池塘里，每天还节省出一些饭食投进去。

说来也很奇怪，只要叶限来到池塘边，这条鱼就会游到岸边，露出头来，其他人过去，再怎么逗它，鱼就是沉在水底一动不动。

这事被后母察觉了。这天，她决定对这条鱼下毒手。她讨好地对叶限说："你最近累了吧，我为你做了件新衣裳，你把它穿上。"叶限不知后母的诡计，就把旧衣服脱了下来，换上了新衣服。这天，后母吩咐她必须到很远很远的地方去汲水。

叶限没办法，提起水桶就出发了。后母趁她走后，把她脱下的旧衣服穿在了自己的身上，又拿起一把锋利的快刀，朝池塘边走去。

后母来到了池塘边，学着叶限的声音，低声呼唤起来。

那鱼还真以为是叶限来了，就浮了上来，后母趁势把鱼抓住，挥起

刀，恶狠狠地把鱼砍死了。

鱼在叶限的喂养下，已经长到一丈多长，身上的鳞片像小孩的手掌一般大小。后母邀人一起，把鱼吃了。吃的人都说，从未尝过这么鲜美的鱼肉。后母怕这事被叶限知道了，就叫人把吃剩的鱼骨丢到了粪坑里。

直到太阳偏西了，叶限才回来。她惦记着那条鱼，赶紧拿着点吃的朝池塘边走去。

可无论叶限怎么呼唤，那条鱼就是不浮出水面。叶限伤心极了，她跑到野外，悲伤地哭了起来。

忽然，一个披头散发，穿着粗

布衣服的人从天而降，对她说："姑娘，别哭了，你心爱的鱼被你后母吃掉了，骨头扔在粪坑里，你回去把骨头取出来藏好，需要什么只管向它祈祷，都可以如愿。"

叶限照着做了，找出鱼骨，并妥善收藏。后来，她碰到困难，都会去向鱼骨祈祷，鱼骨都能满足她的请求。

一年一度的节日来了，当地会举办盛大的舞会。后母带着自己的女儿去参加，让叶限在家里看守门户。

叶限也很想去，就向鱼骨求助，让她穿上装饰着翡翠的服装，踏上金色的鞋子，也去参加舞会。

叶限在舞会上表现十分抢眼，后母的女儿看见了，就对她母亲说："那个人很像姐姐。"后母看了也觉得怀疑。

叶限察觉到自己引起了后母的注意，便收起舞步，匆匆地往回赶去。慌乱中，她丢了一只鞋子，结果，被洞人捡到了。

后母回到家里，看见叶限正靠在院子里的树旁睡觉，也就打消了怀疑。

再说，吴姓的这个洞在海边，不远的地方有个很大的海岛，岛上有个叫做陀汗的国家，兵力强盛，统治着附近几十个海岛。洞人把那只金鞋子卖给他们，买的人见金鞋子轻得像羽毛，踩在石头上也没有任何声音，觉得这定是个奇异的东西，就把它献给了国王。

国王让左右的人去试穿，可都没有合适的。国王又下令全国所有的妇人都穿上试一下，也没有合适的。国王认为这鞋子肯定是通过不正当的方法得来的，于是抓到卖鞋的那位洞人，才知道是在过节的时候捡到的。

国王就派人到各户人家搜查同样的鞋子，很快就在后母家里找到了。国王让后母家里的人挨个试穿，后母的亲生女儿穿不上，只有叶限穿得上，还非常合适。于是，叶限只得把经过全说了出来，然后又穿上装饰着翡翠的服装，配上金色的鞋子。国王见了，认为叶限定是天上的仙女，就决定带着她和鱼骨回国。

国王把叶限带回国后，封她为第一夫人，两人过得很幸福。

坏心的后母和她的女儿结果都被飞石打死了，周围的人可怜她们，就挖了个石坑把她们埋了起来，叫做"懊女冢"。后来，当地人想生女儿时，就会对着"懊女冢"祈求，据说非常灵验。

（本栏插图：安玉民　梁　丽）

延伸阅读

您想阅读格林童话里的《灰姑娘》吗？请扫描右边的二维码。比较阅读，精彩无限。

谁都有秘密

□ 许家裕　改编

中世纪的欧洲，无论高官还是平民，甚至是罪犯，每个人都是很虔诚的教徒。向上帝忏悔乞求原谅，是人们日常生活中的一部分。这天，高登神父就碰上了一桩奇特的忏悔。

忏悔者是个高大的男子，看起来还有点凶相。他来到神父面前，沉重地说："神父，我有罪，我要向您忏悔。"

神父安慰他："我的孩子，每个人生来都有罪，仁慈的主会饶恕你的。"

男子迟疑着问："可是，您能保证，今天我所说的，是我们之间的秘密吗？"

神父说："放心吧，你的忏悔只有上帝能知道，主会为你保密的。"

男子稍稍舒了口气，说："三年前，我干了一桩坏事。我、我打伤了一个人。"

神父看他眼神闪烁，便继续循循善诱："我的孩子，你既然来了，就不应该对上帝说谎啊。"

男子想了想，终于鼓起勇气说："三年前，我打伤了一个人，我很害怕，就逃到外地去了。后来我得知，那人不治身亡，便一直在外地流浪，直到前几天，才敢回来。"接着，他继续交代说：自己回来，才发现当年的案子还没了结。当时，政府抓了一个嫌疑人，关押起来。这些年嫌疑人不断打官司，找证据，结果还是未能摆脱杀人的罪名，听说很快将要被处以死刑了。自己当年因为一时冲动杀了人，眼看这事还要连累无辜，觉得很内疚，所以跑来跟上帝忏悔了。

高登神父听后，心潮久久不能平复。那男子走了以后，他陷入了深深的迷惘。

等到天色完全暗了，高登神父跪在神像面前，低声说："主啊，我有罪，我要向你忏悔。"这时，神像后面传来"砰"的一声轻响，像是有老鼠。

神父也不在意，他把男子的模样和罪行详细地描述了一番，然后画着十字，无比虔诚地说："主啊，我不能泄露教徒的忏悔，否则将会受到上天的惩罚。可是，如果我什么都不说，什么都不做，那无辜的嫌疑犯就会被处死。主啊，请给我指引方向吧！"

没想到，神父的这番话，被躲在神像后的一个木匠听到了。木匠白天在教堂里修葺，把凿子忘在教堂了。他傍晚过来拿时，正好听见了这个天大的秘密。

木匠听了这个秘密后，跑回家去跟老婆说了这件事。老婆捶了他两下，骂道："你可得管住自己的嘴，上帝在看着呢。把神父的忏悔传出去，上天会惩罚你的。"

木匠很为难，吞吞吐吐地说："可是，可是我要不说出去，那可怜的人就要被处死了。而且，秘密憋在心里头，那该有多难受啊。"

老婆说："上帝是全知的。那可怜的人如果真的没罪，上帝一定会饶恕他的。至于你说的秘密嘛，你去找个树洞，把秘密说出来，然后把树洞给封住了，你就没事了。"

木匠一想，也是个好办法，于是找到一个树洞，说了秘密后，用泥土把树洞给封住了，然后心满意足地离开了。

这事说来也巧，木匠说秘密的时候，花匠正好躲在不远处。他看到木匠鬼鬼祟祟的，就跟了过来，

正好听到了这个事儿。他听了秘密后，心里也不舒服，就依葫芦画瓢，照着木匠的做法，把秘密给封存起来了……

行刑的当天，当罪犯被押到刑场上时，以往喧闹的刑场鸦雀无声，每个人都在看着罪犯，目光十分复杂。日上三竿，行刑官下令行刑，按惯例，罪犯行刑必须由神父替他祈祷。

高登神父蹒跚地走向罪犯，他步伐沉重，感觉像是灌了铁似的。

这时，人群中突然喧哗起来。原来，那个真正的杀人犯也混在人群中。

不知是谁先小声说了句："他

· 层峦叠嶂　峰回路转 ·

才是罪犯。"人们都开始跟着说了起来："他才是罪犯。""别冤枉了无辜的嫌疑犯。"

杀人犯见势不妙，低头想跑。但很快有人抓住了他，把他送到台上去。行刑官也像舒了口气："这个人很可疑，我们要把他带回去。"结果令人欣慰，无辜者被释放，有罪者得到了应有的惩罚。

全城的人都舒了口气，他们都知道了这个秘密，但又不敢先说出来，这下，事情总算是有了圆满的结局。

当全城的人都在欢庆时，高登神父又跪在神像前忏悔："主啊，当时我是知道木匠躲在后面的，可我故作不知。仁慈的主啊，请您原谅我……"

他不知道，其实木匠在说秘密的时候，同样知道花匠就在身后不远，可木匠同样假装不知。花匠也这样做了……

就这样，秘密被无声地传递。正义，得到了伸张。

（题图、插图：安玉民　梁　丽）

2013年5月(上)动感地带答案

神探夏洛克：拍照的记者。

疯狂QA：拔掉浴缸的塞子。

思维风暴：C。

小小一张纸，境遇各不同……

毕业证的
妙用

□ 马凤文

有三个人在火车上萍水相逢，聊得颇为投机。聊着聊着，他们谈起了学历问题。巧的是，三个人的学历分别是中专、大专和本科。而且，他们的毕业证都各有一段趣事。

中专生先说："我的学历最低，所以，没成啥大事。"原来，他毕业后在一家工厂当工人。学历根本不重要，所以，他没把毕业证当回事。后来工资改革，要按学历涨薪，可他怎么也找不到自己的毕业证了。

大专生和本科生异口同声地问："难道你把毕业证扔了？那你后来怎么办呢？"

中专生笑着说："我老婆会做鞋，当时她找不到合适的硬板纸做鞋底，便把毕业证给剪了。"

另两人一听，都乐了，便问他，那工资没涨成吧。

中专生哈哈大笑，他说："涨成了，后来我把老婆做的鞋送给了领导，领导穿上正合适。我说明情况，就给涨了。"

大专生听了，接着说："那挺好，我的毕业证可是给全家带来噩运的啊。"

中专生忙问："太夸张了吧？毕业证能引起啥灾难？"

大专生叹口气说："这你就不知道啦。我是我们家族的第一个大学生，我爹可看重我的毕业证啦。每年过年时，他都要把毕业证拿出来，供奉在祖先牌位前，说是给先人看。哪知有一年，祖先牌位前点燃的香火掉在了毕业证上，引起了一场火灾。"

其他两人一听，都大吃一惊，这恐怕是史上引起最大不幸的毕业证了。

中专生忙问："那你的工作没受到影响吗？"

大专生笑着说："塞翁失马，焉知非福。毕业证引起火灾后，有不少人给我捐款。我就用这笔钱当资本，做起了生意。现在，呵呵……"他没再说下去，其实看他的打扮，也知道他现在过得挺好。

中专生听完，不禁露出了羡慕的神情。他又看看从头到尾不太吱声的本科生，便直催他讲自己的经历。

本科生拗不过，便说了："现在本科生也多了，毕业证也不稀奇了。可是当年我的毕业证可是救我一命的啊！"

其他两人一惊，这毕业证还能救命？

本科生见他们的兴趣被吊起来了，便娓娓道来。

本科生大学毕业后，拿着毕业证去找工作，结果由于竞争激烈，没找到满意的工作。正在他束手无策之时，一个陌生的男人上来搭讪，说有一个非常好的工作需要人，而且门槛低。因为本科生急着找工作，便跟了过去，结果到了才发现，那是一家黑工厂，

里面都是被骗来的工人。由于管得严，没人能出去。本科生知道自己上当了，便找逃跑的机会，可找了半个月也没发现机会。突然有一天机会来了，他趁着看门的打手放松警惕的机会，把毕业证扔到了大门外。

中专生打断本科生问："毕业证能扔多远？厂里的人一会儿就发现了吧？"

"那你就不懂了！"本科生自豪地回答，"我把毕业证扔出了二十多米远。"

大专生一愣，追问道："你的毕

业证长翅膀了吗？飞得那么远？"

本科生得意地笑了，他说："我把它折成了纸飞机。"

两人一听，夸本科生聪明。但他们心里嘀咕，一张掉在地上的毕业证就能救人吗？

本科生看出了他们的疑问，接着说："当时我心里也直打鼓。等了三天，还真有警察把黑工厂包围了。黑心厂长问是谁泄的密。我就承认了。黑心厂长一听说我是本科学历，大骂手下的人，找什么样的人不好，非得找个

高学历的。"

中专生和大专生听罢哈哈大笑。中专生接着问："那到底是谁替你报的警呢？"

本科生回答："就是一个过路的人，他捡到了毕业证，当时没注意。可他回到家后，发现毕业证编号里的数字被人划掉了不少，只留下三个数字'110'。这引起了他的注意，便报了警。"

另两人连连惊叹，本科生就是不一样。

此时，大专生又不死心地问了一句："那你后来找到工作了吗？"

本科生说："我也是因祸得福，报警的人问我，是怎么把飞机扔出那么远的。我说是利用了力学原理，借助了当时的风势，他非常高兴。原来他是一家玩具厂的厂长，便把我聘去当了顾问。"

三个人讲完，都意味深长地笑起来。

真是小小一张纸，境遇各不同。三人最后得出结论：还是本科毕业证好，关键时能救人一命。

（题图、插图：安玉民　梁　丽）

延伸阅读

您想阅读这位作者的其他精选作品和创作感言吗？请扫描右边的二维码。更多精彩，立刻体验。

□常树东

逼着父亲去看病

俗话说：有啥别有病，没啥别没钱。老谢是个苦命人，这两样都赶上了。

原来，老谢的老婆生下三个孩子后，出车祸离开了人世。老谢又当爹又当妈，含辛茹苦把几个孩子拉扯成人。大儿子在中学当老师，二女儿在妇联工作。三儿子初中毕业后，坚决不肯再上学，非要在家务农，帮父亲供养哥姐考学。如今三个孩子都安稳下来，但买房置业，手头也挺紧。

老谢快六十的人了，本来身体挺好，可他最近脸色蜡黄，消瘦得厉害，还经常捂着肚子，说肚子疼。

子女们觉得不对劲，带着老谢去县医院检查。一星期后，大儿子去拿结果，大吃一惊，原来老谢得了肝癌，而且是晚期。

医生委婉地说，到这种地步，一般能坚持三个月就不错了，如果手术的话，像老谢这么大年纪，估计很难坚持得住，即使下得了手术台，也很伤元气，有可能会加速死亡，做不做手术，亲属自己掂量着办。

晚上，三个子女等老谢休息后，偷偷聚在一起商量。

大儿子哽咽着说："爹差半年才到六十岁，按旧时说法，还不算老人呀，他辛苦了一辈子，我们不能让他这么走……一定要想尽一切办法，让他过完六十大寿再走。"其他两个都点头同意。

第二天，老大借了辆车，要送

老谢去医院。

可老谢说什么也不去，还说："去那地方干吗，得花多少钱呀，我就在村里的诊所看看就行了。"原来他看到子女们表面上嘻嘻哈哈，一离开他的视线，就偷偷地抹眼泪，有些怀疑。昨天晚上，他故意装睡，听到了他们的谈话。

老谢勤俭节约一辈子，想反正活不了几个月了，干吗要给子女再添负担，再说子女们都有各自的家庭，自己这个病还不得把他们都折腾穷了呀。所以他打定主意，不去医院。

三个子女知道，老谢已经知道病情了。兄妹仨就轮番上阵，劝老谢去医院。

大儿子当老师的，口才不赖，率先上阵，他回忆儿时的艰辛，与父子间的相濡以沫，还特意提到，过年时别人家包饺子，自己家却冷冷清清，最后还是邻居好心借给他们几块钱，没敢买肉，买了几斤鸭血豆腐代替肉过了个年。说到辛酸处，大儿子声泪俱下，老谢也直抹眼泪，可他就是不松口。

二女儿在妇联工作，嘴皮子也是很溜的。她也走情感路线，把自己的闺女也就是老谢的外孙女带来了。小丫头一见老谢，按照妈妈教的，一下扑到外公怀里，哭着闹着要他去医院。

看到可爱的外孙女，老谢有点

心动了。可是，他一想到自己即使去医院，也多活不了几天，就更不愿意去医院了。最后，老谢反而做起检讨来了，说自己没本事，没钱供养子女们考研深造，大儿子和二儿本来都可以留在大城市的，因为想离自己近点，都回到县里，最对不起的就是小儿子，连个高中都没上。结果，这话是再也说不下去了，一家人在一起抱头痛哭。

第二天，三个孩子想再劝劝老谢，却发现老谢不见了。他们找了半天，才在村里的小诊所找到他。诊所老赵是老谢的小兄弟，他也加入劝说的队伍，可老谢认准的理，别人谁也改不了。

三儿子见老大老二长吁短叹不知道怎么办，便说："哥、姐，你们把给爸治病的钱给我，我能让咱爸去看病。"

老大老二一听，不知道老三要干什么。可他们知道老三打小就有主意，会想办法。于是，两人就把凑来的几万块钱给了老三。

老三到自己屋里去了一趟，然后拿着钱，叫上大哥二姐，一起去村诊所找老谢。他们到诊所一看，老谢正坐在诊所火炉边给老赵交代后事。

老三气不打一处来，大声说："爸，您必须马上去看病。您看，这是我们几个凑的钱，您如果不去，我就把这些钱一张张扔炉子里烧掉。您知道，我是说到做到的。"说着，老三就把钱举到炉子上边。

老谢一看老三来这手，心里就一哆嗦，老三这孩子从小就是拧脾气，初中毕业后说什么也不去上学了。老谢笤帚打断好几根都不管用，只好随他了。

老谢正想着，老三又问了一句："爸，您到底去不去？"

老谢正琢磨老三会不会真往火里扔的时候，老三一松手，一张百元大钞就落在火里，瞬间化为灰烬。

老谢这个心疼呀，他为了抚养几个子女，一分钱都想掰成两半花，如今一百元大钞就这么没了。他想过来夺钱，被老大老二拦住了。

老三接着又问他，去不去。

老谢心说，我看你舍得再扔！他一咬牙，继续坚持："不去。"

老三眼都不眨一下，又把一张大钞扔进了火堆里。眨眼间，两百块钱就被烧成灰了。

老三说："好，爸，既然您不答应，我们要这钱也没用了，我数到三，您要还不去，我也不费事了，一下子都扔里面去。"说完，老三就开始数数，"一——二——"老

三拉长了语调，"三——"

老三话音刚落，老谢再也坚持不住了，大喊："别扔，我去。"

老大和老二虽然心疼钱，但是见父亲同意去看病了，便直夸老三有魄力。

老三却说："那些烧的钱都是假的，有一次我卖粮食，黑心的粮食贩子给了我几张假钞，当时天黑我没发现。辛辛苦苦挣来的钱我可舍不得烧。"哥哥姐姐一听，对他更是刮目相看。

很快，老谢被子女们送进了医院。医生给老谢开了止疼针，老谢一打，果然好多了。老谢对子女们说："大医院果然不一样，再打几针，我就能回家啦！"

子女们听了，都非常高兴。但是等子女们一回家，老谢就顶不住

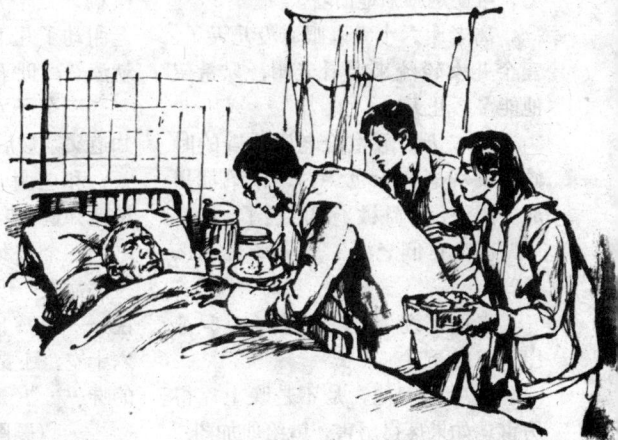

了，"哎哎哎"地轻轻叫唤。

同一个房间的病友见了，对老谢说："你这样不行，换进口药吧，打一针能顶半个月。"

老谢一听，眼睛又亮了起来，问说："进口药多少钱一支？"

病友告诉他，七千块一支，全自费，不能报销。

老谢吸了一口冷气，没说什么。之后，只要医生来打针老谢都很配合，几个月过去了，老谢明显更加衰弱了，他的脸色开始变成青色，走路都不稳了。

不过幸运的是，老谢每次肝疼时，只要打一针几块钱的止疼针就行了，连几十块的杜冷丁也几乎没用过，更别说几千块的进口药了。

医生预言活不过三个月的老谢竟然挺了快半年，生命体征虽然很弱，可还是顽强地活着。

离老谢六十大寿眼看没几天了，三个儿女轮流来照看老谢，只希望他能多活几天。

第二天，医生给老谢检查的时候，发现老谢脸色煞白，床单都扭成一团了，并且被子都湿透了。

医生忙问老谢："大叔，你怎么了？"

老谢忙说："没、没什么，只是出了点虚汗。"

医生又问他，是不是晚上疼得厉害。如果疼得厉害，就给他加药。

老谢一听"药"字，精神头就来了。他连摆手加摇头，示意自己一点都不疼。医生只好作罢。

但是这之后，老谢的精神一天不如一天，经常处于昏睡状态，有时在睡梦中，子女们经常看到老谢紧咬嘴唇，攥紧了拳头，谁也不知道怎么回事。

老谢的六十大寿终于到了，他已经好几天说不出话来了。

生日当天，老谢精神还挺好。三个子女给他换了一身最体面的衣服，把生日蛋糕拿到病房。

切好蛋糕，三个子女一起跪在地上，给受了一辈子苦难的老谢恭恭敬敬地磕了三个响头，然后把一小块蛋糕送到老谢的嘴里。

老谢含着蛋糕，颤颤巍巍地好像要说什么。但是他的声音太小太模糊，三个儿女谁也听不清。然后老谢动了几下嘴巴，咽下那口蛋糕，就溘然离世了。

三个子女痛哭流涕，他们都想知道父亲最后说了什么。

和老谢一起呆了几个月的病友说他知道，老谢临死前说了两个字。

三个子女急忙问，是哪两个字。

病友一边流着眼泪，一边说："他说——好疼！你爹是为了坚持活到六十岁，还要给你们省钱，活活疼死的呀……"

(题图、插图：谢　颖)

寻找好人

□ 风云

老李是县精神文明办公室的主任。这几天，他有点发愁。原来上级部署，要加强精神文明建设，树几个先进典型。可是大半年来，他们县竟没有发生过一起典型的好人好事。

秘书小张见老李心焦不已，便出了个主意，发通知向各单位征集好人好事。

老李觉得合适，等着先进典型上门那得多长时间啊？如果发出征集通知，没准就能发现典型的好人呢。于是，老李便让小张去安排。

小张腿脚勤快，没过几天便把通知发了出去。

几天后，小张向老李汇报说："主任，成功了，我收上来好几十封推荐信。"但是推荐信是不少，可都是什么扶老人过马路，孝敬公婆父母，拾金不昧，一点也不具有代表性。

看来找个典型好人真难啊！就在老李不抱任何希望时，小张高兴地跑进门，说："主任，典型找到了。"

老李一惊，让小张说清楚。原来几天前，光明小区发生火灾，可竟然没人报警。就在这时，不知从哪家楼上跳下一个人，拨打了火警电话，主动灭火，最后还想匿名离去。小区的人受到感动，硬是没让这位救火英雄走掉。

老李若有所悟，说："确有此事，你快去问救火的人叫啥名字，赶紧带来了解情况。"

很快，小张把一个叫王小树的人带来了。

老李对王小树说："你就是我们要寻找的好人，这对于你人生成长可是重要的转折啊。现在，你先把事情经过说一遍。"

王小树是个瘦小的年轻人，他显然有点紧张，想了半天才说："我当时正在房间工作，听到着火了就赶紧往外跑，哪知楼道里火苗乱蹿，为了逃生，我便和众人一起灭火。可火势太大，我担心受伤，就趁人不备进了房间，从阳台跳了下去。"

老李一皱眉，这典型简直是反面教材，绝对不行，得启发一下，便问："报警电话是你打的吧？你当时是咋想的？"

王小树羞愧地说："我当时就想快跑，这时有人让我马上报警，我不敢拒绝，小区门口正好有公用电话，便随手打了报警电话。我打完电话刚要离开，没想到小区的人把我抓住了，说我救火有功，要表扬我。"

老李连连摇头说："不行不行，这样就太被动了，根本没有什么英雄壮举。你应该有个动机，也应该有个思想斗争过程。你再想想有没有？"

王小树说："当时就是害怕。"

老李继续启发说："这就对了，然后呢？"

王小树说："然后就从楼上跳下来了。"

老李觉得王小树过于死板，一点也不会借题发挥，便对小张说："事迹典型，但丝毫体现不出我们工作的重要性。"

小张精明，便让老李等好消息，他亲自教王小树如何回答，还写好稿子让他背诵。

没过几天，小张带着王小树找到老李，让老李重新提问。老李便让他把事情经过描述一遍。

王小树说："当时我正在擦玻璃，这时听到楼道里有人喊救火，我便奋不顾身地冲了出去，虽然我很害怕，也想一逃了之，可我的脑海里马上闪现出那些在精神文明建设中涌现出的英雄人物的形象，所以决定冒死救火，可火势太大，我又冒着生命危险跳楼，去打报警电话。"

王小树说完，老李高兴地说："就这么说，这才是典型的'好人'啊。过几天，电视台要来采访，你就这样说。"

王小树吓了一跳，说："还要采访？"

老李笑着说："对呀，否则别人怎么会知道你是好人呢？"

王小树大概是没见过什么大场面，直紧张得浑身发抖，头冒冷汗。

几天后，电视台找王小树采访，可老李却找不到王小树了。老李急得团团转，正在着急时，小张慌慌张张地跑来说："主任，大事不好了。"

老李问，发生了什么事。小张说："原来王小树当时救火并不是出于什么爱心，而是正在行窃，他是小偷！由于没人认识他，大家都以为他是来参与救火的，这才被人推举了出来。事后才发现他是小偷。"

老李一拍脑袋，说："咋就这么倒霉，好不容易找到个好人，却是小偷。"忽然，老李眼前一亮，说，"有办法了，既然抓住典型了就不能放弃。"

说完，老李赶紧来到公安局，对局长说要见一下王小树。局长说："他正在收押阶段，外人不能探访。"

老李说："我就让电视台采访他几个问题，与案情无关，还能起到警示作用，你派人监督。"

局长不好意思驳老李面子，便答应了。

不一会儿，老李便带着记者前来采访。老李悄悄对王小树说："照着我的稿子说，你没准会得到宽大处理。"

王小树点头答应。只听记者问说："你既然是一个小偷，为什么会救火呢？"

王小树耷拉下脑袋，偷偷看了一眼老李的稿子，说："受到我县精神文明建设的影响，我一直心存矛盾，也想堂堂正正做人，可是没有机会。那天入室盗窃时，正好碰到着火，我知道重新做人的机会来了，于是顾不得许多，决定冒着生命危险跳楼救火……"他越说越顺，头也渐渐抬了起来，俨然就是一副英雄的模样。

记者也被他感染了，频频点头。突然，记者转身采访起老李来："李主任，作为我县精神文明办公室主任，我想此事离不开您的关怀和指导。也请您谈谈感想吧！"

老李被这么一捧，不禁有点忘乎所以，他说："其实我家就住在发生火灾的光明小区，当时我站在阳台上目睹了着火的全过程。王小树可真了不起，冒着生命危险救火，连小偷都有这样的境界，充分说明我县精神文明建设取得了辉煌的成绩。"

（题图、插图：谢 颖）

人们对房子的需求各有不同，有的为了安家，有的只求栖身。
然而不管你是主人，还是过客，都免不了为房苦恼为房奔忙……

打死也不走

□ 吴嫡

椅子不好躺

王大龙在城里打零工，和他一起的还有很多同乡。他们趁农闲时，到城里来打零工，家里如果有事，随时都能回家。

工地有工棚，但打零工的没有这些待遇。不过王大龙他们很幸运，找到了好地方。有一排待拆迁的六层楼，围墙已经被推倒了，院子里有些宽大的长椅，是王大龙他们理想的"床位"，离工地近，最重要是免费。

床位是解决了，洗澡又成了问题。大热天干了一天的活，谁都想美美地冲个澡。王大龙脑子活，动手能力强，很快造了个简易的冲淋房，美中不足的是，材料不够，只能造到齐腰高。

大家这个高兴啊，纷纷脱衣服，王大龙严肃地说："一个一个来，穿着裤衩洗，这楼里还有人住着呢！"

大家虽然不情愿，但总比不洗强。此时，谁第一个洗又成了问题。大家争了半天，最后决定让年纪最大的，属蛇的老李先洗。

老李一边推脱，一边已经急急忙忙地脱了外裤，露出了里面红色的大裤衩。众人一看，哄笑起来。老李不服气地说："笑什么笑？你们不知道本命年要穿红内裤吗？"说

24

完，他进了冲淋房。虽然是初夏，但是冷水冲在身上，他还是忍不住惊呼了一声。其他人听了，又吵吵嚷嚷地取笑他："受不了换我们！"

"不、不冷！"老李为了证明自己很享受，扯着嗓子唱了起来，"我在仰望，月亮之上……"这首歌大家都会唱，也跟着哼。

众人正唱得起劲，一个老头带着三个小伙子走了过来。

老头张口就说："你们在干什么？赤身裸体，又唱又跳，耍猴呢？这楼里有大姑娘，还有要高考的学生，你们太扰民了，请马上离开！"

王大龙说："老哥，对不起，这大热的天，冲一下我们就睡了。歌我们也不唱了，借个椅子躺几晚，一定不打扰你们。"

老头不耐烦地说："明说了吧，你们这些人在这里，我们觉得不安全。赶紧走，否则我报警了！"

王大龙这才明白他的意思，气恼地说："我们都是正经打工的，又不是贼！你报警是啥意思，我就不信打工的躺个椅子也犯法！"

老头愣了一下，他没想到王大龙不怕警察，气愤地说："你们这群无赖现在连警察都不怕了？你

们凭什么占着椅子不走？"

王大龙也火了："这里连个围墙都没有，我们又没进楼。你骂我们是无赖，我看你才是无赖！"

话说到这份上，气氛变得紧张起来。和老头一起的小伙子，横眉立目，走到王大龙跟前，为首一个身上有刺青，他说："你们马上走，否则别怪我不客气。"

王大龙也火了，回头看看大伙："你们谁怕了就走，反正我不走！"工友们纷纷附和，几个年轻点的，把干活用的工具都提了起来。三个小伙子见他们人多势众，啐了一口，便骂骂咧咧地回去了。

这时，一个壮汉从外面走进来，他看看王大龙他们，同情地说："这帮人也太矫情了，别人睡个椅子也

这么计较。兄弟们，我也是干工地出身的。这是我电话，谁敢欺负你们，就找我！"王大龙心里一热，心想还是好人多啊。

打死也不走

第二天，王大龙特意嘱咐大家洗澡轻一点动作快一点。但是，还是来了两个警察，说有人报警，称王大龙等人扰民。

几个老乡见警察来了，都吓得马上要走。

这时，一辆车停到路边，昨天那个壮汉走了过来，他关心地问："我刚下工地路过这里，怎么了？"

王大龙把事一说，壮汉对警察说："我是这片楼房的开发商，除了我们，没人能赶走这些农民工兄弟。"既然主人发话了，警察也不好多说啥，他们又嘱咐了王大龙等人几句，便走了。

王大龙感激地对壮汉说："兄弟，你帮大忙了，不过，你真是开发商？"

壮汉直说王大龙天真。他只不过是扯个小谎，帮助兄弟度过难关罢了。

王大龙哈哈大笑，他一边对壮汉跷起大拇指，一边一字一顿地说："我、在、这、里、住、定、了！"

接下来的几天，楼里的居民和王大龙他们较上劲了。居民们在长椅上钉钉子，涂胶水，都被农民工一一化解。居民们恨得咬牙切齿。终于有一天，他们趁着王大龙等人白天开工的时候，浇上汽油，放火把椅子烧成了一个个漆黑的铁架子。

王大龙他们回来看到这种情形，个个恨得咬牙切齿，没了床位，不搬也得搬啊！

突然，王大龙灵光一闪，想到了那个壮汉，于是他打了个电话，向他求助。

没想到，那壮汉听了，比他们还气愤，他说："这帮子小气鬼！老哥，你们别走，我给你们送行军床过去。这是你们的床，谁再敢搞破坏，就报警抓他们！"

一个小时后，壮汉开着辆面包车，拉来了十几个行军折叠床，在原来椅子的位置支了起来。

王大龙不好意思地说："素不相识，这么麻烦您……"壮汉听了，连连摆手："别这么见外，都不容易。"

第二天早上，王大龙特意让年纪最大的老李留下来，看着床，其余人给老李凑一份工钱。没想到，王大龙正干着活，警察来了，让他去派出所。

王大龙一进派出所，老李就抹开了眼泪："我看着床，就中午去吃口饭的工夫，那群王八蛋就往床上都泼了脏水。他们咋能这么欺负人呢？"

网破鱼不死

晚上，王大龙带着大家又回去了。他是个认死理的人，自己安分守己，只求在这里过夜，凭啥不能呆？何况，他也没有更好的地方可去。

此时，楼已经变样了，左边的两个单元被拆掉了。原来左半边的居民都签了拆迁协议，搬走了。只剩右半边的居民还坚持当"钉子户"。

王大龙看了看拆了一半的部分，还有墙有顶，能住，便招呼大家一起进楼。

老李犹豫地说："不安全吧？"

王大龙眼睛一瞪，说："人家钉子户马上都是富翁了，都不怕房子塌，打零工的怕啥啊！"大家纷纷称是，跟着王大龙上楼。

半夜里，王大龙忽然听到了喧闹声，似乎是压抑着的。他透过窗户向外看，只见十几个穿着黑衣服的人，正从没拆的那半边楼里往外拉人。被拉出来的人手被捆住了，嘴被封住了，都被推到楼外的一片空地上。然后有个黑衣人一挥手，一辆没开灯的铲车缓缓向这幢大楼开来。

王大龙打了个寒战，这就是传说中的强拆！不对，这要是一推，自己这帮人也得完蛋。

王大龙赶紧喊醒大家。此时，铲车已经只有几十米远了。王大龙骂了起来："妈的，没王法了，不是说不让强拆吗？这帮王八蛋也不是好人，兄弟们，抄家伙，不然连睡觉的地方都没了！"

大家跟着王大龙一哄而下，一边喊叫着"警察来了"，一边抄起地上的砖头冲了过去。十来人从废楼上冲下来，声势浩大，强拆人员早就调查好楼里的住户了，没料到还会埋伏这样一支人马，顿时慌了手脚。他们本就心虚，没等交手就溃败了。

铲车原地兜了个圈，掉头就跑。领头的挨了两砖头，被大家包围了，他用手电筒照在自己脸上，求饶道："兄弟，自己人！"

王大龙一愣，这不是一直很关照自己的壮汉吗？

这时，老李掏出了之前来交涉过的老头嘴里的布。老头大喊："原来你们不是一伙儿的啊。这小子是拆迁队长，一直逼我们走，掐电线，接脏水管子，砸玻璃，他还跟我们说，你们都是他的人，如果我们不搬，就让我们没好日子过。所以我们才一直赶你们走。"

王大龙明白了，怪不得自己和壮汉素不相识，他却如此照顾，又是"碰巧"路过挡警察，又是借行军床的，原来是在利用自己啊。他冲着壮汉吼道："带着你的脏床，赶紧滚！再看见你，就把你交给警察！"

居民们松绑后，报完警，一定要招呼王大龙他们进屋：一来是感谢他们，款待一下；二来怕警察来之前，那帮强拆的卷土重来。过了一会儿，王大龙他们正在吃面条的时候，警察来了，还跟着个记者。

记者听完王大龙的描述后，写了篇稿子，发在了第二天的报纸上，题目叫《农民工无处可宿住废楼，遇强拆见义勇为救居民》。

报道发出后，在社会上引起了强烈反响。市政府十分重视，立刻要求各区调查并落实解决农民工们的过夜问题。

几天后，记者再次找到王大龙他们，说市里决定在全市的天桥下专门建设简易棚屋来做零工市场，晚上市场还可以作为零工们的临时居住点。

王大龙等人都欢呼起来，他们终于在这个城市里有了个落脚的地方。王大龙对不打不相识的老头说："老哥啊，以后你可以放心了，我们不会再赖在楼下了。"

老头挺不好意思的，他说："看你说的。我们巴不得你们留下来住呢。拆迁队的那个小子被拘留了。不过，我们也想通了，好好谈呗，谈好了，我们也就该搬了。等我搬进新楼，你们都得来喝酒，不喝好了，谁也不许走。"

王大龙大声说："放心，不走，打死也不走。"

大家听了，都哈哈大笑起来。

（题图、插图：张恩卫）

□ 吴水群

都是闹出来的祸

杨老汉寿终正寝，出殡这天，杨家人请来村里左邻右舍帮忙。杨老汉有两个女儿，家里经济条件都还不错。大约上午十点，大女婿马明来了，他走到礼桌前准备随礼，只见一个光头男子对记账的说："先别给他写，让他先报税！"

这怎么回事？死了老丈人，女婿随礼也要报税？其实，这报税，就是闹女婿。当地有个习俗，老丧喜办，闹女婿让他们掏钱，既活跃气氛，也慰劳一下帮忙办事的人。

马明懂这规矩，乖乖掏出五十块钱。可他没想到光头管事说少，只好又拿出了五十，可人家还嫌少……就这样，马明硬是掏了五百块才过了这一关。

马明刚松口气，一个瘦高个儿管事突然又跑了过来，说："不能记账！报税！"

"这税不是报过了吗？"马明糊涂了，立刻把询问的目光投向光头。光头大笑起来，说："刚才那五百是'地税'！还有'国税'呢！"

故事讲到这，不得不说说光头和瘦高个儿了。光头叫大有，瘦高个儿叫金海。这两人挺热心，爱咋呼，村里的红白喜事都少不了他俩。干久了，他们胃口越来越大，从几十到几百，碰到有钱的主儿，能到手好几千。

马明见过不了关，只得一咬牙又拿出了五百。可他没想到金海收了钱后嘿嘿一笑说："我们'国税'怎么能和'地税'一个标准呢？'地税'还出五百呢，这'国税'你怎么说也得拿出个两三千吧？"

马明也是个打工的，老丈人生病住院已经拿出不少钱，这次老丈人出殡，他连响器带随礼又花去了好几千，现在又碰见这么两个"税务局长"，出了一千元还不到底，火气就上来了，赌气说："就出一千，不要拉倒！"

大有和金海按辈分都是马明的小舅子，见他来硬的，两人可就来劲了。大有瞪着马明说："这场合你也敢要横？"说罢，大有就冲金海使眼色故意大喊道，"有人抗税，该怎么办？"话声刚落，金海和身边的几个年轻人立刻起哄道："摔他！"

马明认为这些人只是吓唬他，可没想到竟真的动起了手，把他按翻在地，抬起来往上一抛……突然有人失手，马明的头就砸到了地上。这下可闹出大麻烦了，马明没来得及哼一声，就两眼一闭不吭声了。

一看闹出事来了，大伙都吓坏了。村里的赵主任闻讯跑过来，赶紧拨打了120。急救车来了。医护人员检查后说："问题很严重！估计是脑部受损，赶快准备钱！"

看着发呆的大有和金海，赵主任怒气冲冲地说："你俩干的好事！还愣着干什么？还不赶快准备钱去？这里的事情我先应着！"

马明被急救车拉走了。大有和金海凑了钱来到医院交款。这一交款，大有和金海可傻眼了，马明又是检查又是急救的，一天下来，就把他俩凑来的两万元花了一大半。更让大有和金海担心的是，一天一夜过去了，马明仍然是昏睡不醒。医生说："不排除成为植物人的可能。"

大有和金海一听更害怕了。如果真成了这样，不但医疗费是无底洞，而且过失犯罪还会被判刑啊！

两天后，医生见马明还没有醒过来，就发话了："我们这医院小，技术设备都很有限！你们先将病人抬回家，赶紧凑钱到北京大医院看去吧。"

大有和金海大眼瞪小眼，北京大医院怎么去得起？最少也得十来万吧，还不包括车费和住宿。

赵主任雇人将马明抬回家，吩咐大有和金海赶紧借钱。

这天晚上，大有上他舅舅家借钱。舅妈听说这事好生奇怪，疑惑地问："不会吧？难道马明的家人没有告诉你？马明已经醒过来了……"

原来，舅妈娘家和马明家是邻居，两天前，她还隔墙听到马明的说话声呢！

大有一阵惊喜：也许是马明已经醒过来了，他们还没来得及告诉自己吧！

想到这，大有骑着电动车就向马家赶。可赶到马家一看，大有就泄气了——马明依然在床上躺着昏睡不醒。

大有觉得这事蹊跷。当天晚上，大有又悄悄去了马明家。他刚爬上墙头，准备翻身进院，一条大狼狗突然咆哮着向他扑了过来。只见那条大狼狗正在下面，张着血盆大口冲他叫呢！

这样一闹，惊动了马明的家人。屋门打开，大有看见一男一女从屋里冲出来。大有一看那男子，立刻激动地喊了起来："马明——"

这男子的确是马明。原来，马明那天被他们摔过去，隔天就醒了过来。但是他非常生气，为了教训大有和金海，于是就假装昏睡不醒。医生们知道了他受伤的经过后，对这种闹女婿的做法也很反感，于是就有了装植物人的一幕。

马明刚才听到狗叫，本能地冲出屋来。可他一看大有，立刻就明白了啥事，赶紧又回到屋里装植物人去了。

马明的妻子更会来事，她马上就给派出所打电话报了警。派出所民警赶到现场。这下可热闹了：大有说马明装病骗人。马明妻子则说大有行窃。

民警严厉地说："马家把狗管好了，大有跟我到所里去说清楚。"

大有的老婆听说大有被抓进了派出所，就赶紧去求赵主任帮忙。

赵主任听大有老婆把事情经过一说，心里马上就有数了。他知道，大有这人虽然爱占小便宜，但绝不会干出偷鸡摸狗的事。于是赵主任来到派出所，把大有给保了出来。

见到赵主任，大有就委屈地诉起苦来，说马明假装昏睡不醒，可把他和金海给整惨了……

听了大有的哭诉，赵主任忍不住批评道："你光知道找别人的不是，咋就不找找自己的错呢？街坊邻居有个红白喜事请你帮忙，那是人家看得起你，你就应该尽心尽责替人家办事。但你和金海也太不像话了，一有事就闹女婿，又是'地税'又是'国税'的，一场事下来讹人家好几千，这像话吗？"

听到这，大有低着头一句话也不说了。

（题图、插图：丁德武）

真假貂皮大衣

□ 刘继先

杰克是福瑞公司的董事长。这天，他还在酣睡，突然妻子安娜冲进卧室，她抱着一个包裹跑到杰克的跟前，兴奋地把他摇醒，说："亲爱的，这是你送给我的吗？修剪树枝的剪刀不见了，我记得你后备箱里也有一把，打开后竟发现了这件大衣。我要下个月才过生日呢，你怎么提早就准备好礼物了！我太感动了。"

安娜边说边从包裹里拿出一件貂皮大衣，用手抚摸着丝滑的貂皮毛。这是一款限量皮草，奢华不凡，连扣子都由南非碎钻镶嵌而成。

杰克立刻被吓醒了，暗叫一声：糟糕！原来杰克昨天去和情人丽莉幽会，他答应给丽莉买一件貂皮大衣。为了给她一个惊喜，杰克把大衣藏在车的后备箱里，没想到忘记给她了。

如今最麻烦的是，貂皮大衣的内袋里有一张杰克亲手写的小卡片，上面写着：丽莉，我永远的爱。

杰克直冒冷汗，该死，不能让安娜看到卡片！

这时，安娜打开衣柜，杰克看到里面有一件相同的貂皮大衣，他连忙说："真该死，我怎么没注意到，你有一件一模一样的大衣？亲爱的，我去换件更好的给你吧。"

安娜连连摇头，说："衣柜里这件貂皮大衣是赝品。去年，我穿过一次，但假的毕竟是假的，穿着总有点心虚。今年圣诞节，我就有真正的貂皮大衣可穿了！"安娜边说边把这件新的貂皮大衣挂进了衣柜。

那一整天，杰克都在想，该怎么处理那件貂皮大衣。晚上，他收到一条短信，内容是：一群志愿者发起了不猎杀野生动物的倡议，他们明天将在中央公园集会。

杰克收到短信，突然灵光一闪：安娜喜欢小动物，明天就带她去中央公园参加集会，说不定她就会放弃那件貂皮大衣。

第二天一早，杰克推掉了一切公事，陪安娜来到了中央公园。

公园里已经聚集了一大群动物保护志愿者，他们不惧旁人的目光，手持标语，进行宣传。一个年轻男子赤裸着健硕的身体，呼吁道："人和动物是平等的，保护动物，不穿皮草……"

杰克见安娜有些动容，趁机说道："亲爱的，我有一个主意，我们把貂皮大衣捐了，拍卖的款项捐给保护动物组织，好吗？"

安娜瞥了杰克一眼，点了点头，算是同意。杰克心头一阵暗喜，马上报了名，参加一个义拍活动。

杰克的计划是：安排手下，不惜一切代价，拍下那件貂皮大衣，这样大衣口袋里的小卡片就重新回到自己手里了。活动当天，杰克和手下一起出席了义拍。

只见貂皮大衣被挂在一个立式衣架上，拍卖师在台上介绍道："这件貂皮大衣所

拍得的钱款将捐给保护动物组织，请爱心人士踊跃竞拍，起拍价一万元……"

女士们纷纷举牌。价格一路飙升，大衣很快叫价到了十八万。不一会儿，价格已经到了二十四万。

这时，只剩一个时髦女士还在和杰克的手下交替出价。那位女士坐在第一排，戴着一副太阳眼镜，对这件貂皮大衣似乎也是志在必得。

杰克走到女士身后，耳语道："您要是能让出这件大衣，我将不胜感激。"

女士连头都没回，说道："您要是送给我，我更是不胜感激。"杰克看着她窈窕的背影，不禁有点心神荡漾。

正在这时，丽莉打来电话，开口

就问："我的大衣呢？你还没有解决吗？"原来她知道了事情的始末，已经打来好几个电话"关心"了。

杰克回到了座位上，不耐烦地说："都是为了你，才惹出这些麻烦！"

丽莉一听，马上回敬道："是你自己蠢！大衣是不是你故意……"听到这里，杰克狠狠地挂掉了电话——是时候和丽莉说再见了！

杰克又过去和时髦女士耳语了几句，女士留了自己的电话号码给他，便起身走了。

没了这位竞拍者，杰克最终以二十八万的价格拍得了这件大衣。二十八万确实很贵，但是杰克觉得物有所值，因为他又有了新目标，他要用这件大衣去夺得那个时髦女士的芳心。他存好了她的电话，又把大衣放进后备箱里，准备明天前去造访。

随后，杰克便高高兴兴地开车回家了。一进门，安娜就兴奋地迎上来，说："听说一个有钱的傻瓜用二十八万买走了我的大衣，是吗？"

杰克听了心里生气，可又不好发作。他点点头，走进了客厅。他见客厅的沙发上坐着一个熟悉的身影，一瞧，竟然是拍卖会上那个时髦女士。杰克愣在那里，结结巴巴地问："你你是……"

"这是我妹妹安妮啊，你看两年不见是不是变化太大了？"安娜用羡慕的口气说着，"她现在实在太漂亮了，我都没认出来。"

杰克记得安妮两年前长相平平，如今怎么会有如此变化？

只听安妮说："姐夫，我只是做了几次小手术而已嘛。"杰克见她似乎没认出自己，一边暗自庆幸，一边提醒自己赶紧删掉她的电话。

此时，安娜从酒柜里拿出了一瓶香槟，说："今天是很有意义的一天，来，我们庆贺一下吧。"

杰克诧异地追问原因。

安娜得意地说："实话告诉你吧，今天拍卖的是那件假的貂皮大衣，真的那件还在我的衣柜里呢，我只是将吊牌和设计师的照片挂在衣服上，他们就信以为真了。"

假的？杰克只觉眼前一黑，他被安娜戏弄了，但也只好自尝苦果，无法发作。安娜给杰克斟满香槟。

杰克尝了一口，这酒怪怪的，入口酸涩伴随着一股冲鼻的辛辣，呛得他眼泪直流。他痛苦地问安娜："这是什么酒啊？口味真——特别！"

安娜似笑非笑地答道："情人的眼泪。"

杰克也不再追问，他跑进洗手间漱口。突然，他看到马桶里漂浮着一张白色的小卡片，虽然纸片已经被打湿了，但字迹还清晰可见，写着：丽莉，我永远的爱。

（题图、插图：佐　夫）

都说：身体是革命的本钱。再加上现在空气被污染，食品不安全，所以人们都格外爱惜身体。有个局长也是如此，他迷信吃一种药，到底是什么药这么灵呢？

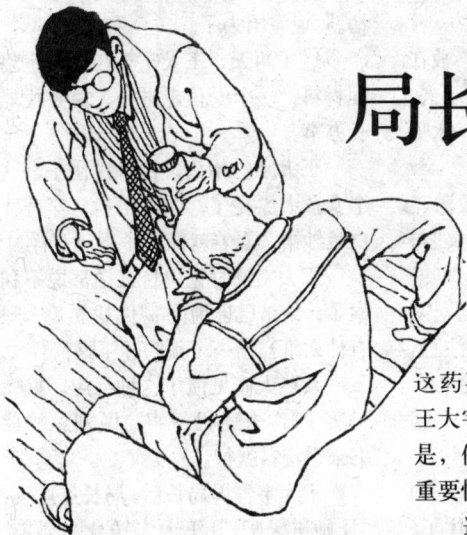

局长的灵药

□ 叶 雪

王大宇是个年轻公务员，刚被分到公路管理局，当局长秘书。局长五十多岁了，头发花白，微胖，总是一副懒洋洋的样子。他第一次见王大宇，先不交代工作，而是给了他一个药瓶，上面写着很多外文。

局长解释说："这是古希腊的灵药，你看古希腊人长得个个像健美冠军似的，都是这药的功劳。"

王大宇脸上在赔笑，心里却想，这个局长脑子也太简单了，连这种事也信。

不管王大宇信不信，局长反正是信了，他反复叮嘱王大宇："记住啊，这药要随身携带，我随时要吃的。"

王大宇本来以为局长是随便说说，但是，他很快就明白了这灵药对局长的重要性。

这天，王大宇正忙着准备一个高速公路招标会的材料，内线电话忽然响了，这是局长办公室的。王大宇赶紧接起来，只听局长在电话里咳嗽得很厉害，断断续续告诉王大宇赶紧把灵药拿进办公室。

王大宇不敢怠慢，赶紧拿着药瓶冲进局长办公室。局长正在会见投标的供应商刘总，但他此时咳得满脸通红，上气不接下气。他一见王大宇进门，赶紧伸手去接药瓶。

王大宇立刻拧开盖子，递给局长。局长颤抖着往手心里倒了一片药，刚要吃，又是一阵咳嗽，连药片都掉到了地上。

王大宇赶紧捡起来，犹豫着要不要扔掉再换一片。局长看出了他的心思，连连摆手，在咳嗽中奋力说："别……别扔……"他边说边从王大宇手中捏过药，放在嘴里，拿起水杯猛喝一口，咽了下去。他又喝一口水，但又咳嗽起来，水喷了出来，溅到了刘总的西装上。

局长连连摆手向刘总示意致歉。

刘总倒是很从容，他面带笑容，连声说："没关系。"

局长咳嗽略有平复，苦笑着对刘总说："我这是老毛病了，一个不注意，呛一口水就能咳嗽半天。全靠这瓶灵药，下次有机会，我给你也弄一瓶，真是很管用啊。"

此刻，王大宇已收拾好了局长的桌子，正要离去，忽然被局长叫住了。他问王大宇："小王，下午的例会是几点的？"

王大宇看看表，回答说："还有二十分钟。"

局长又问说："我的发言稿准备好了吗？"

王大宇暗暗叫苦，局长昨天还让他把例会稿子放一放，先准备招标会的材料，怎么现在又要起稿子来了。但他深知，局长永远是对的，于是，赶紧认错："没写呢，我疏忽了。"

局长显然有点不满意，他皱着眉说："这次例会有记者来旁听。我得赶紧准备发言。你呀，下次不能这么

马虎了。"

刘总是个聪明人，他一听，立刻起身告辞："您先忙，我改日再来拜访。"说完出去了。

过了两天，王大宇正在办公室整理材料，一个女孩走进来，说要找局长办事。

王大宇一抬头，顿时愣住了。这个女孩太漂亮了，明眸皓齿，穿一身白色纱裙，看着就像仙子下凡一样。

王大宇顿时觉得自己话都说不利索了，结结巴巴地问："你找局长……有什么事？预……预约过了吗？"

女孩大概见惯了这种反应，抿嘴一笑："你去通报一声，说刘总的秘书来送资料就行。"

王大宇告诉局长后，局长点点头："让她进来吧。"王大宇转身刚要走，局长说，"我有点不舒服，过一会儿，把我的药拿过来。"王大宇答应一声出来了，女孩随即就进去了。

王大宇揣好药瓶，进了办公室。只见局长正皱着眉说："给我倒片药，我就着杯里的苦丁茶喝。"

女孩听了，微笑着说："局长，您用茶吃药不科学啊。您是哪里不舒服？"

局长苦笑着说："腰疼，老中医给看了，说是肾虚，还说这病虽然仪器检查不出来，可不是闹着玩的。我年轻时下乡爱喝酒，医生说酒色如伐木之斧，五十之前不觉得，一过五十

病就都找上来了。现在有时多走几步都出虚汗，全靠这药顶着……"说完，他接过王大宇递来的药片，吞服下去。

此时，王大宇对局长的这瓶灵药已经有几分敬意了，没想到这药既能止咳，还能治肾虚。

女孩也看了看那个药瓶，然后笑了笑说："治标得先治本。不瞒您说，我爸就是老中医，回头我给您一个祖传秘方，您再试试。"

局长一听，连连摆手说："谢谢你的好意，但是药不能乱吃，我就认准这瓶灵药了。而且送我药的人说了，这古希腊的药，也像中药一样需要药引子，不同的药引子配上，就能治不同的病。比如配上这苦丁茶，就能治肾虚，还能去火。"

女孩似懂非懂地点点头，放下资料，便走了。

王大宇看着天仙翩然离去，心中有点惆怅。不过接下来，他也没有惆怅的时间了。几天后，投标会就要开始了。王大宇忙得不可开交。

到了大会当天，局长又犯病了。只见他坐在主席台上，脸色发青，手不停地摸着太阳穴。王大宇担心局长身体不舒服，所以随身带好了灵药，他摸摸口袋，药还在，心里就踏实了。

几家公司开始投标了，其中一家便是刘总的公司。大家讲标的时候，局长一直用手揉着太阳穴和额头。当

三家都讲完后，按规定，投标供应商都退出去了，留下评标人员议标。

经过议标，一家资质很强的公司分数最高，而刘总的公司则落选了。不过分数只是个重要参考，最终结果还要局长来定。评标时，局长的头疼得更厉害了，一言不发，两手捂着头左右摇晃。

这时王大宇兜里的手机响了，不是他的，是局长的。王大宇一看电话号码，吓了一跳，这是局长的领导打来的电话。王大宇赶紧把手机送上去，局长一边接通电话，一边吩咐王大宇：

"把药给我倒出一片，不，两片来。这头疼得像炸开了似的，耳朵也嗡嗡的，你们在旁边说什么，我一个字都听不见！"

王大宇赶紧倒了水和药，拿过去给局长。

局长拿着电话正在喊："领导，您说的话我听不清楚啊，我这耳朵呀，现在离手机稍微近一点就像敲锣打鼓似的。我把手机开成免提，放大声量，就听得见了。"说完，局长把手机开成了免提，放到最大音量，放在桌子上。

这时，会场里的人都听到电话里上级领导清清嗓子，关切地说："大家辛苦了，你们继续，保重身体，千万不要和你们局长一样，病倒了。"说完，他就挂断了电话。

投标会顺利结束了，在招标结果出来之前，局长因为身体原因，申请调往科协做党建工作。公路管理局是热衙门，那边是冷衙门，正好适合局长静养身体。局长岗位暂时空缺，由上级领导兼管日常工作。很快，招标结果出来了，刘总成了一匹黑马，赢得了这个高速公路项目的竞标。

这天，王大宇正整理局长办公室，准备迎接新领导。他忽然发现了老局长的那瓶古希腊灵药，打开一看，还有一大半呢。他立刻拨通了老局长的电话，说要给他送药过去。

"什么药？哦，那个药！"电话那头的老局长半天才反应过来，看来新的岗位挺适合养病的，他都忘记了自己曾经不肯离身的灵药了。老局长笑着告诉王大宇，那瓶药是自己的上任送给自己的，现在就送给新任局长吧。

王大宇疑惑地说："您不说明白，新局长怎么知道这是什么药？怎么吃这药呀？"

老局长笑了起来，他说："这种灵药呀，疗效因药引子而异，也因人而异，随缘吧。"

王大宇听了，只觉一知半解，似乎懂了，又似乎更糊涂了。

半年后，公路管理局的上级分管领导因为贪污腐败落马了，刘总也因为行贿和偷工减料造成事故进了监狱。

有一次，王大宇在街上碰到了老局长，他终于忍不住又问起了那种灵药。

局长想了想，跟他说："那天刘总来见我，送了两张卡——一张是银行卡，一张是房卡，贴着他那漂亮的女秘书的名片。这种情况，我只能吃药了啊！"

王大宇也不是傻子，他联系前因后果那么一想，什么都明白过来了。不消说，那次投标会，局长推说头疼，用免提接听领导的电话也是故意的啊。

（题图、插图：刘为民）

张百万招婿

□ 葛家伟 搜集整理

话说洛阳城里有一个张家庄，庄里有一个姓张的财主，家有良田千顷、银钱无数，人称张百万。

张百万年近六十，膝下无子，只有一个女儿，年方二八，生得那是花容月貌，张百万爱若掌上明珠，一直舍不得许配人家。在女儿十八岁那年，张百万终于沉不住气了。他带了行李，备了干粮，一大早就出了门去给女儿找个有本事的女婿。他一连走了七八天，也没有碰到一个称心如意的单身年轻男子，不由得暗暗着急。

这一天，张百万爬过一座大山，累得要命，就坐在一个大石头上歇息一下。他正想着心事呢，突然听到远处传来孩子的尖叫声，于是就站起身来向声音来处看去。

只见一只老鹰叼起一头小羊正快速往天上飞，那孩子原来是个放羊的，直急得大呼小叫，但毫无办法。

"嗡——嗖——"正在这时，突然传来一阵弓弦震动的声音，一支箭破空而出，闪电般地射中了老鹰，老鹰惨叫一声，连鹰带羊一起掉了下来。

张百万正奇怪到底是谁射得这么准的箭呢，只见远处走过来一个猎人打扮的年轻后生，后生高大英俊，看样子十分威武。张百万眼前一亮，心中一动，便走向前去问猎人家乡何处、年方几何、有无婆亲。

猎人是前山人家，年方二十，并未婚配，平时以打猎为生。张百万心中暗喜，忙把自己招婿的事情原原本本说了一遍，猎人听了也十分高兴，非常愿意娶张百万的女儿为妻，于是两人约好：八月十五这一天到张家庄

相亲。

张百万觉得佳婿，心中高兴，就急匆匆往家里赶去，刚翻过一座山头又累了，于是就坐在山脚下的一个大水潭边歇息。正迷迷糊糊之间，只听得"哗啦"一声水响，急忙看去，只见水花四溅，一个浓眉大眼的年轻后生怀抱着一条好大的金色鲤鱼，向岸边快速游来。

这后生好本事！张百万暗暗赞了一声，又把问猎人的话对他说了一遍。

这后生是后山人家，平时以打鱼为生，尚未娶妻。张百万爱惜这渔人的本事，就让他八月十五这一天到张家庄相亲，渔人也高兴地答应了。

张百万别过渔人又往家里赶去，正走得匆忙，忽然听到前方传来一阵吹吹打打的声音，仔细一看，原

来是一户人家出殡，于是他便停下来观看。

张百万正看得入神的时候，突然从送殡的人群后方跑过来一个身背药箱，满头大汗的年轻郎中，一边跑还一边大声叫道："停一下，棺材里的人还未死！停一下，棺材里的人还活着！"

死者家属一听这话，不由得大怒道："胡说八道！我家娘子因难产已死了三天，怎么可能还活着？你不要乱说！"

郎中只说人未死，并要打开棺材一看，家属不愿意惊动死者，不管郎中好说歹说就是不愿意打开棺材。后来郎中赌咒发誓，说开棺以后要是人真的死了，他愿意披麻戴孝把人送入南山；若是人未死，他保证一文不取把人医好。

死者家属一听这话，心想：人若真的死了，有这样一个郎中披麻

40

戴孝也不亏了；若是真的人还活着，那不是更好！于是死者家属就把棺材打开，让后生观看。

不料棺材一打开，众人齐呼出声，原来棺材中躺着一个抱着肚子的年轻妇人，面容扭曲，好像很痛苦的样子。妇人虽说脸色蜡黄，但并不像已经死去三天的那样苍白，而且这炎炎烈夏，尸体存放三天势必发臭，可是棺材里只有浓浓的血腥味，并没有什么臭味。

年轻郎中走向前去，抽出一根银针对着死者连扎数针，不一会儿，只听"咿呀"一声，妇人竟然真的醒了过来！

家属千恩万谢，称赞郎中医术高明，真乃扁鹊在世、华佗重生，并要重金感谢，不过郎中就像原先承诺的那样分文不取。

妇人连同家人走后，张百万心中不明白，问年轻郎中，人在棺材中，他怎么就知道人还活着呢？

郎中说："我们这里有个规矩，人死三天方可出殡。刚才我一路走来，见这地上血迹一路不断，而且颜色鲜红。人要是死了三天，即使有伤口也不会流出那样鲜红的血迹来，所以我知道死者乃是假死。"

张百万听后，连声称赞，再看到这郎中眉清目秀、一表人才，人品高尚又有这么高明的医术，不由得心中欢喜，暗暗点头，便问郎中

婚配没有。

不想郎中刚满二十并未娶媳，张百万把对猎人和渔夫说过的话又对郎中说了一遍，郎中也同意到八月十五那一天到张家庄去。

张百万回到家中，才醒悟过来，自己一下子找了三个"女婿"，难道把女儿嫁给三个男人不成？不过幸好，他很快想出了办法。

转眼间三个月便过去了，八月十五这一天，张家张灯结彩、大宴宾朋。猎人、渔人和郎中三人如约到来。刚开始的时候，三人都以为另外两人是陪客呢，心想这未来的老丈人真是太客气了，不料这话头一开便感觉到了不对劲；再一问，原来三人都是来相亲的。于是，三人便问张百万有几个女儿，张百万说只有一个。三人不由得十分气愤，便问张百万这是什么意思。

张百万叫过来女儿与三人见面，并问他们有想放弃的没有。三人一见张小姐长得那是闭月羞花、沉鱼落雁，谁都不愿意放弃。于是张百万就说出了一个主意，让人搭一座高台，三人站在台下，张小姐手捧绣球站于台上，若是看中了哪个，便把绣球抛向哪个，然后他就把小姐许配给被绣球砸中的那个。三人别无他法，虽说心中不满，但事已至此，只能无奈答应了。

台子搭好以后，张小姐手捧绣

球仔细观看，只见猎人高大英俊、十分威武，渔人浓眉大眼、相貌憨厚，郎中眉清目秀、文质彬彬，有心选猎人吧，又觉得渔人也不错；选渔人吧，又感觉郎中也很好，一时不知道该选哪个才好。

张小姐在台上正犹犹豫豫，不知道该把绣球抛向哪一个。正在这时，天上突然飞过来一只大雕，翅膀展开足足有四米多长，大雕伸出长爪，抓住小姐就急速往天上飞去。

众人急得大叫，赶紧追赶，可是人怎么能追得上大雕呢！眼看大雕就要飞远。

张百万看到女儿被大雕抓走，心中大急，大声说道："三位，你们谁救了小姐就把小姐许配给谁！"

猎人一听此话，急忙拉弓搭箭，瞄准大雕就是一箭，只听"嗖"的一声，大雕惨叫着掉落下来；又听"扑通"一声响，竟然掉到了一个大池塘的正中间。

渔人来到池塘边一个猛子扎入水中，不一会儿便抱着张小姐走上岸来。

不想张小姐一个柔弱女子，平时被张百万视若珍宝，哪里受得了这番惊吓，又被冰凉的池水一浸，早已昏死过去。

猎人和渔人一看张小姐面色铁青，没有了呼吸，还以为小姐已死，只好怏怏不乐地回家去了。郎中却不慌不忙地走向前去，抽出银针对着小姐的人中连扎数下，只听到"咳咳"数声，张小姐吐出几口水，竟然活了过来。

张百万大喜过望，为女儿和郎中举行了盛大的婚礼。婚后两人一起为人治病，相处得十分融洽。郎中医术高超，又乐善好施，常常免费为穷人治病，很受尊敬，至今洛阳城边还流传着他们的故事。

（题图、插图：黄全昌）

西村京太郎（1930年9月6日——），日本知名推理小说家，因为他运用大量交通工具及观光胜地场景做为小说情节，因此他的小说又被称为"旅情推理"。另外，他发表的作品有三百多部，数度进入日本作家税收排行榜。

死亡钥匙

□白 相 改编

行 窃

山崎五郎是个小偷，他专偷观光胜地的高级旅馆。首先，他会去旅馆投宿，拿到房间钥匙后，立刻去配钥匙。然后，他等投宿的旅客外出后，堂而皇之地用钥匙打开房门，进去行窃。几年下来，他收获颇丰。

一天，电影明星宫永菊一郎写的一篇特稿引起了山崎的兴趣。宫永说自己最喜欢的旅馆是新赤坂旅馆，而且每次去总是投宿于901号房，一直保持了十多年。

宫永菊一郎一直活跃于影剧界。

据说，他的财产多达数亿元。因此，山崎下定决心，要把新赤坂旅馆901号房的钥匙弄到手。

几天后，山崎出现在新赤坂旅馆。当山崎一说出要住901号房，柜台人员笑着问道："您是不是看了宫永先生写的那篇特稿，所以来的呢？自从宫永先生那篇特稿刊登出来后，想投宿901号房的客人非常多，大都是女影迷。"

山崎问道："那901号房是不是还空着？"

"是空着，不过，后天宫永先生就要来投宿。"

山崎长舒了一口气，说道："我只住一天。明天就走。"于是，他如愿地住进了901号房。这是一个套间，位于走廊尽头，视野非常良好，窗子下面是护城河，有人在河上划船。

当晚，山崎便配好了房间的钥匙。第二天，他退房离开的时候，同时也掌握了宫永菊一郎的行踪，他所属的电影公司有一支影迷专线，只要打这个电话，就可以知道他的一举一动。

在宫永菊一郎入住的当天下午，山崎又进入了新赤坂旅馆。他走过柜台时，清楚地看到901号房间的架子上挂着钥匙，由此可见，宫永菊一郎把钥匙寄存在柜台，出去了。

山崎很顺利地打开了901号的房门。门一打开，他就闪身溜进房里，然后随手把门锁上，这样一来就可以安心工作了。

山崎对房间很熟悉，所以很快地通过客厅，进入寝室，只见床上堆着西装和剧本，还有一台小型录音机。他摸遍了西装口袋，里面只有一万三千元。

山崎对此很是失望，要知道这点钱还不够他来投宿这家旅馆的费用呢。此时，一只上锁的衣橱吸引了山崎的目光。他冷笑了几声，如果没有贵重物品，为何要上锁呢？他是开锁的行家，"叭"的一声，锁便被他打开了。

山崎兴冲冲地拉开衣橱。"啊！"他低呼了一声，一个女人向他倒下来，将他压在身下。这是个年轻貌美的女人，身上只穿着性感的三角裤和文胸。但是她已经停止呼吸，变成了一具尸体。她纤细的脖子上有一道红黑色的勒痕，看来是被勒死的。

从年龄、衣着、相貌来推测，山崎判断她应该是个酒吧女。很快，山崎从衣橱里发现了她的鳄鱼皮手提包，还有现金。不过这些都没有一封信来得有吸引力，信封上面写着："日下部荣子小姐"，翻到后面一看，只写着"宫永"两个字。看来这是宫永菊一郎写给这个女人的信，信上写着：

我已说过好几次，我无法抛弃我的家庭，这件事你也应该了解才对。我希望这次能好好跟你谈谈，因为我不想把事情闹大。

看完信后，山崎能拼凑出事情的

始末：宫永想跟这个女人分手，可是，这个女人不答应。于是，宫永一怒之下，勒死了她。由于宫永赶着出门，没有时间处理尸体，所以把尸体锁到衣橱里，以便晚上回来再处理。

此时，山崎已不满足于小偷小摸了，他要以此勒索宫永！于是，他把信收进自己口袋里，把尸体放回衣橱里面，然后他又拿出那个女人的口红，藏在床下。做完这些，他便离开了901号房间。

勒　索

第二天，山崎五郎来到附近的公共电话亭。他拨通了新赤坂旅馆的电话，请总台转接901号房。听总台说宫永不接听电话的时候，山崎说道："你能不能传个口信给他，说我要跟他谈谈荣子的事情。他在等我的消息，如果你把这通电话挂断，宫永先生一定会很生气。"

一分钟后，电话里传来了男人的讲话声："请问，你是？"

山崎开门见山地问："尸体已经处理好了吗？是不是还在您的衣橱里面？"

对方沉默了一会儿，和山崎约定下午在901号碰头，面谈。

山崎挂掉电话，高兴地前往新赤坂旅馆。长年养成的习惯，使他在出门的时候，顺手把901号房的钥匙放进口袋里面。当他一来到901号房门

前，习惯性地掏出钥匙时，不禁苦笑了一下。他把钥匙放回到口袋，按了一下电铃。

两三分钟后，门开了，出现了一张很熟悉的脸。宫永板着脸，让他进入房间。

山崎一进入房间，轻车熟路地来到衣橱前，他一把抓住衣橱的把手，然后回过头看了一下宫永。

"哎哟！"山崎虚张声势地大吼一声，把衣橱的门打开，然后往后倒退一步，因为他料想会跟昨天一样，女尸倒在他的身上。

但是，什么事也没有发生。衣橱里面只挂着几套宫永的西装，女尸、手提包全都不见了。看来他昨晚已经把尸体处理好了。

山崎清了清嗓子，说道："我们打开天窗说亮话。昨天这里面有一具女尸，死者叫日下部荣子，是你想要分手的女人。不过，我并没有报警，因为没有奖金可拿。"

宫永听出他要钱，脸色稍微缓和了一点，他又问道："你有我杀人的证据吗？"

山崎从口袋里面拿出宫永菊一郎所写的那封信，在他的面前摇晃着说："这是你写给那个女人的信，是决定分手的信，如果我把这封信送交警方——"

"这封信的确是我写的，可是，你有证据可以证明那个女人曾来过这

个房间吗？"

山崎脸色变了变，不过他显得更得意了，他说："我早料到你会全盘否认。所以，我把她的一支口红藏在这个房间的某个角落了，这就是她曾来过这个房间的证据。等你答应我的要求后，我再告诉你口红在哪里。"

宫永爽快地说："你要多少？两千万够不够？"

山崎没有马上回答宫永的问话，并不是他不满意，而是他惊讶得说不出话来。他本以为对方能给个两百万就很好了。

宫永自说自话道："如果两千万可以的话，我马上开支票给你。"

山崎点点头。

宫永开好支票，交给山崎："不过，

我要你确保以后不会反悔，再向我勒索。"

山崎微笑着说道："我是男子汉大丈夫，绝不会做出尔反尔的事情，如果你不放心，我可以写保证书给你。写'兹收到两千万整'好吗？"

宫永拿出便条交给山崎，说："不用写得那么正式。"接着，他仰望着天花板，沉思了一会儿后说道，"你能不能这么写'我已经什么也不要了'，然后再写上你的名字？要知道，我在东京和京都都有一大片土地，目前是土地比金钱来得贵重的时代，我怕你反悔，不要钱，要土地。"

"原来如此，你可真细心呀！"山崎好像很佩服地说罢，拿起笔来写"我已经什么也不要了"，并签上自己的姓名。山崎看着宫永很小心地把那张字条放进口袋里面，心想：宫永未免太天真了，我还有他的亲笔信，可以好好利用一下。看他掏两千万如此轻松，应该再多要一些。

死 亡

宫永好像没有看出山崎在打什么鬼主意，很放松地："为了庆祝我们和解，干一杯如何？"宫永说罢，拿出一瓶威士忌，倒了两杯。他见山崎一脸怀疑，又说道，"你看，我没投毒。"说罢，率先喝掉自己的那一杯。

山崎见状，也就很放心地喝下自己的那杯酒。

此时，宫永问道："你现在可以告诉我，把口红藏在哪里了吧？"

山崎看着床铺说道："我把它藏在床铺底下。"

宫永听了，哈哈大笑起来。

山崎也放松下来，提出了一个疑问："你到底是如何处理那具尸体的呢？"

"我什么也没有做。我的意思是，我并没有处理掉尸体。她现在就在床铺底下。"宫永见山崎有点不安，接着说，"今天我还在为这件事大伤脑筋的时候，突然接到你的电话，起先是很头大，可是，跟你见面后，我想到一个好办法。方法很简单，不过，要你帮忙才行。"

"我？如果我不肯帮忙呢？"

宫永似乎有点一厢情愿，他自信满满地说："你一定会帮我把尸体从床铺下拖出来，扛到旅馆的屋顶上面，这里是顶楼，扛上屋顶是挺容易的。然后让她脸朝天躺在地上，两手合十放在胸口。"

此时，山崎想从沙发上站起来，可是，由于浑身疲软无力，经过一番挣扎后，才勉强站起来，他吼道："刚才你给我喝了什么？你在威士忌里面掺了什么东西？"虽然山崎很用力地大吼着，可是，声音非常小，就好像是从很远的地方传来似的。

"安眠药而已。"宫永面无表情地说道，"有一段时间，我因为工作压力，不服用安眠药就无法成眠，因此，安眠药逐渐对我失去作用，这让我很苦恼，没想到这时却派上用场。你会渐渐地进入梦乡，我却了无睡意。"

山崎想抓住对方，可是，当他摇摇晃晃地走到对方面前时，意识却渐渐模糊。

宫永走到已经无法动弹的山崎身边，摸出支票和自己的亲笔信，放在烟灰缸里烧掉……

那天傍晚。有好几个人目睹一个男人从新赤坂旅馆的屋顶跳下，当场死亡。警察赶来调查，在新赤坂旅馆的屋顶上发现一具两手合十放在胸口的年轻女尸。

由于从男死者的身上找到写着"我什么也不要"的遗书，所以警方判定：因为感情破裂，男的先勒死女的，然后再跳楼自杀。可是，令警方感到不解的是，从男的口袋里面找到一把既不是公寓的，也不是汽车的钥匙。

有一个刑警为了揭开钥匙之谜，开始着手调查。或许不久的将来，这个刑警会追查到那是新赤坂旅馆901号房的钥匙，进而揭穿这桩"自杀案"的真相……

（题图、插图：佐 夫）

特殊的兄弟

在二战时，美军的一架轰炸机成功炸毁了德军的一个兵工厂。

但在此次任务中，这架轰炸机为突破敌军围剿，严重受损。

在返航过程中，美军轰炸机又碰上了一架德国战机。

两架飞机距离非常近，飞行员甚至能看到彼此的眼睛。

但出人意料的是，德国战机非但没有朝美军开火，反而一直向美军飞行员打手势，还一路护送美军轰炸机安全降落，才飞走。

这件事像个谜团，一直困扰着美军飞行员：德国飞行员为何放过自己？

40多年后，真相最终浮出了水面。

美军飞行员通过各种努力，找到了当时那位德国飞行员。

德国飞行员是这样解释自己当时的行为的："击落一架严重受损的飞机与朝跳伞的人射击没什么两样，我不能那么做。但我内心也有一份担忧，担心放过敌军，会因叛国罪遭到指控。如果遭到指控，我将遭受怎样的命运可想而知。但是最终，人性的力量还是战胜了对胜利的渴望。"

美军飞行员则说：自己降落之后，立即将德国飞行员的反常举动报告给指挥官。

指挥官命令美军飞行员：不要将此事告诉任何人，以免传开后，对德国飞行员产生不良影响。

在2008年，两位飞行员相继去世，前后相隔不到6个月。在他们的讣告中，他们称彼此为"特殊的兄弟"。

（作者：杨孝文；推荐者：璇子）

大帅的演讲

第二次直奉大战前夕，奉系首领张作霖要作一次战前训话，鼓舞士气。

秘书们彻夜赶写讲话稿，几易其稿。

谁知，张作霖一看十多页的稿子，就发了火："你们这帮耍笔杆儿的，准叫墨汁灌糊涂了。文绉绉的都是废话，说的人费劲，听的人难受，重写！"于是秘书们又昼夜加班，好歹交了份一千多字的短稿。

战前训话开始了，张作霖气宇轩昂地走上讲台，开始背稿子："军人说话，贵乎明简……"他把秘书们写的"贵乎简明"颠倒为"贵乎明简"，这样一来就再也接不上下文了。

顿时，全场陷入一片死寂。

突然，张作霖把胡子一捋，放开嗓门，来了个即兴演讲："今儿个，咱就说大实话——前年夏天，咱跟吴佩孚那老小子干了一仗，大家还记得吧？"他见军官们都低头不语，又拍着胸脯说，"那些丢人的事都记在我张作霖账上，你们别抹不开。眼下，姓吴的又找茬儿了。你们说，该咋办？"

军官们一听群情激愤，振臂高呼："打！"

张作霖满意地说："好，打！咱丑话说在前面，这回只许胜不许败。胜的，升官得奖；死的，多给恤金；败的，军法论罪。我说话算数，我的话完了。"

（作者：孟繁忠；推荐者：简 方）

最好的消息

一次，一位著名高尔夫球手赢得了一场锦标赛。他领到奖金支票后，在停车场遇到了一个年轻女子。

年轻女子先向球手表示祝贺，然后苦着一张脸，说自己可怜的儿子病得很重，但是自己却没有钱支付医药费。

球手非常同情女子的遭遇。他二话没说，将奖金支票给了她，说："祝你可怜的孩子走运。"

一周后，球手在一家乡村俱乐部遇到了一个记者。

记者问他，是否见过一位自称孩子病得很重的年轻女子。球手点了点头。

记者一脸沉重地说："那个女人是个骗子，她根本就没有什么病得很重的孩子。她甚至还没有结婚哩！善良的先生，你被骗了！"

球手一听，惊讶地问："你是说，根本就没有一个小孩子病得快死了？"

"是的，根本就没有！这对你来说，真是个坏消息！"

球手听完，却长吁了一口气，说："你错了，这是我一个星期来听到的最好的消息！"

（作者：杰克·坎菲尔；推荐者：王 晓）

按劳分配

商人运载货物经过一片松软的土地，车轮陷到土里，怎么拉也拉不出来。

于是，商人找来几个农夫，答应付给他们一些钱，请他们帮忙把货车拉上大路。

农夫们给货车前端套上绳子，每人各拽一根绳头，站成一排，向前拉车。

但农夫们拼命拉了半天，货车却始终没有驶离原地。

商人观察了一番，决定换一种方法，他对农夫们说道："依我看，应该按你们出力的大小，支付酬劳。"

农夫们觉得这是个好办法，就请商人在一旁监督。

他们中有几个爱耍滑头的，用余光瞧着商人，故意把面部表情做得很夸张，把嗓门提到最高，以示自己使出了最大的力气。

而那些真正卖力的农夫，一个个把头埋在胸前，两腿蹬直，憋着劲儿向前拉车。

终于，货车被拉出了这片松软的土地，停在大道上。

农夫们前来讨要工钱，商人依照自己观察的结果，支付酬金给他们。结果出人意料，耍滑头的钱少，卖力的钱多。

那些耍滑头的见自己的酬金不如别人，便质问商人："难道我的号子喊得不够响亮吗？难道是我的表情不够扭曲吗？"

商人气定神闲地回答说："我没有听你们的号子，也没有注意你们的表情。我只注意你们留在地上的脚印。"

那几个耍滑头的农夫顺着商人手指的方向望去，凡是耍滑头的脚印都非常浅，就像一般的行人一样；而那些真正卖力的农夫，脚印都深深地印在了地上。

努力，不应该只是姿态，而是脚踏实地的行动。

（作者：胡向明；推荐者：张 岱）

50

坐 吧

有个游客到美国纽约旅游。游客注意到：有幢高楼下面伸出一个消防栓，粗粗的水管前面有两个开口，想必失火时可以供两个水管连接在上面。

奇怪的是，那消防栓上还焊了五排尖尖的锯齿。

游客在消防栓前停留了很久，他盯着锯齿看，想知道它们派什么用场。

旁边一个流浪汉看透了游客的疑惑，冲他一笑，说："你想不通，对不对？告诉你，这些锯齿是为了防止我这种人坐在上面，所以焊上的。"

游客听了，有所感触。几年后，他93岁的母亲过世了。依照她的遗愿，就葬在离家不远的公共墓园里。

游客对墓园的工作人员说："墓碑不必高，不需要华丽的装饰，上面也不要做尖。要宽宽大大的，我不在乎人们坐在上面，相信我母亲也不在乎。"

工作人员一笑，指指远处，说："那你该去参考一下那边的一个墓碑。"

游客顺着工作人员的指示，发现有个墓，居然没有墓碑，只有一个石头椅子。厚厚的花岗石的椅子正在路旁，好像特别为人们休憩而设置的。

游客再仔细一看，椅子的侧面刻着一个人的名字和生卒年：1956 - 1998。

原来，地下的那个人只活了42个年头。他的生前已不得而知，他的身后只留下这把椅子，仿佛在说着："累了？坐吧！"

有时候，善意就是一个小小的举动，一声轻轻的"坐吧"。

（作者：刘 墉；推荐者：牛 奔）

（本栏插图：佐 夫）

学写作文，
从读故事开始

要钱
不要命

□ 杨 碑

树大招风

有个叫马三的铁匠，视财如命在乡里是出了名的。十几年来，他靠省吃俭用买了不少地，成了方圆百里最大的财主。

发家后，马三每天还是早睡早起，亲自带着长工们下地干活。赶着黄牛去犁地时，他还在牛屁股上兜个破布袋接粪，生怕拉在路上。他吃饭也不讲究，长工吃啥他吃啥，吃完后还要把碗舔得像抹布抹过的一样。马三为防贼人打劫，把院墙修得比城墙还高，又搞了个护院队，日夜守卫家园。

然而树大招风，三十里外有帮土匪，早瞄上了马三。因不好强抢，土匪头子李瘌子想出了一个法子……

马三有个独养儿子，叫马财，被他妈惯了一身的坏毛病，还染上了大烟。马三知道后，一棍子打折了他的

右腿，然后打了一副铁链子，把马财拴在后院里，逼他戒烟。

这天，马财烟瘾犯了，难受得直嚎。他娘听了心疼，便趁马三去地里干活，把儿子给放了。马财揣着娘给的大洋，直奔城里的烟馆。

这一去，马财三天没见回来。他娘急了，打发人去找，却连个人影也没见到，只得去求马三。马三起初还一口拒绝，说："我没这个败家子！"但七天过去了，马财仍不见踪影，马三开始担心，是不是出啥事了？

这天，庄里来了个生人，脸上有块刀疤，他是李瘌子的手下。他拿出一件褂子，正是马财出门前穿的，说："你儿子在我们手里，你准备好五万

大洋，不然的话……"

马三愣了一下，忽然微微一笑："既然在你们那里，那我就放心了，等这败家子戒了烟瘾，再来找我！"说完，他屁股一拍，走出了堂屋。

疤脸听了，愣了半天，悻悻而去。马财娘听到消息后，一边哭一边骂，骂马三要钱不要命。

马三也不恼，说："土匪才要钱不要命呢，他们不会害你儿子的，明天肯定还会来！"

果然，第二天疤脸又来找马三，他亮出一只血淋淋的耳朵，说："这回是耳朵，下回可就是人头了！"

马三瞅也不瞅，很干脆地说："好啊，那我等着你把人头送来。"疤脸一下子没了退路，扭头走了。

第三天早上，疤脸第三次登门，口气忽然变了："我们当家的说了，只求财不杀人，你痛快点还个价！"马三听后，不紧不慢地说："你们当家既然发话了，我就给他一个面子，五千大洋。但现在我儿子少了一只耳朵，那就只能给两千五了！"

疤脸一听傻眼了，骂道："怎么有你这种要钱不要儿子命的小气鬼？"

没想到，马三仍不松口："两千五，一口价！大不了我再娶个小老婆，多生几个儿子！"

疤脸彻底服了，他不敢做主，回去和李瘌子汇报。

李瘌子听后，居然点头答应了："小不忍则乱大谋，出手的金子不如在手的铜，拿到大洋后再说！"最后，双方约定，第二天一手交钱一手交人。

隔天，马三套好马车，一个人去接儿子。手下人都说李瘌子不是省油的灯，劝他带护院队一起去。

马三手一摆，说："放心吧，他要是这么干，半块大洋也休想拿到！"傍晚，他果然拉着儿子回来了。

李瘌子拿到大洋，喜滋滋地回了土匪窝，可是一验却发现大洋全是假的。但是，他不怒反笑道："出不了三个月，马三的大洋全是老子的！"

峰回路转

再说那马财回家后，突然就像换了个人似的，起早贪黑地干活。马三看在眼里喜在心里，儿子总算收心了。

这年又是一个丰收年。立秋过后，马财帮着点完卖粮的钱，提醒马三说："爹，你一定得把大洋藏好，上次你用假大洋骗了李瘌子，他肯定不会善罢甘休的！"

马三却呵呵一笑，说："放心吧，李瘌子半块大洋也抢不走！"

当天深夜，马三背着个沉甸甸的袋子，摸黑来到后院的牲口棚里，等他出来时，袋子却不见了。这一切被尾随在后的马财看在眼里。

第二天晌午，马财趁后院没人，

悄悄地来到牲口棚，找了半天，却一直没找到地窖口。马财正暗自纳闷时，忽然见一头牛正在撒尿，奇怪的是，尿流到牛槽下面后，很快就渗没了。他眼前一亮，急忙把牛赶到一边，在牛槽下面摸了半天，终于摸到了一块厚厚的木板。

马财心中大喜，急忙揭开木板，发现下面正是地窖口。他顺着梯子下去，盖好地窖盖，然后点亮一盏马灯，往里那么一看，顿时两眼瞪得滚圆：只见地上放着五口大缸，里面全是白花花的大洋！马财欣喜若狂，偷偷溜出了后院。

当天晚上，马三忽然对儿子说："爹最近明显感到身子骨一天比一天沉，有些力不从心了。明天，你带人

去城里拉粪。"

第二天一大早，马财就去了城里。他先去烟馆，一边过烟瘾，一边思谋着如何把地窖里的大洋偷出来。忽然门帘子一闪。马财一看，面色大变，李癞子和疤脸咋找到这里来了？

疤脸腾地跳上炕，用短枪顶着他的脑门威胁说："三个月的期限已到，为啥还不见动静？你活腻了？"

原来，马财被割掉一只耳朵后，恨死他多了。于是，他主动向李癞子表示，只要把自己放回去，保证在三个月内找出马三藏钱的地方。李癞子的目的也就是银子，所以就答应了……但直到今天，马财还没消息，于是他们找上门来。马财不敢怠慢，说出了一个办法。

原来如此

半个月后，马财带着几个陌生的年轻后生回了家，他向父亲解释说这是新招的长工。

其实这些人都是李癞子的手下。当夜，李癞子带人把护院队收拾之后，直奔后院的牲口棚。几个人下了地窖，马财举灯一看，一下子傻眼了，缸里的大洋竟不翼而飞了！疤脸气得两眼冒烟，一把掏出枪指着马财，骂道："妈的，你耍我们啊！"

马财吓得魂飞魄散，他说："我要是骗了你们，天打五雷轰，一定是被我爹转走了！"李癞子立刻带着手

下，奔向前院堂屋，一脚踹开了门，用枪对着马三说："马财主，过得挺滋润的嘛，你把大洋藏哪了？"

马三心里发慌，但面上还在装糊涂，他反问："你说啥？"

李瘸子把枪口对准马三的心窝，说："少装蒜！就是你藏在牲口棚下的五缸大洋！"

马三一愣，忽然又笑着说："既然你们都知道了，我也就不隐瞒了，前几天，这五缸大洋我全部买成地了，可惜你们来晚了！"

李瘸子哪里会信，他逼问说："胡说八道，你骗谁啊！"说完，他叫人把马财抓了进来，"老子今天非要看看，你是想要钱，还是想绝后！"

马三一把抓过儿子，质问是不是他把土匪带来的。

马财"扑通"一下跪在地上，说："爹，你就赶紧说出藏大洋的地方吧，不然他们会杀了我的！"马三摇了摇头，干脆闭上了眼。

只听"砰"的一声枪响，马财就杀猪般地嚎叫起来。

马三睁眼见儿子抱着左腿疼得直打滚，他扭过脸，仍是不松口。李瘸子眼珠子一转，想出了个损招，扒了马财的裤子，枪口对准了他的裤裆："再不说，老子就开枪了！"

马财急了："我的亲爹啊，你快说啊，可不能要钱不要命啊！"

马三终于看不下去了："我算是栽在你这败家子手里了，放了他，我

带你们去！"说完，他带着土匪径直来到了后院。后院还有间废弃不用的铁铺子。

李瘸子推门，见里面除了一口黑黢黢的棺材之外，啥也没有，便问："老不死的，大洋呢？"

马三应了声："在这儿呢！"说完，他走到棺材前，用力把盖子往旁边一推，竟迈腿跨进去躺平了，说，"李瘸子，老子豁出去了，有种你就开枪吧！"

李瘸子彻底被激怒了，冲着棺材"砰砰砰"连开三枪，顿时，马三成了血人。

土匪们把整个庄子翻了个底朝天，也没搜到半块大洋。李瘸子一怒之下，一把火烧了整个庄园，只剩下那间唯一的铁铺子……

在一个月黑风高的夜晚，马财母子俩在长工们的帮凑下，准备把马三的棺材抬出去埋了，他们把棺材抬起，走出没几步，就发现搁棺材的地方有异样。

马财娘用脚踩踩，土有些松，她让一个长工拿来一把锹，把土扒开。

众人顿时惊得目瞪口呆，原来下面还有一口棺材，而更奇的，这棺材竟然是用银子铸的！

马财娘什么都明白了，她忍不住号啕大哭起来："死鬼啊，你真是要钱不要命啊……"

（题图、插图：谢 颖）

经典广告词

◇ 狐狸老远就看到了满架熟透的葡萄，它开始助跑、起跳。一次，两次，三次……最终只能悻悻地放弃。站在高处的乌鸦道："狐狸先生，敢情这葡萄还是酸的吧。"狐狸咽了咽口水，叹了口气："好吃，看得见！"

◇ 乌鸦找到半瓶果奶，它的嘴显然无法喝到这些甜美的液体。它想了想，决定衔小石块，一块块往瓶子里扔，经过不懈的努力，水面终于上升了。乌鸦美美地喝上一口。这时，又有几只小鸟飞了过来，乌鸦舔了舔嘴，看着大家，问："今天，你喝了没有？"

◇ 猴子进了玉米地，右手掰下一个，夹在左腋下，又发现了个更好的，于是左手再掰一个夹在右腋下，如此往复，猴子忙了半天，仍然没有停下的迹象。这时在一旁放哨的同伴急了："行了行了，找到好的了吗？"掰玉米的猴子回过头来，认真地："没有最好，只有更好！"

◇ 两只老鼠偷油喝，其中一只先将尾巴伸进瓶里，沾满油，喂给同伴喝。只见油顺着尾巴一滴一滴往下滴，同伴在下面贪婪地吃着，舍不得离开。喂的老鼠急了："喝够了没？味道怎么样啊？"同伴咂咂嘴说："滴滴香浓，意犹未尽！"

◇ 老虎请狼吃饭，少不了要征求狼的意见："你喜欢吃什么？"狼一听激动得手舞足蹈："羊羊羊！"　　**（推荐者：王　坚）**

想

◇ 幼儿园想上小学，因为听说小学不用午睡。
◇ 小学想上初中，因为听说初中不用把手背在后面坐。
◇ 初中想上高中，因为听说高中老师不会管东管西。
◇ 高中想上大学，因为听说大学里面有很多空余时间。
◇ 大学想工作，因为听说工作不用再去上课。
◇ 工作了，发现还是想上幼儿园。

（推荐者：王　洋）

◇ 若想人不知，除非小心点。

◇ 眼睛是心灵的窗户，眼袋是心灵的窗台。

◇ 保密这件事，最怕团结起来力量大。

◇ 人生就像自助餐，一切都得靠自己。

◇ 不要和脑残的人争论，他会把你拉到和他同样的层次，然后用丰富的经验打败你。

◇ 解释就是掩饰，掩饰就是不老实，不老实就是欠收拾。

◇ 有的人眼睛总盯着自己，所以长不高、看不远。

◇ 我做工作都是凭感情的，凭着对钱的感情。

◇ 我这人，非常有个性，平时就不爱走寻常路，关键是不爱走路。

◇ 男人在不懂的时候装懂，女人则恰好相反。

◇ 人不能太方，也不能太圆，一个会伤人，一个会让人远离。

（推荐者：张　萧）

一句话的幽默

奇绝标语

编辑去买早点，路过一条街，街上全是卖小吃的，每家店都有标语，一个比一个更绝。

◇ 卖米粉的写着：欢迎来到赵氏米粉之家，本店是全球唯一指定销售地点，可办理会员卡，购物享受9.9折优惠。

◇ 卖油条的写着：本店油条，采用独家秘方酿制而成，长期食用，可以舒筋活血，安神养心，同时对腰颈椎病、骨质增生等病症，均有很好的疗效。

◇ 卖烧饼的写着：武大郎的饼，献给貌美如潘金莲的你。

◇ 卖包子的写着：不含添加剂的纯天然包子给健康的你。

◇ 卖面条的写着：别动，举起手来！仔细看，下还有一行小字——拿起筷子，享受美味吧。

◇ 卖臭豆腐的写着：有多少爱可以重来，有多少人愿意等待。当豆腐已经臭飘万里，你是否还有勇气去爱？

◇ 卖奶茶的写着：后来，我总算学会了如何去爱，可惜你早已远去消失在人海，后来，终于在眼泪中明白，有些奶茶店一旦错过就不在。

◇ 街角最后一家店写着：我和你吻别，在有小吃的街。

（作者：彭雨生；推荐者：李　丽）

趣解流行语

◇ 你不像草根，像傻根儿。

——如果真像傻根儿，你也就从草根变成明星了。

◇ 都是千年的狐狸，你给我玩什么聊斋？

——在《聊斋》中，狐狸都去找书生玩，不会找同行的。

◇ 你们都长成这样了，还好意思攀比！

——这是个"拼"时代，拼学历、拼能力、拼爹、拼老公、拼相貌……丑，是一种特别的资源！

◇ 人是微缩的，心是猥琐的。

——有古语为证：君子坦荡荡，"小人"常戚戚。

◇ 长得跟闹着玩似的。

——现在是个男人就被称"帅哥"，是个女人就被叫"美女"。闹着玩就能长得如此与众不同，不容易啊！

◇ 打败你的不是天真，是无鞋（无邪）。

——正应了那句话：光脚的不怕穿鞋的。

◇ 你这智商余额严重不足，赶紧充值去。

——弱弱地问一句：到哪里去办理啊？

◇ 与人方便，不如与人方便面。

——实惠得看得见、闻得着，吃到嘴里能管饱。

◇ 小青蛙逛大街——绿色出行。

——我更看中的，不是这种代步工具的节能减排，而是下雨积水了可以游过去，堵车还可以跳过去。

◇ 啥会呀？误会。

——一定要改变办事作风，要不很多的会都成了误事的会。

（作者：陈立军；**推荐者**：极品咖啡）

什么叫区别

◇ 胸口摸得着的尺寸叫胸围，摸不到的尺寸叫胸襟；

◇ 眼睛看得到的地方叫视线，看不到的地方叫视野；

◇ 嘴里说得出来的话叫内容，说不出来的话叫内涵；

◇ 脸上看得出来的表情叫气色，看不出来的表情叫气魄；

◇ 报刊登得出来的是新闻，登不出来的是传闻；

◇ 舌尖尝得出的是味道，尝不出的是口味；

◇ 头顶看得到的叫帽子，看不到的叫保护伞；

◇ 官场看得见的叫政绩，看不见的叫腐败。

（**推荐者**：解 敏）

家有傻鸟

□王应良

长假将至，我答应女儿，带她去相邻的湖南凤凰自驾游。

就在临行前一天，很久没来的老父亲，突然风尘仆仆地挑着一担土特产，来到我家。他一进门，放下担子，就笑眯眯地递给我女儿一个青布罩着的笼子，打开一瞧，原来是一只八哥。

这只八哥一见我女儿，就像模像样唱起歌来："黄鸡公儿，尾巴拖，三岁的伢儿会唱歌，不是爷娘教的我，自己聪明自来的歌……"我一听，这不是我们老家流传久远的儿歌吗？我小时候口笨，妈妈教了好长时间，才教会我。

一想起这些，我连忙问："爸，你怎么一个人来，妈怎么没来？她在家里还好吧？"

父亲略一停顿，他说："好！这只八哥是你妈一手调教的，她念叨孙女好长时间了，本来也想一起来的，可是……"父亲说着，从担子里提出一个鼓鼓囊囊的蛇皮袋，一边打开，一边有点不好意思地说，"你妈的性子你还不知道？养个东西像养孩子一样精贵，她说这八哥最喜欢吃乌桕籽，怕城里没有，前天，她专门爬到村头的乌桕树上，采了一大袋，这不，下来时，一不留神，就把脚崴了。"

老家村头的那棵百年乌桕树我知道，有六七层楼高。一想到母亲老胳膊老腿儿的爬得这么高，我的火就上来了，没好气地怒斥起来："胡闹！爬这么高，万一摔下来怎么办？这城里宠物店里什么鸟食买不到？"

父亲讪笑着解释说："在农村，磕磕碰碰常有的，没多大事儿，过几天就能下地了。"

因为第二天要出门旅游，当晚我们一家人匆匆用了晚餐，十点一过，就都睡下了。

半夜时分，我迷迷糊糊中，仿佛听到母亲一直在叫我的小名，便一下子惊醒过来。

我侧耳一听，客厅里果然传来一声咳嗽声。这声音我太熟悉了，是妈的咳嗽声，她的肺一直不好，我是打小伴随着她的咳嗽声长大的。我一个激灵，翻身而起，打开房门，蹑手蹑脚地来到客厅。

客厅里漆黑一片，透过屋外照进来的微光，依稀可以看到空无一人。这时，又一声咳嗽响起，听声音是从阳台上传过来的。

于是，我壮着胆，几步赶了过去。阳台上也是空无一人。但是在墙角的阴影里，两只蓝幽幽的眼睛正滴溜溜地看着我。顿时，我身上的寒毛根根竖起，正要惊恐大叫。"叭"的一声，客厅里的灯打开了。

我一看，是父亲起来了。我转头又往阳台墙角一瞄，真是又好气又好笑，原来吓我一跳的，是父亲送来的那只八哥。

父亲也四处看了看，有点不确定地说："咦！我刚才好像听到你妈的声音。"

一听这话，我的心禁不住又"咯噔"一下，我和父亲相互打量了一眼，心里同时升起了一股不祥的感觉。在我们老家有这样一个迷信的说法，老人去世时，魂魄会到儿女亲朋家走一遭。

父亲的脸色一下子变得煞白，话音颤抖地说："应该不会！我出门时，你妈除了脚崴了，人还好好的……"

听了父亲的话，我的心一下子又提到了嗓子眼。我妈尽管身体硬朗，但毕竟是七十岁的人，这要是万一……

一想到这些，我便急不可待地转身，扑向沙发旁的座机，抄起电话，就要往老家拨。这时，又一声咳嗽从阳台传过来。我连忙放下电话，

顺着声音走去，从阳台墙角提起鸟笼，仔细地端详起来。这只八哥一见我打量着它，竟像人一样，剧烈地咳嗽起来，还叫着我们一家三口的名字，接着叹了口气，喃喃地说："我念叨他们的名字，有什么用！我想他们，他们不想我，也不回来看看我这老太婆！"

父亲在边上一听，嗔骂着说："这傻鸟，咋把这个也学会了？"接着，他像做错了事似的看了我一眼，低声说，"你妈现在是人老话多，瞌睡少了，半夜睡不着，就躺在床上黑灯瞎火地自言自语，没完没了地念叨你们，这傻鸟便在一边记了下来。"他说完，打开鸟笼，抓了一把鸟柏籽伸进去喂鸟。半晌，他试探性地问，"要不，你们明天跟我一起回家看看你妈？"

我也想去，但是考虑了一下，还是摇着头说："跟孩子说好的事儿，咋能变呢？春节，我们再回去吧！"

不料，这时八哥一扑腾，就从鸟笼里飞了出来，还没等我们回过神来，在客厅里一个盘旋，就从半开的阳台窗口，冲了出去，一下子就不见了踪影……

第二天一大早，女儿醒来，脸没洗头没梳，就跑到阳台，准备逗弄她的八哥。当她得知八哥跑了，便一屁股坐在地上，又哭又闹。

我和父亲没有办法，只好走出家门，在周围寻找。在大城市钢筋混凝土的森林中，本来就没几只鸟栖息，偶尔看到一只，还没等我们靠近，就落荒而逃，哪里还能找到那只会唱儿歌的八哥。回到家里，女儿见我们两手空空，又不依不饶地哭闹起来。

父亲只好保证，一回家就上山再抓一只，让娘训好，再送来。

女儿听了，这才罢休。吃过早饭后，我们就准备起程了。我开车先把父亲送到汽车站。

快到车站时，父亲挂在腰带上的破手机响了起来，父亲解下一听，就听见母亲在电话里急吼吼地说："老东西！你送个啥鸟？这傻鸟咋一大早就飞回来了，直往我怀里钻？"

我一听，心里有些惊讶，我大山深处的老家离这里少说也有三四百公里，想不到一夜之间，这傻鸟竟然飞回去了。母亲大概不知道我们一家三口在边上正听着，又接着在电话里唠叨起来："这傻鸟我只养了半年，它倒晓得回来看我，那只傻鸟我养了他一二十年，翅膀硬了，就不晓得回……"

父亲连忙打断她的话，对着手机吼道："你这老太婆，一天到晚没事瞎说个啥？"说完，他赶紧挂断了电话。我感觉到父亲气息变粗了，就回头扫了一眼。

父亲沉默了良久，开口责备说：

"看什么看？不是我说你，我和你妈都老了，手脚不方便，你有车，老家的公路也通了，你怎么就想不到回家看看我们？"

我知道父亲动怒了，只好一边开着车，一边讪笑地解释说："我这不是忙，没时间吗？"

父亲没好气地说："忙什么忙？你以为我不知道，去年过年，你一家子跑到海南去了，这次五一放假，你们又要去什么凤凰，是有点忙！"

听了父亲的话，我心里"咚"的一下。我原以为父母的身体还算硬朗，平时打打电话寄寄钱就行，回去拖家带口的，反给他们添负担，没想到他们对我们是如此的牵挂。

这时，女儿哽着嗓子说："爸，我不去凤凰了，我要回老家，我想奶奶了！"

我和妻子也都点头称是。

父亲一听，顿时笑逐颜开，连忙又掏出手机，拨了电话回去，高兴地说："老太婆，你听着，我这只

老傻鸟要带着三只小傻鸟飞回来啦，哈哈……"

（题图、插图：刘为民）

法律知识故事征文

本刊推出的"法律知识故事"，通过发生在我们身边的、短小而具体、在法理上容易混淆的个案，生动、形象地宣传法律知识。为鼓励作者深入生活，写出高质量的法律知识故事，我刊决定面向全国征文。

本次征文也欢迎读者和法律界人士提供相关素材、案例，一经录用，即付稿酬。

来稿方法：1．从邮局寄发，请在信封上注明"法律知识故事"字样，本刊地址：上海市绍兴路74号《故事会》杂志社，邮编：200020。2．从网上传递，可寄以下信箱：fabianji@126.com，请在主题上注明"法律知识故事"字样。凡已和我刊编辑有联系的作者，稿件可继续投给原编辑。

本期主题：醉酒故事

我国是最早酿酒的国家，人们开心、痛苦、庆祝……都免不得要喝一杯，喝着喝着就醉了。本期撷取几则醉酒故事，供大家一读。

妻子治醉鬼

张三是个嗜酒如命的人，三天两头灌得分不清东西南北，回到家里对妻子不是骂就是打。可怜的妻子简直成了他练拳的"沙袋"，浑身上下被打得青一块、紫一块的。

一天，张三又在外头喝得醉醺醺的，一进家门就"哇"的一声吐了一地，随后倒地就睡。

他妻子见这满地酸臭难闻的污物，想起平时所受的皮肉之苦，不由怒从心头起："平时你打我、骂我，今天我也跟你算一回账，让你也尝尝棍子的味道。"

说着，妻子就拿来根绳子，把张三手脚捆了个结结实实，然后操起一根棍子，在张三的屁股上"叭叭叭叭"使劲地打，一口气打了整整三十大棍，直打得张三龇牙咧嘴，杀猪似的"嗷嗷"嚎叫。

打完了，妻子有些害怕了：要是等他弄开绳子，那自己就会像小鸡落在老鹰的爪里——没命了。于是，她急忙翻找出衣物，连箱子、柜子的门都顾不得关，就连夜逃回娘家去避难了。

第二天一大早，张三就来到丈母娘家门口，把门擂得"咚咚"响，边敲边喊："岳母开门，岳母开门。"

妻子听了，吓得身子像筛糠似的直哆嗦，心想：这酒鬼肯定是寻上门来报仇了。

丈母娘开了门。

谁知张三见了妻子就嚷开了："老婆，不得了了，昨晚咱家来了盗贼，那盗贼可能是翻箱倒柜找不到值钱的东西，便生起气来，贼胆包

天地将我用绳子缚了，然后棍子像雨点似的落在我的屁股上，直打得我皮开肉绽。"说着，还捂着自己的屁股"哎哟哎哟"可怜兮兮地叫个不停。

妻子一听，差点没笑出声来。

酒糊涂审案

从前，有一个喜欢喝酒的县官，一天到晚脸上红通通、醉醺醺的，喝了酒他就要捉弄衙役，拿他们寻开心。

一天，他又喝得脸像猴子屁股，走起路来东倒西歪。

他唤来王甲与赵乙两位衙役，限令他们三日之内将三个人捉来，否则各打四十大板。

王甲、赵乙问道："不知老爷要缉拿哪三个人？"

县官红着脸说："一个'人中人'，一个'草中人'，还有一个'像个人'。"

王甲、赵乙知道，这是昏官灌足了黄汤在与他俩过不去，便合计说："天无绝人之路，我俩且到大街人多的地方走走，总会有法子的。"

两人来到车来人往的大街上，看见一个孕妇挺着大肚子在慢慢行走。

王甲对赵乙说："兄弟，你看，那不是'人中人'吗？"

赵乙一看，对呀，大人肚里怀着个小人，正是"人中人"。

两人不容分说，走上前去，将那孕妇带到县衙。

第二天，天下着蒙蒙细雨。

王甲与赵乙又来到大街上，看见一个身披蓑衣、头戴斗笠的农夫，挑着菜在沿街叫卖。

王甲一拍赵乙肩膀："兄弟，快看，那不是'草中人'吗？"

赵乙一看，是呀，草蓑衣里面藏着一个人，是"草中人"。

两人走上前，又将农夫带到县衙。

第三天，街上举行庙会，随着一声响锣，几个壮汉抬着一尊都天菩萨走来了。

王甲一见，便对赵乙说："兄弟，那都天菩萨不是'像个人'吗？"

赵乙一想，倒也是，泥塑木雕的身子，看上去倒还真像个人样子。

于是，两人上前，将那都天菩萨抬到县衙。

县衙大堂上，随着一声吆喝，醉醺醺的县老爷升了堂。

孕妇与农夫一见这怕人的架势，早吓得双膝跪下，请求饶命，唯有那都天菩萨直挺挺地站着一动不动。

县官醉眼蒙眬地见这人好大胆子，在大堂之上竟敢不下跪，还咧嘴对他笑呢，便一拍惊堂木，喝道："大胆狂徒！在本大人面前为何不下跪？"

王甲连忙走上前，附在县官耳边说："禀告老爷，这人喜爱喝酒，一喝酒他就下跪。"

县官一听非常高兴：本官贪爱这杯中之物，他竟也与我同样喜好！

县官便命人取来酒壶，朝那都天菩萨口中灌去。

这一灌不要紧，却将都天菩萨下巴颏灌掉了下来。

县官见此人喝了酒仍在原地站着，便走下大堂，近前一看："咦，这人怎么没有下巴？"

王甲回答说："老爷有所不知，这人不喝酒倒还像个人，喝了酒就不像个人了。"

酒死一生

一个酒徒，喝酒过量，醉死过去，昏迷中被两个小鬼抓去了。

进了宫殿，小鬼对酒徒说："见了阎王，你怎么还不跪下？"

酒徒一听"阎王"两字，突然醒悟过来：难道我已经死了？

他一急，酒劲儿上来了，一反胃，"哇"一口把脏物都吐到了阎王的脸上。

阎王气得破口大骂："这个混账醉鬼，赶快给我轰出去，离我越远越好！"

于是，酒徒就被从阴间赶了出来，又回到了阳间。

他睁眼一看，见妻子正扑在他身上号啕大哭呢，忙说："哭什么，还不赶快给我拿酒来。"

妻子说："你刚才都醉死了，才活过来，怎么还要喝呢？"

酒徒摆摆手，说："你不知道哇，我若不是喝多了，吐了阎王一脸，这回我就回不来了。我是因酒而死，才有了这一条生路，所以这叫'酒死一生'。难道这还不应该再喝一杯庆祝庆祝吗？"

铁钉子下酒

据说某地有一个人，嗜酒如命，白天贪酒且不谈，常常夜里还搂着酒瓶子睡觉，是个不折不扣的酒鬼。

一天，酒鬼打酒回来，看到路边有人在卖螃蟹，心里一喜：这下可捞到下酒的好菜了。

可是，酒鬼当时已身无分文了，怎么买螃蟹呢？他灵机一动，于是就帮着卖蟹人一道吆喝，引来不少买主。

然后，酒鬼趁着人多，卖蟹人忙着张罗之际，偷偷掰了一个螃蟹腿，便溜了。

回到家，酒鬼把螃蟹腿煮熟，他舍不得一口吃了，于是舔一下螃蟹腿喝一口酒，喝一口酒舔一下螃蟹腿。

喝到半夜，突然停电了，酒鬼正喝在兴头上，哪里管得着这些，仍抱着个酒瓶子不放。

一不小心，螃蟹腿掉到了地上，酒鬼懒得点蜡烛，弯下身子，用手在地上摸来摸去，好歹捡起了螃蟹腿，啧啧嘴，又喝了起来。直喝到酒瓶底朝天，他又加了点水，涮了涮，又灌到了肚子里，然后把螃蟹腿轻轻地放在桌子上，打算第二天喝酒再舔。

酒鬼一觉睡到第二天中午，起床时无意中朝地上一看，吓了一跳，那螃蟹腿正好好的在地上呆着呢。再抬眼一看桌上，哪里有什么螃蟹腿，只见一枚大铁钉，上面的铁锈都已经被舔得干干净净，成了亮晶晶的了。

拿酒找酒鬼

酒鬼儿子晚饭后出去串门，有人因急事找上门来，老父亲说他可能是到张三家去了。

来人去了不多久又回来，说没找见。

老人又说，要不再到李四家找找。

来人又跑到李四家，结果也没有找到。

老父亲想了想说："这样吧，你到村里挨门挨户地转悠，闻到谁家有酒味再进去找，准在。"

于是，这人就按老父亲说的办法去找。无奈村子太大，他摸黑在村里转了半宿，惹得狗吠声不绝，才只跑完三分之一的户数。

忽然这人想出了一个妙法，赶紧回家拿来一瓶上等的白酒，打开瓶盖，然后一只手举着满街小跑。不多时，果见一个人从一户人家里奔出来了，一边抽着鼻子一边吆喝："这是谁的酒？真是好酒……"这人正是酒鬼！

劝先生戒酒

从前，有一位很有学问的老师，书教得很好，对学生也很负责，可就是嗜酒，每次都喝得酩酊大醉，有个叫王生的学生决定设法劝老师戒酒。

这天，老师又喝得大醉，人还没到，酒气就冲进了教室，学生见他歪歪倒倒的样子，忍不住放声大笑。

老师很生气，把戒尺在桌上敲得"啪啪"响："不准笑！今天我们对对子，对上的不挨打，对不上的打二十下手心！"

王生听后，站起来说："老师，对不上你打我三十下手心，对上了依我一件事。"

老师看看他，问："什么事？"

"请老师戒酒！"王生大声道。

老师手捋胡须，说："好，我依你。"说后，望望窗外，见正在下着细雨，便随口说出个"雨"字要王生对。

王生见窗外正吹着微风，便一语双关道："疯！"

老师以为是风雨的"风"，点点头，又道："花雨！"

王生就对："酒疯！"

老师接着说："飞花雨！"

王生冲口而出："发酒疯！"

老师觉得王生在针对自己，本想发作，又觉得学生对得工整，挑不出刺来，只好压下火气，又在原句上加了两个字："檐前飞花雨！"

王生马上就对："席上发酒疯！"

老师脸都气青了，说："好，你来对——处处檐前飞花雨！"

王生趁兴对道："回回席上发酒疯！"

老师气得手举教鞭，王生却道："老师，学生对错了吗？"

"这……"老师这才想起，有约在先，如挑不出联中毛病，这鞭打下去，岂不成了出尔反尔的小人？他只好收回教鞭。

于是，老师又在原句上加了四个字："皇天有道，处处檐前飞花雨。"

王生皱眉不语。

老师以为他对不上了，便道："挨打吧，我们可是有言在先！"

王生伸出手来，说："老师，不是我对不上来，是怕你生气伤了身体啊！学生情愿挨打也不再对了！"

听了这话，老师不免有些感动，立即丢掉手中教鞭，说："对对子，就是做学问，你大胆对就是。"

王生收回手，说："只要老师不生气，学生就斗胆了！"然后大声道，"祖宗无德，回回席上发酒疯！"

老师听后羞得满脸通红，半天说不出话来，他回家后，立即砸了酒具，果然戒了酒。

（李再影 搜集整理）

（本栏插图：陆小弟）

古语有云：福无双至，祸不单行。你信不信，有时倒霉事真的会接二连三地发生……

赶上一辆倒霉的车

□ 章 建

1. 司机的倒霉事

王大伟是一个客车司机，最近他挺倒霉的，先是记速表失灵超速，接着压着黄线闯了红灯。一个月下来，他的驾照稀里糊涂被扣了八分，想想接下去就靠剩下的四分混饭吃，随时有可能下岗，他就别提有多窝火了。

这天下午，王大伟像往常一样，从桐城发车去南京。

客车上只有稀稀拉拉的十来个人。一出汽车站的大门，王大伟就打开了车上新装的车载电台，电台里飘出动感十足的音乐来。这是汽车公司为保证司机不疲劳驾驶，想出的新招。

车没开出多远，一个老人招手要上车。开到郊区，刚刚要上高速的时候，又有一高一矮两个小青年拦住了王大伟的车。

按照公司制度，司机是不能中途私自载客的。可是上有政策，下有对策，王大伟把车靠边一停，就捎上了两个小青年。刚要关门，他又听见车下一个中年妇女喊道："师傅，等一下。"

这是一个身子瘦弱，头发花白的中年妇女，她手里提着一只红包，一边上车，一边对王大伟说："谢谢，车票多少钱呢？"

王大伟想了想，回答："车站售票是一百五。"

中年妇女听了，从内衣口袋里掏出一百块钱，哆哆嗦嗦地递给王大伟说："师傅，俺是打工的，就想省点钱，您看……"

王大伟接过钱，爽快地说："去吧，自己找个位子坐。"中年妇女又是连声道谢，然后在车的最后一排坐了下来。

接着，两个小青年也递过来两百块钱。王大伟觉得今天运气不错，现在私家车那么多，加上又是出行的淡季，车站里一天都卖不出几张票，自己却多了好几百的外快。王大伟这么想着，心情渐渐明朗起来，他加大油门，路边的广告箱都"唰唰唰"向后掠去。

高速路上车来车往，一切都很正常。可是不一会儿，有乘客嚷嚷起来："怎么回事？乘客少，也不能不开空调吧？想闷死人啊！"

王大伟嘿嘿一笑，用毛巾抹了抹额头说："空调坏了，还没修呢，再说了，这是晚班车，将就一下就到站了哦。要是你嫌热，就把窗户开个缝嘛。"

那乘客继续骂骂咧咧地说："娘的，怎么坐上了这趟倒霉的车！"

后上来的两个小青年不等王大伟开口，对那人反唇相讥："有钱，你买私家车去啊！没钱，你只有悲催的份哦！"那乘客见两个小青年穿得挺另类，有点愤青的味道，便马上识相地闭上了嘴。

天要黑的时候，王大伟把车开进了一家服务区，乘客们纷纷下车，去解决晚饭问题。王大伟也下了车，刚要锁门，忽然发现中途上车的妇女坐在座位上，一动不动，便让她赶紧下车。

中年妇女连连摆手，说自己不饿。

看来中年妇女是怕花钱，王大

伟只好告诉她："大姐，不管你饿不饿，必须下车。不然车上的财物丢了，你负责？"

中年妇女听他说得有道理，便也乖乖地下了车。

半个小时后，所有人都重新上了客车，王大伟一清点人数，竟然多出来一个人。他赶紧嚷道："谁上错车了？快下去啊！"

一个戴着鸭舌帽的男人接腔说："师傅，多出来的一个人是我，我也去南京。这样，我给您一百块，您给行个方便吧！"

嘿，这不是又摊上了一件好事嘛！王大伟说："行！"随后，他又随意问了句，"你怎么一个人落在服务区了呢？"

鸭舌帽不好意思地说："贪杯，贪杯误事啊！"

原来他是喝多了酒误了车。王大伟以前也在服务区碰见过这种乘客。

王大伟听了，"哦"了一声，便关上车门，发动了汽车，再过两个多小时，这趟车就到终点站了。

车出了服务区，开了十来分钟，有的乘客已经开始打盹了。

王大伟也有些犯困，他打开车载电台，把音量调大，让音乐声充满车厢。顿时，王大伟清醒过来，不是因为音乐声，而是因为一把冰凉的匕首架在了他的脖子上！

只听一个男人恶狠狠地说："不准说话，不准停车，否则要你的小命！"

王大伟透过反光镜一看，把匕首架在他脖子上的竟是刚才帮自己说话的两个小青年。敢情他们是劫匪！王大伟心说：真是倒了八辈子霉了，拉了这两个主！但他嘴上仍忙不迭地说："好好好……"

2. 劫匪的倒霉事

这两个持刀抢劫的小青年，个高的叫张恨铁，个矮的叫李二狗，其实他们这段日子也够倒霉的。

张恨铁本来在桐城的一个电子厂做领班。他做得好好的，一不小心迷上了网络游戏，倒霉的事情就接踵而至：先是女朋友毫不客气地和他说了拜拜，接着就是被工厂开除，最后还因为买游戏装备花光了积蓄，连吃饭都成了问题。前几天，他和同样倒霉的李二狗在网络上相遇了。两人一合计，现实世界是没戏了，要在游戏世界里继续称霸，唯一办法就是买更厉害的装备。买装备要钱啊，钱呢？没有！怎么办呢？去抢！

抢劫可不是一般的技术活，要抢得准、抢得狠、抢得多，最重要是抢得没有风险。

李二狗和张恨铁银行金店不敢抢，膀大腰圆的主不敢抢，车站码头有保安和民警巡逻不敢抢，想来想去，只有高速路口常有民工搭便宜车，如果撞了大运，抢一个土得掉渣腰包里揣着打工几年血汗钱的主，那就赚翻啦！

于是，张恨铁和李二狗在高速路口等啊等啊，等了一上午也没看见合适的主。到了下午，他们正想放弃的时候，那个提着红包的中年妇女进入了他们的视线。她的包鼓鼓囊囊的，而且女人把它紧紧抱在胸前，简直就是昭告天下："来呀来呀，我这包里有钱。"

李二狗悄悄地对张恨铁说："我以前在工地干过，这个女的一看就是工地上做饭的，现在做饭的油水大着呢，一年能搞不少钱，她的包为啥不背着而要抱着呢？说明里面有很多现金，她小心着呢！"

"那，咱就抢？"张恨铁没在工地干过，没这方面的经验，现在他只想抢钱。

李二狗说："在高速路口抢劫是有命抢没命花。你想呀，来往车辆多车速慢，万一有多管闲事的，咱两条腿快还是四个轮子快？即便让咱侥幸逃跑了，警察也会跨省通缉咱的，因为

路口都是探头呀！"

张恨铁听李二狗分析得头头是道，只得惋惜地问："兄弟，那咱放弃这个女人了？"

李二狗摇摇头，说："那可不行！这样，咱假扮乘客，先她一步上车，要是车上没几个人，就半道上抢！"这样，两人瞅准机会上了王大伟的车。两人原本在服务区里有机会抢她的包，可是一琢磨也不行，前不着村后不着店的，难道顺着高速公路跑？那不是自找死路嘛！但是他们看着中年妇女紧紧地把包放在胸前，那个手痒啊，那个心动呀！

现在机会来了，天彻底黑了下来。他们眼看再不下手的话，就要到终点站了。而且两人发现：只要翻过高速公路的围栏，下面就是一条普通的公路，车来车往的，逃跑

不是问题!

王大伟的车继续往前开着,李二狗用匕首抵住了他的脖子。张恨铁攥着匕首,恶狠狠地瞪着中年妇女,缓缓地向最后一排走去。可是,当张恨铁刚提脚,迈出一步,坐在第一排的一个男人马上从口袋里掏出了现金和手机,一边掏一边求饶:"别、别伤害我,都、都给你们……"然后只听到"啪嗒啪嗒啪嗒"一个、两个、三个……好几个皮夹子和手机扔到了他面前,乘客们都求保命,纷纷将财物"双手奉上"!

由于是第一次抢劫,本来张恨铁特别紧张。见这情形,他不禁窃喜起来,哈,真想不到,原来持刀抢劫还挺威风的!这么一来,他的野心也就更大了,瞪圆了双眼,拔高了嗓门,用自认为最凶残的口气说:"都给老子听好了,老子是要钱不要命,都给老子乖乖的把值钱的交出来。要是让老子搜出来的话,哼,别怪老子白刀子进,红刀子出!"

这下,乘客们都乖乖把钱和手机交了出来。张恨铁开心了几秒钟,就犯难了。为啥?因为他和李二狗都没带装钱物的包啊。但是活人不能被尿憋死啊,他扫视了一下所有人,冲那个戴鸭舌帽的男人手一指,命令道:"你,把帽子取下来!"

那男人竟然跟没听到似的,坐着一动不动。

"呀,这老小子竟敢不听话?"张恨铁一边骂,一边拿着刀走了过去。但当他走到男人跟前一看,吓傻了!只见那男人把鸭舌帽一撸,露出个光光的脑袋。

有人大概要说了,光头有什么可怕的。你不知道,可怕的是这个光头手里有枪啊,黑洞洞的枪口直直地指着张恨铁呢!

光头男人见张恨铁吓得不轻,便恶狠狠地骂道:"你们两个瞎了眼的小毛贼,竟然抢到我头上来了?想活命的话,立刻给我跪下!"

张恨铁哪见过枪啊,他吓得"扑通"一下,应着光头的话就跪了下来,嘴里哀求着:"大、大哥,饶、饶命啊……"前面的李二狗一看这架势,也吓得腿一软,心想:我们怎么那么倒霉,头一回抢劫就撞上个拿枪的!

3·保镖的倒霉事

持枪的光头名叫周强,说起他倒的霉,那可不是一般的大。桐城有一家金碧辉煌夜总会,那在桐城不是家喻户晓嘛,也是男人皆知的。周强就是金碧辉煌夜总会老板吴天的私人保镖。

一个月前,吴天的夜总会要来两个新的女"员工",让周强开车去汽车站附近接。送两个女孩的是一个叫刘三的刀疤脸中年人，他把人交到周强的手里，又顺便问了问金碧辉煌夜总会的近况。两人聊了一会儿，其中一个女孩听了，竟死活不愿意上周强的车了，她说，自己是受骗的，要知道是到夜总会上班，是打死也不会来的。

这下可乱套了，要知道汽车站附近人来人往，如果不赶紧把女孩塞进车，那是要出事情的！必须快刀斩乱麻！于是，周强就用上了自己的强项，手脚齐用，左右开弓，把那个女孩揍了一顿。可令他万万没想到的是，自己竟没有摆平女孩，反而令她凄厉地喊起"救命"来。

一个五十多岁骑着单车的男人见了，扔了车就冲了上来，挡在女孩面前说："住手！你怎么能这样打一个小姑娘呢？"

那女孩就像抓住了救命稻草一样，躲在男人身后喊道："叔叔，我是被骗来的，他是人贩子！"

一听"人贩子"这三个字，这个中年男人一把抓住周强，喊起来："快，抓人贩子啊！"别看他年龄大，身体弱，两只手却很有劲，死死地揪住周强，让他动弹不得。

周强脑子飞快地转了起来：这可怎么办，再不脱身自己可要进公安局了，如果牵连到老板吴天，那他可不会善罢甘休的……想到此，周强竟掏出怀里的自制土枪，对准

中年男人开了一枪，然后就赶紧驾车逃逸了。

周强在逃逸过程中，电话联系了吴天。吴天一听周强开枪伤人了，立即指示他：把车扔掉。那车是黑车，牌照也是假的，警察查不出线索来的。然后他又让周强剃成光头，改换装束，找个地方躲一阵子。等风声过了，再给周强一笔钱外逃，避风头。

事已至此，周强只能按照吴天的话去做。可是，他知道：吴天为人凶狠、狡诈、六亲不认，肯定会干掉自己，以除后患。好在，周强有个铁哥们也在吴天手下做事。铁哥们已经通知他了，吴天正在找杀手干掉他！

周强知道：除了逃，自己就是死路一条！可是，眼下满大街都贴着有周强头像的协查通知。怎么逃？周强想来想去，想到了一个好办法，那就是趁着夜色爬上货车，只要逃到高速路上的服务区，就相对容易出逃了。

昨天半夜，周强在高速附近的一个加油站里，偷偷地爬上一辆载货的卡车。卡车上拉的货不多，他割开帆布的一条口子钻了进去。三个多小时后，车就到了服务区。然后，周强一直在服务区里呆着，直到混上了王大伟的客车。

此刻，张恨铁和李二狗跪在周

强的脚边直喊饶命。周强举起枪，指着李二狗说："你起来，继续把司机控制好，要是他敢乱动，就拿刀扎他！"又指着张恨铁说，"你不是想抢吗？起来给我从前往后继续抢，我看着！"

乘客们见此情此景，更是抖得跟筛糠似的，纷纷缴出了之前还藏着掖着的财物。

王大伟也是吓得连握方向盘的手都开始发抖了。李二狗见状，狐假虎威地用刀比划了几下，像模像样地说："老实点，好好开！"

客车继续往前行驶，除了车载电台还在播放悦耳的音乐，整个车厢里静得出奇。从司机王大伟开始，大伙依次把随身的财物往张恨铁手上的那顶鸭舌帽里一放，有的把头扭向一边，有的闭上了眼睛，大气

不敢出一口，祈祷这场噩梦快点结束。很快，张恨铁就走到了那个中年妇女面前。

中年妇女一脸惊恐无助，可是她的一双手还是死死地抱住怀里的那个红色的布包，和其他的旅客完全不一样。

张恨铁提醒道："你不要命了？"

中年妇女可怜兮兮地说："大兄弟，求求你了，我这包里没有值钱的东西。"

张恨铁想，农村妇女就是农村妇女，把钱看得比命还重要，命都没了，你要钱有啥用啊？他又说了一句："我看看，要是真的没啥值钱玩意，我就把包还给你嘛！"

中年妇女还是不肯把包包递过来，她着急地说："没钱，真、真的没钱啊……"

坐在一旁的周强突然对这个包产生了浓厚的兴趣，按照常理，没有护财舍命的人，看来这个包里装的东西可不同寻常啊！他一扬手里的枪，威胁道："你个老娘们，再不把包乖乖递过来，我就给你一枪你信不，

快点！"说着，他就站起了身，刚才他已经想好了，是时候让司机停车，自己逃命了！

可是面对黑洞洞的枪口，中年妇女竟然还是死死地护住包，周强一看，嘿，还真是个宁死不屈的主啊！他伸出一只手就去抢。

中年妇女一看他要抢，逮住他的手，就狠狠地咬了一口，只听周强"哎呦"一声，他的手腕已是鲜血直流了！

"你，你这个老不死的！"气急败坏的周强举起枪托，照准女人的额头，就砸了下去。中年妇女一下子就被砸晕了，无力地瘫倒在座位上，手中的包终于滑了下来……

这一幕看得张恨铁和李二狗胆战心惊，心想：要是我们去抢，还真下不了这个手！妈的，看来抢劫犯和杀人犯，还是有天壤之别的啊……

周强拿起了中年妇女比命还看重的包，他拉开包的拉链，"啊"了一下，然后眼睛直勾勾地说："老天爷，我、我怎么那么倒霉啊！"然后竟一下栽倒在地，晕了！

4. 又来一个倒霉的

事情来了这样一个一百八十度的大转变，车上的人都傻了。最快反应过来的是张恨铁，他心想，那包里到底装了什么东西，怎么连持枪的都吓晕了？我的亲娘啊，这真是一趟倒霉的车，还是赶紧逃吧！于是，他一转身，快速地退到车门旁，对李二狗说："站着干啥，快让司机停车，咱走……"

这时，李二狗也反应过来了，他身上直起鸡皮疙瘩，拿匕首的那只手也开始抖个不停，心想，太邪门了，逃，必须逃！于是，他用匕首抵住王大伟的脖子说："停车！"

王大伟虽然一直没回头，可是他从反光镜里也看见了刚才那一幕，心想：太诡异了！那中年妇女包里装的究竟是什么东西？不会是死人吧？不可能，那包看上去挺轻巧的呀！现在他一听这两个小青年要自己停车，第一反应是，要我停车？不可能！

李二狗见王大伟就像没听见自己话似的，慌了。

张恨铁也慌了，要知道这车后排可是躺着两个人呢，尤其是那个女人，一枪托下去，是死是活还不知道呢，这要是被抓了，那可直接从抢劫犯升级成杀人犯啦！

李二狗急得把手里的匕首加了点劲儿。顿时，王大伟的脖子上出现了一道血痕，李二狗叫嚣道："想害死我们，我们就先让你死！"

通过刚才的观察，王大伟已经判断出了，这两个抢劫的小青年根本就不是穷凶恶极的人。可是，狗急了也会跳墙，王大伟灵机一动说：

"小兄弟，我停，我这就停，但是，我得先减速靠边才能停，要是猛一停，会出大事的。"

王大伟一边说，一边放缓了车速，作势偏向高速公路的应急停车带。突然，他又一咬牙，猛地往左一打方向盘，猛踩刹车，车"咯噔"一下刹住了。张恨铁和李二狗始料不及，猛的一个趔趄，双双栽倒在地。不等他们反应过来，王大伟"噌"的一下跳了起来，大声喊道："快，大伙帮忙抓贼！"

这下好了，十多个旅客顿时反

应过来了，蜂拥而上，抓头的抓头，拧胳膊的拧胳膊。

要说这两个企图抢劫的小青年也真够倒霉的，刚才摔倒的时候两人的头狠狠地撞到了一起，匕首脱手了，张恨铁手里的鸭舌帽也飞了出去，钱和手机等稀里哗啦散了一地。等两人缓过劲儿来，早已被大伙牢牢控制住，还用皮带捆得不能动弹呢！

突然，一个男人的声音阴森森地响了起来："都别动！谁动我就打死谁！"

啊！王大伟暗叫一声：坏了，怎么把持枪的光头给忘了呢？

原来，刚才晕倒在最后一排的光头被王大伟的一个急刹车给震醒了！

车厢里瞬间又安静下来。周强把手里的枪左挥一下，右点一下，嘴里嚷嚷着："坐好坐好，你，给老子把地上的财物都捡起来，听见没？"他的手枪指着的正是王大伟。

王大伟这回彻底没招了，他心里直发毛，只好连连说："捡，我捡。"还是保命要紧啊。他弯下腰，将散落的钱和手机以及一些不知道真假的戒指项链一一放到鸭舌帽里。

这时候，张恨铁和李二狗两人已经完全清醒过来了。他们一个劲地冲周强说："大哥，放开我们，我们可是一伙的啊。"

一伙的？周强不听还好，一听，就抢起枪托，给了他们两人一人一下，嘴里骂道："老子什么时候跟你们成一伙的了？你们就老老实实等着警察，来收拾你们吧！告诉你们，持刀抢劫也是死罪！"被周强这么连打带吓的，张恨铁和李二狗直接吓晕了过去。

很快，王大伟把鸭舌帽战战兢兢地送到了周强的手里。周强的枪又一指，说："去，给老子把车门打开，要是敢动歪脑筋，直接送你上西天！"

王大伟走到驾驶座前，一摁开关，大客车的门开了。周强拔腿就走，然而一件令人意想不到的事情又发生了——他的腿竟然麻木了，一步也跨不动了！紧接着，周强的手也开始麻木了，手里的枪和鸭舌帽一起跌到了地上。

这是怎么一回事？周强的脑子还在转：就一步的距离，我怎么就迈不开步了呢？

正在所有人惊愕不已之时，一个六十多岁模样的老人快速地走到门前，拾起地上的枪，然后冲着缓缓倒地的周强啐了一口，说："老子真倒霉，躲了一个多月，竟然又碰上了你！"

这时，周强才认出来，对方正是一个多月前，和自己交接女孩的人贩子刘三！

5.人贩子的倒霉事

不错，这个老人正是化了妆的刘三，可是不管怎么化妆，他脸上的那块刀疤是抹不去的。

要说刘三，这趟桐城之行也是倒霉透顶。

话说，那个女孩在汽车站死活不肯上车，这让刘三大吃一惊，等他反应过来时，才知道一切都晚了，周强的一声枪响让大街上乱成一片。很快，大批的警察就会赶来。刘三只能打落牙齿往肚里咽，赶紧跑路。可是，他很快就发现，短期内想要出桐城，那是比登天还难了。

最让刘三大呼倒霉的，是自己过于轻信那个声称被拐卖的女孩。其实她根本不是拐来的，而是他的老婆娜娜。

别看娜娜年纪不大，却是个风月场上的老手，她原本是一家KTV的坐台小姐。

刘三和娜娜在KTV结识，一来二去，他就被娜娜迷得找不到北了。一次缠绵后，娜娜告诉刘三，自己的表哥在桐城的一家贸易公司打拼了多年，听说混得不错，邀自己去桐城玩几天。

刘三跟着娜娜去了桐城，见她的表哥。他到了那里一看，娜娜的表哥有自己的贸易投资公司，规模不小，光员工就有几十人。在桐城的几天里，娜娜的表哥开着轿车，载着两人，把好玩的地方玩了个遍。

更让刘三想不到的是，娜娜的表哥竟然和自己的合作伙伴吴天也是哥们，还撇开娜娜，带着自己去金碧辉煌消费呢。

回家之后，娜娜又很是认真地问刘三，愿不愿意娶自己为妻，要是愿意的话，马上就去开结婚证。

这下，可把刘三感动坏了，他这些年尽干拐卖妇女儿童的事了，把时间都浪费在了全国各大城市，现在带出了一帮徒弟，自己也该找个合适的人结婚了。

两人说结婚就结婚，欢欢喜喜地去领了结婚证。娜娜的表哥还专程驱车来祝贺表妹大婚，礼金一出手就是两万，够大方！

婚后两人简直就是琴瑟和鸣，如胶似漆呀。不久之后，娜娜对刘三说："老公，我表哥是做贸易投资的，要不咱也把钱交给他投资吧，让他拉咱一把，炒炒股票黄金啥的，比你现在赚钱多，还安全！"

刘三一听说表哥要拉自己一把，高兴极了。他知道：拐卖妇女的活是越来越不好干了，至于儿童，他都半年没开张了。夜路走多了总会遇上鬼，不如趁这机会，金盆洗手，改走正道！

就这样，刘三很快打了一百万

进娜娜表哥的账户。表哥打着包票告诉他，多了不敢说，年40%的收益是可以保证的！

可是仅仅过了一个月，精明的刘三就发现事情不对头了，娜娜总是千方百计地劝他卖掉房产继续做投资。

刘三表面答应，背地里赶紧让吴天好好查一下娜娜的表哥和他的公司。

结果吴天的话让他差点没气得背过去。吴天说："来金碧辉煌消费的客人都是我哥们，至于他是干啥的，我管他！桐城的皮包公司太多，你说的那个地址我派人过去一问，已经搬走好几天了！"

人贩子碰上了金融诈骗，谁的智商更高？好在刘三揪住了娜娜，他又顺藤摸瓜一查，嘿，娜娜的身份证也是伪造的。

于是，刘三就押着"娜娜"赶往桐城，死活也要找到"表哥"。正好，刘三的一个手下拐来一个女孩，他顺道去送给吴天。

不料，屋漏偏逢连夜雨。刘三一行人在到达桐城后，竟出了周强持枪伤人这事。他和周强一样，在桐城东躲西藏了一个月后，才化妆成一个老人的模样，从站外搭上了王大伟的车。

话说，刘三逃下了王大伟的车，刚要翻过高速护栏，几辆呼啸着的警车和一辆救护车几乎在同一时间赶到了。几十名荷枪实弹的警察迅速地包围了大客车!

刘三的一只脚已经跨过了护栏,另一只脚悬在半空,嘴里连连说:"别开枪,我投降……"

6.最倒霉的还是她

接着,周强被第一个架上了警车,谁让他一动不能动呢。据刘三交待,周强是中了自己的麻醉针,这是自己随身携带,专门对付那些逃跑的被拐女孩的。刚才,他认出了周强,便趁机给他打了一针。

然后,张恨铁和李二狗被押了下来。两人是被警察用凉水喷醒的,他们上了警车还在直揉眼睛,心想:怎么跟坐过山车似的。等他们彻底清醒过来的时候,捆绑他们的已经不是皮带,而是明晃晃亮晶晶的手铐了。

随后一个下车的是那个中年妇女,她一下车看见警察就醒了,原来她只晕了一会儿,后来就一直在装死。中年妇女解释说:"我装死也是逼不得已啊,我想,他们应该不敢去碰死人吧?"她一边说,一边把自己的红包抱得更紧了。

这包里到底装的是什么呢?警察说,要检查一下。

中年妇女起初还不肯,但拗不过警察的命令,只好打开包。

跟在后面下车的王大伟伸头一看,我的妈呀,太吓人了!要不是四周都是警察,他也晕了。

只见那包里装着一只红红的盒子,盒子上贴着一张男人的相片,这是一个骨灰盒!

警察一看见这只骨灰盒也是倒吸了一口凉气,因为他们找这只骨灰盒已经找了两天了!

中年妇女见骨灰盒暴露在众人面前,竟号啕大哭起来,说:"我不是故意要取走我男人的骨灰盒的。因为,他在医院临死前就交待我,他在桐城打工那么多年,简直倒霉

透了。不是包工头卷款跑了，就是碰见小偷，这次为救一个被拐卖的女孩，还把命搭上了。他说，他只想回家……"

原来，骨灰盒里装的竟然就是周强开枪杀死的那个中年男人。所以，周强一看见男人的照片就吓晕了。

这一趟倒霉的车，抢劫者行凶者和被害者都挤在一起了！

得知了事情的真相，所有人都向男人的骨灰盒行礼致敬。虽然，他不是媒体上宣传的见义勇为的烈士，但也是个倒霉的好人呀。

很快，吴天被抓了，金碧辉煌这个淫窟被端了，"娜娜"和她的"表哥"也被通缉捉拿归案，一切都结束了。

王大伟又恢复了正常工作。他还知道了一个秘密：汽车公司给每部车装车载电台，当电台打开的时候，司机听见的是音乐，而公司值班室里听见的是车里的声音。这也是当时警察能第一时间包围大客车，解救众人的原因。

从这以后，王大伟也断了中途载客的念想。他相信，否极泰来，只要自己走正道，总会摆脱那些倒霉事的。

（题图、插图：杨宏富）

·本刊信息传真·

故事会■新浪 微故事大赛

5月征集主题：病

篇幅最短、含"金"量最高的故事，等待你的挑战！

《故事会》杂志和新浪微博（weibo.com）联合主办微故事大赛继续进行，邀请各路故事名家、草根英雄和世外高人展开较量！

本次大赛所有作品通过新浪微博平台征集（搜索＃微故事大赛＃），每月一个主题，当月设金奖1名，奖金1字10元（字数低于120的按120字计），银奖2名，奖金1字5元，另设年度奖项。优秀作品将在每月的《故事会》上刊登，并结集出版。3月吃的故事结果已经揭晓，@佳zhui求荣获金奖。详情请登录故事中国网（www.storychina.cn）查看。

5月微故事征集主题：病。人吃五谷杂粮，难免有个大病小灾，打针吃药，住院开刀，由此引出的故事数不胜数，当然，还有一些其实不是病……正文字数在130字以下，力求情节出人意表，立意隽永深远，文字鲜明生动。本月的微故事达人或许就是你！截稿日期：5月21日。（本期刊物特别选登4月微故事大赛优秀作品，详见P83）

@ 我只能看看   跟同事去吃饭，席间我发现手机被偷，心情好差。同事说让他试试，于是给我手机发了条短信：如果再不还钱，别怪我对你孩子动手！没过多久，服务员走来对我说：刚刚有位先生叫我把这个手机给您，还叫您务必看下里面的短信。我心里居然涌起一股暖流。

@1045 游戏人间   趁妈妈不在，我从抽屉里偷偷拿了一张红票子放进了书包……第二天一早，我就被争吵声闹醒，妈妈一口咬定那一百元是奶奶拿的。奶奶一气之下挽着她的布包出了门。我知道奶奶是要回乡下老家。我后悔极了，壮着胆来到妈妈面前："妈，那……那一百元不、不是奶奶拿的……"妈淡淡地说："我知道。"

@jlsclxlhw   护林员老姜带新来的小吴巡山。远见一人，小吴欲上前盘问，被老姜按住。一声枪响，雉鸡应声而落……人赃并获，罚款五百。回来的路上老姜说："时机必须掌握好，早了，人家没开枪，我们奈何不得；只有这时候，领导那有交待，我们也有了下酒菜。"老姜拍拍口袋又扬扬手中的雉鸡，"慢慢学吧！"

@ 哲嫡   我和妻斗嘴，她一气之下回了娘家。儿子劝我把她接回来。"她有脚不知道自己回来啊！"我和儿子去公园玩，回家后发现钥匙丢了："这可怎么办？"儿子欣喜地大叫道："妈妈有啊！"无奈之下只好接回妻。晚饭后，儿子跳到我面前，神秘兮兮地把小拳头伸到我眼前："老爸，钥匙还你！"

@ 柒分头   最近阿华发现对面楼有人晚上偷窥他，而且还是个男的。真是变态，阿华气冲冲地找上了门。敲开门，阿华一把揪住男人的衣领：你个变态，竟敢偷窥，跟我去警察局！男人慌了：我没有啊。阿华怒道：还没有，这几天晚上你拿着望远镜老盯着我家干什么？男人哭丧着脸：兄弟，还不是老婆不让看球赛啊！

@ 正版无字仓颉   清明节，扒手阿发去陵园看师父，到墓前才想起没买祭品，就随手从旁边一家的祭桌上拿了些来。回去路上，阿发一摸兜——手机没了！他急忙返回一路找寻，终于在师父墓碑后面找到了。他没多想，打开手机，一条新短信：王八羔子！领你进门，你就这样哄弄老子？

@ 黎众029   每个双休日，他都要去钓鱼。今天，他又早早地起来，带上渔具、干粮、骑上自行车出发了。走到半路，下起了小雨。虽有"斜风细雨不须归"之说，他还是回了家。进屋，妻子还在睡懒觉。"天下雨了。"说着，他上了床，想睡个回笼觉。妻子迷迷糊糊地嘟囔着："那个傻子又去钓鱼了。"

神秘的纵火者

这天，夏洛克接到一个艺术家的求助电话。艺术家说自己刚从国外旅行回来，没想到房子因失火只剩残垣断壁，爱猫也不幸遇难。虽然投过保险，但损失还是令他心痛不已。

夏洛克立即赶往现场，从事故现场看，猫被关在封闭的房间里，没有洞可以钻出去而被烧死。起火点是一张铺着藤席的房间。

可整个房间里没有任何火源，也没有漏电痕迹，煤气开关也紧闭着。地上有个破碎的鱼缸，并且烧焦的席子上残留着少量的石灰。

夏洛克断定这是一场纵火案。

读者朋友，您知道纵火者是谁吗？

超级视觉

难以置信的吻合

图中有两个桌子，看上去明显一个窄一个宽。但事实往往出乎我们的意料，不信？拿把尺量一量桌子和书本的尺寸，你会发现它们竟然是一模一样的！

思维风暴　火柴棍里的奥秘

仔细观察图中三个由火柴棍摆出的图形，发现其中的规律了吗？请选出接下去的那个图形。

A　B　C　D

此题可加故事会微信，参与有奖竞猜哟！详情请见P81。

疯狂QA

1. 有两对父子到一家餐厅吃饭，结果服务员只为他们拿来了三套餐具，这是怎么回事呢？

2. 13个人在捉迷藏，捉了10个还剩几个？

想知道答案吗？方法一，直接扫描二维码。方法二，登录http://url.cn/Da0Z9u，查询"动感地带"答案的同步更新。方法三，购买2013年6月上《故事会》！动感地带，与您不见不散。上期答案见本期P13。

阿P "做贼"

□ 邓英丽

有人说，宁可坐在宝马上哭，也不要坐在自行车上笑。这不，阿P撞上了好运，坐在宝马上笑得可欢啦！别误会，他并没有一夜暴富，而是新找了一份工作，给美女老板阿芳开宝马！他拿着高薪、开着好车、载着美女，你说欢不欢？那些不知道阿P底细的，都以为他是大老板呢。

可阿P没笑多久，阿芳就开始给他出难题了。

前阵子，李安导演的《少年派的奇幻漂流》风靡一时。阿芳便吵着要玩老虎。阿P想破了脑袋，托尽了关系，带着她去和杂技团的老虎来了个"亲密接触"。

接触好了，阿芳还娇声娇气地抱怨："为什么是东北虎，不是理查德·帕克这样的孟加拉虎？"

阿P听了，擦了擦脑门上的汗，幸好这头东北虎气味有点大，品种也不合她的心意，不然她就得买回去，当宠物养了。

消停了没几天，有人告诉阿芳，"偷鸡摸狗"特别刺激。

阿芳一听，来劲儿了，让阿P陪自己去做贼。

阿P一听，差点跳起来，这怎么可以？我阿P一身光明磊落，怎么可以做违法乱纪的事情呢？但他也不敢说，因为如果不做，恐怕饭碗不保。听说之前那个司机，就是因为呆板无趣，才被炒鱿鱼的。

阿P只得先答应下来。但是他一想到要去偷，就食不知味、睡不安寝，终于他想到了一个两全之策。这天，他脚不点地地跑到阿芳面前，绘声绘色地表演着，一会儿顺地爬，一会儿溜墙走，逗得阿芳花枝乱颤。她将信将疑地说："真的那么刺激？我们这次是去偷鸡还是偷狗？"

阿P听了，把头一扬，不屑地说："鸡有什么好偷的，一点技术含量也没有！晚上11点，我来接你，行动！"

到了晚上11点，阿P开着宝马，载着阿芳，奔向了郊外。

这时，阿芳见箭在弦上，反倒不安起来，问阿P，有没有踩好点。

阿P学着电视里神偷的作派，打了个响指，还说了句："嗯哼！"示意一切都安排好了。

车子很快就到了一个小山村。阿P将车开到一个小院前，停了下来。他示意阿芳绑好护膝，说是以防万一。

阿芳兴奋得手心冒汗，阿P在

前她在后。

只见阿P不知用了什么妖法，很轻松地就把院门给弄开了。

紧接着，阿芳听到有只狗轻哼了一声。只见阿P扔了点东西过去，那狗居然乖乖地趴着不动了。阿芳扯着阿P的衣服，摸着墙根儿来到了一排笼子前面！

阿P用手电照了一下笼子，只见一条黑影直扑两人而来，把阿芳着实吓了一跳。她定睛一看，原来是一只猴子。那猴子一边发出"吡吡"的怪叫，一边不停地用爪子向外抓着。

阿P得意扬扬地冲阿芳说："派有孟加拉虎，我们也有孙大圣呀！怎么样，不错吧？这可是正宗的猕猴呀，是国家保护动物！"

阿芳一听，更加兴奋。不过她问阿P："你好像对这里很了解嘛！"

阿P的尾巴快要翘上天去了，他说："那当然，你不知道我从小——"话说到这里，他猛然刹住了车。阿P吹了两声口哨，让人惊讶的是，那猴子居然冲着他直晃头，嘴也张得老大。阿P变戏法似的从口袋里掏出根香蕉，递了过去。

那猴子一把将香蕉抢了过去，大快朵颐起来。但是刚吃好没多久，猴子便乖乖地不动了。

阿芳忙问阿P怎么回事。

阿P说:"猴子是有灵性的,你对他好,他自然也对你好!而且——"

"而且什么?"

阿P用肯定的口吻说:"而且自古英雄难过美人关,猴子也喜欢你这样的美女呀!"这句话简直是说到了阿芳的心坎儿里。阿P见她心情大好,便鼓励说,"我开门,你把它抓起来!"

说完,阿P打开笼子,阿芳大着胆子,把手伸进了笼子。

谁知,猴子"吱"的一声尖叫起来。

屋内有人听到尖叫,喊道:"谁啊?"

阿P暗叫一声:"不妙!"他一手抓住猴子,一手拉上阿芳,急急忙忙上了车。

很快,院子里有人喊了起来:"有人偷猴啦!"

隔壁院里也响起了狗声和喊声,几秒钟,整个村子里的狗此起彼伏地叫了起来。

阿P见状,赶紧启动宝马,一脚油门就往前蹿去。后面有人追了出来,但也为时已晚。

阿P车技高,左拐右冲,很快就到了村口,眼看就要胜利大逃亡,却突然见一个大铁杠子横在车前,这是村里的治安防范措施。阿P只好急刹车,这可怎么办?

阿芳坐在后面已经急得手足无措了。阿P灵光一闪,大叫一声:"坐好了!"

只听宝马车"吱咛"一声,倒了一下,朝坡上开去。后面的人们已经叫喊着追了过来。

阿芳不住地叫着:"阿P,快呀!快呀!"

宝马像兔子一样蹿了出去。阿芳只觉得耳边生风,人们喊声渐远。可正在这时,就听前面"轰"的一声,糟糕,撞车了。

阿P带着哭腔说:"老板,我撞到学校的围墙上,走不掉了。"

不料,此时阿芳却开心地鼓掌大叫:"刺激,刺激!阿P,现在就看你如何脱身了!"

阿P一听,心说:好,老板高

兴就是最大的收获！他涌起一股豪情，把胸脯拍得震天响："老板，看我的！"

这时，追赶的人群已经围了上来，群情激奋道："下车，不然，我们就要砸车了！"

阿P打开车门，走下车，他清了清嗓子："乡亲们，我是阿P呀！"

有人拿手电筒一照，可不是阿P嘛！

原来这里是阿P的老家。人群里有个人是阿P的堂叔，他疑惑地问："你这么晚来干啥？"

阿P赶紧挠了挠头说："乡亲们，是这样，我们老板呢，听说咱们村的学校比较破旧，就打算捐钱，给孩子们改善改善。可是我们老板太忙了，只好半夜来看看。这很正常嘛，这时候，城里的夜生活才刚开始呢！"

阿芳一听，吃了一惊，敢情阿P是带自己监守自盗来了。但她听了阿P这一通冠冕堂皇的说辞，心里生出"慈善家"的优越感来，便大大方方开门下了车。

阿P忙向大家介绍，说这就是老板。

阿芳也就坡下驴，说要看看学校。

乡亲们一听，连声叫好。他们也不管现在是半夜，里三层外三层地围着阿芳，说要陪她夜游学校。

阿P的堂叔还捶了阿P一拳，说："你小子真不会办事，这么好的事也不说声，要不是追偷猴贼，我们还不知道这事呢！"

真是哪壶不开提哪壶。这时，宝马车里传来"吱吱吱"的猴叫声，阿P的汗立马淌了下来。

堂叔拿手电一照："哎，我说阿P呀，这不是我家那只会玩猴戏的老猴呀，咋会跑到这宝马里了？"

阿P一拍脑袋，自责道："瞧我这记性，老板吩咐我买只猴。所谓'肥水不流外人田'，我看天色太晚，就没惊动您老人家，直接在您窗台上放了一千块钱，便把猴抓走了。"

堂叔一听，连连摆手："你客气啥，捐款建校那是多大的功德，弄只猴耍耍还留啥钱哩。"阿芳没想着阿P还留了这么一手，不由对他更为赞叹，便客气地说："你们也不容易呀，不能不收钱！"一个人要推，一个人要留，两人就在那里客气来客气去，传为一时美谈。

后来，阿P为小学拉来捐款的事情仿佛插上了翅膀，传遍了家乡。

不久，阿P就接到隔壁村村支书的电话。他让阿P带着老板来看看老年活动室，半夜来也行。

阿P当然没有权利答应，不过他还是拿腔拿调地说："我考虑考虑，研究研究，再给你回复！"

（题图、插图：顾子易）

辞职还是解雇

□白杨

黄波是新民造纸厂的工人，这天一早，他刚一进厂就看到许多人围在公告栏边看什么，还不时传出阵阵议论声。

黄波挤过去，听了没几句，人就僵在那儿了。原来，县里根据国家的政策，决定对各种高耗能高污染的小企业采取关停并转，新民造纸厂也"榜上有名"。工厂将从县城搬到偏远地方去。而且下半年就搬，所有工人都得到那边上班。

黄波有点发懵，不知该怎么办。他最近刚谈了一个叫小丽的女朋友，是商场里的一名营业员。黄波打算再交往一段时间就向她求婚。

下班后，黄波找到小丽，向她说明了迁厂的事情，并征求她的意见。

小丽对黄波这个人挺满意，但她可不想过两地分居的生活。她的意思就是，如果黄波搬去那么远的地方，就分手；如果黄波继续留在县里，就继续发展。

黄波权衡再三，决定辞职从厂里出来。

为了吸引更多的工人去新厂，新民造纸厂给出不少优惠的条件，所以最后只有黄波和另外两个工人提出辞职。

在办理手续时，黄波突然一想，自己从学校毕业后一直就在这里干，现在都六个年头了，凭啥光屁股走人？于是他就对人事科科长说："像我们这种情况提出辞职，厂里好像应该给一定的补偿吧。"

科长听了一愣，马上就说："不可能，厂里花大价钱挽留你，是你自己一定要辞职，还想要什么补偿？厂里不追究你不履行合同的违约责任就不错了！"

黄波一时说不出话来。他心说：辞职不是我本意，是工厂搬迁，造成我无法继续工作；但辞职确实是我提出的，人家还一再挽留我。如今再要补偿，是有点说不过去呀。

事后，黄波还是觉得哪里不对，可他越想越觉得脑袋发胀。他想起以前得到过王律师的帮助，于是拿起了电话。

王律师听了事情的经过，让黄波向劳动仲裁委员会提出仲裁申请。

申请送上去后，仲裁委员会特地派人找到黄波，明确告诉他，碰到单位搬迁这种情况，应该是厂方主动解除和他的劳动合同关系，而不是他提出辞职。

接着，劳动仲裁委员会又向新民造纸厂发出了仲裁书。

这一下，厂方不服了，他们向法院提起了诉讼。

庭审中，控辩双方围绕黄波是辞职还是解雇展开了激烈的辩论。法官最终根据《中华人民共和国劳动合同法》，判定黄波胜诉。黄波终于得到了应得的补偿。

律师点评：本故事涉及的法律问题：即劳动者在什么情况下可以要求用人单位主动解除劳动合同解雇自己，使自己获得相应经济补偿，而不是自己提出辞职。

根据《中华人民共和国劳动合同法》的规定，用人单位变更劳动合同中约定的工作地点，用人单位必须变更而劳动者不能接受的，用人单位应当依据劳动合同法第四十条规定，以因客观原因导致双方合同无法继续履行为由依法解除劳动合同，并且应当按照劳动者的实际工龄支付经济补偿金。

（题图、插图：安玉民 梁 丽）

88

我的肋骨断了

□ 张静娟

有个叫李四的青年，专干碰瓷的活。他碰瓷可是有讲究的，什么讲究？一根红辣椒！这个道具，能让李四的演技逼真度达到百分之百。每次在车轱辘前倒下时，李四都悄悄往嘴里放一根红辣椒，一咬，脸上立马被辣出了汗。冤大头司机从车上下来，看到李四大汗淋漓，往往深信不疑，待司机拉他时，他再喊一句："别碰我，我的肋骨断了。"司机便只剩下掏钱的份了。

可慢慢地，李四对辣椒产生了抵抗力，吃一根辣椒几乎辣不出汗了，怎么办？吃两根。后来两根的效果也不明显了……现在他得吃一把了。

这天，李四在街上寻找目标，忽然有个美女朝他手里塞传单，他接过来一看，原来一家超市搞促销活动，举办"吃辣大赛"，冠军将得到1000元奖金。李四喜出望外，吃辣可是自己的强项啊，他当即报了名。

李四在比赛中过五关斩六将，顺利杀进决赛。最后这个对手挺难对付，李四吃一根，对手也吃一根，似乎下定决心要和李四拼到最后。李四求胜心切，想来个一举定输赢，于是抓起一把辣椒，塞进了嘴里，还没完全咽下，又抓起一把放进嘴里，搞得旁边的裁判直叫苦："数不过来了……"

对手索性不吃了，举手投降。评委正要宣布本组的冠军，李四却支撑不住了，一头栽倒在地……这一下超市经理慌了神，他一边吩咐工作人员打120，一边凑上去查看李四的状况。

只见李四慢慢醒来，他眨了眨眼睛，嘴里含含糊糊说起了话。经理附耳一听，傻了眼，喃喃自语道："什么，你的肋骨被辣断了……"

最高的稿费

□ 王祥英

一帮同学相聚在一家五星级大酒店里，几十年没见了，分外亲热。

酒喝到一半，有个叫赵楠的同学先吹开了："兄弟我是个作家，靠稿费养家。"有人便问："老同学，你一年的稿费收入不错吧？"赵楠得意地说："我主要给大刊物写稿，也就千字千元吧！"

这时，有人把杨程推到桌前，他从小就师从书法大家。有同学问他："现在，你的一幅书法值多少钱？"杨程倒很谦虚，指着自己为同学聚会写的"相逢是缘"四个字，说："这幅字要是我师父写，至少要十万，我的功力不够，但也值个一万块吧！"

一万块，那一个字岂不是要两千五？同学们都啧啧赞叹，说这哪是毛笔字，分明是黄金嘛。

此刻，聚会的召集人张建已经喝多了，站起身，大着舌头说："你看你们，一个个没出息的样子，一个字两千五就差点把眼珠子瞪出眼眶啦。

其实，要说字最值钱的，当属兄弟我也！"

赵楠问："张兄也写文章？"张建摇了摇头："从小我最烦作文！"杨程问："那张兄肯定是位书法大家喽，可否留下你的墨宝，我们大家欣赏一番！"张建说："钢笔字我都写不好，更别说是毛笔字了！"

"那你到底写什么字？"大家齐声提出疑问。

张建半天不说话，显然是在运气，终于大吼一声："买单！"大堂经理拿着账单飞快地跑过来，低声说："一万二。"

张建命令道："大点声！"

"一万二。"

张建这才满意地拿起笔，"唰唰唰"在账单上面签了字，然后大声对大伙说："看到没？我张建一个字六千元！"

（本栏插图：包丰一　顾子易）

536

2013
SEMIMONTHLY
上半月刊

6月
STORIES

欢迎登录本刊主办的"故事中国网"（www.storychina.cn）

故事会
—STORIES—

2013年6月
上半月刊·红版

社 长、主 编：何承伟

副社长：夏一鸣

常务副主编（兼绿版负责人）：吴 伦

副主编（兼红版负责人）：姚自豪

本期责任编辑：石莎莎

电子邮箱：ssasha@163.com

红版发稿编辑：

姚自豪 吕 佳 李 丹 丁娴瑶

美术编辑：王怡斐

电脑制作：郭瑾玮

本社办公室电话：021-64375030

上半月刊编辑部电话：021-64335114

下半月刊编辑部电话：021-64336469

（上海市绍兴路74号 邮编：200020）

主管、主办：上海世纪出版集团

出版单位：《故事会》编辑部

发行范围：公开

出版、发行总监：张 凯

电话：021-64313938

广告业务：上海故事会文化传媒有限公司

广告总监：张 淮

广告业务：021-34010383

广告投诉：021-64333738

广告经营许可证

沪工商广字3100320080016号

国外发行：中国图书贸易总公司

印刷：上海文艺大一印刷有限公司

发行：上海市报刊发行局

江苏省报刊发行局

国内代号：4-225 定价：3.00元

特别提示： 凡本刊录用的作品，即视为本刊已获得该作品与《故事会》相关的网上传播、汇编出版、电子和录音录像制品等权利。本刊向作者支付的稿酬，已包含了上述各项权利的报酬，如有特殊要求，请提前说明。

胶带没用

大早，老婆见老公拿着一卷胶带，就问他："你拿着胶带干什么？"

老公说："别提了，刚刚去买早饭，人家找给我一张一块钱纸币，上面撕了个口子。我就去买了卷胶带，想粘一下。"

老婆问："那粘好了吗？"

老公一脸沮丧地说："买胶带时，我把那一块钱花掉了。现在拿着胶带，不知道干什么用。"

老婆一听，乐了。

（天天娃哈哈）

何必要问

个贫穷的小伙子问一个特别有钱的姑娘："你真的那么有钱？"

姑娘告诉他："我有100万美元的财产。"

小伙子问："那你可以嫁给我吗？"

姑娘说："不可以。"

小伙子感叹道："我料到是这样。"

姑娘笑了："那你又何必问呢？"

小伙子说："我只是想体验一下失去100万美元是个啥滋味。"

（溜溜）

过把瘾

甲乙二人讨论彩票。甲问："如果你中了500万，怎么花？"

乙坚定地说："全给我爸。"

甲夸奖道："真孝顺啊！"

乙告诉他："咱也过把富二代的瘾！"

（李彦锋）

分数

爸问儿子:"这次考了多少分?"

儿子说:"为了不影响您的好心情,别问了。"

爸爸忙说:"我心态平和,不会受到影响的。"

儿子说:"知道了这个分数,您会变得不平和。"

爸爸怒了:"没时间跟你磨嘴皮子,快说多少分!"

儿子又说:"您都生气了,我哪还敢说啊?"

爸爸赶紧摆出一副笑脸,问:"到底多少分呀?"

儿子却说:"您这么喜怒无常,我更不敢说了!"

(太阳不下山)

误会

局长的岳父去世了,大家纷纷前去吊唁,没想到仪式都快结束了,大勇才捂着腮帮子来了。一个同事轻声问他:"你咋回事,这种场合也迟到?"

大勇说:"我牙疼,早上先去了趟医院,然后赶紧就打车来这儿了。"

同事说:"打车咋还这么晚?"

大勇说:"上车后我疼得受不了,就躺在后座上,告诉司机我要去火葬场,没想到那司机对我说——'兄弟,不上别的医院再看看了?'然后,他不由分说,拉着我就去了别的医院……"

(刘友铸)

宝 物

当年,愚公移山,惹得玉帝震怒,派了两个神坐在太行、王屋两座山上。

愚公想尽办法,也挪不走那两个神,无奈之下,只好求助于智叟。

智叟微微一笑,祭出一个宝物,晃了两晃,只见两个神被提到空中,带走了。

愚公赞叹道:"好厉害,这是什么宝物?"

智叟说:"这是咖啡,能提神。"

(张建中)

如何开门

有个小伙子和女友吵架了，女友很生气，闭门不见他。小伙子很后悔，用尽各种方式求她原谅，都没有用。

无奈之下，小伙子向一个哥们儿求助，问道："怎样才能让女友开门见我呢？"

哥们儿笑了笑，带着小伙子来到女友的住处，按了下门铃，清了清嗓子，只说了两个字，女友就把门打开了。

哥们儿是这样说的："快——递！"

（刘泽斌）

面子与命

有个电力工程公司的经理，为了安全问题，给员工们定了个规定："凡是不戴安全帽上工地者，逮着一次罚款两百元。"可是这个规定收效不大。

经理十分苦恼，这时，有个老职工给他出了个主意："凡是不戴安全帽上工地者，逮着一次，每次开会都罚戴安全帽出席。"此举一出，违章者几乎为零。

经理大喜，问老职工是怎么想到这个主意的。老职工答道："因为——在很多人心里，面子要比命重要。"

（史志鹏）

吉尼斯纪录

两个闲人在聊天。

甲说："咱俩也该发散一下思维，创造个吉尼斯纪录什么的。"

乙说："好提议。这么着吧，我砍一棵树，两头削尖，申请世界上最大的牙签纪录。"

甲说："你讲点实用的行不行？"

乙想了想，又说："我挖个坑，灌点水，申请世界上最小的湖。"

甲乐了："那我干脆在地上刨三个洞，三个手指伸进去，申请世界上最大的保龄球。"

（余娟）

听写

妈见儿子一脸不开心，就问："你怎么了？"

儿子闷闷不乐地说："老师让我们听写，她念了四个字，我错了五个。"

妈妈奇怪了："怎么回事？"

儿子说："老师念的是'肆无忌惮'，我当时听成'四五鸡蛋'，觉得不通顺，于是写了'四五个鸡蛋'。"

（陈金峰）

所谓浪漫

这天，五岁的女儿突然问："什么是浪漫？"

妈妈告诉她："浪漫，就是感觉很快乐、很美妙。"看着女儿一副大彻大悟的样子，妈妈逗她："你觉得最浪漫的事是什么？"

女儿答道："我和小朋友玩跷跷板，一会儿高，一会儿低，像飞一样。"

爸爸听到这里，忍不住插上一句："那爸爸做过的最浪漫的事，是什么呢？"

女儿想了想，说："爸爸带我逛超市，遇到了他的女同事……"

妈妈大惊，急忙问："然后呢？"

女儿得意地说："然后，爸爸就只顾着和她说话，我要买什么，爸爸都不会反对。"

（迎风花开）

有救火

个医院发生火灾，消防员把火扑灭后，向院长报告："火已经熄灭。我们在地下室里发现三个受伤人员，其中两个用人工呼吸的办法已经救活，另一个很遗憾，没救过来。"

院长听完，当场昏了过去，众人又开始七手八脚地救院长。

终于，院长清醒过来了，说："我们的地下室可是太平间啊……"

（培 培）

（本栏欢迎来稿，读者、作者可将有新鲜感、有精彩细节的笑话佳作投寄给我们。来稿一经采用，最高稿费为100元。本期责任编辑电子信箱：ssasha@163.com）

给雕塑打电话

教堂外新竖起了一座雕塑，是个穿着时尚的小天使，只见它右手握紧放在耳边，歪着脑袋，像在打电话。

很多路人驻足观看，还有人开玩笑地说："小天使，可以给你打电话吗？"

有位教堂的工作人员看到这一幕，突发奇想：为何不给小天使配个电话号码呢？很快，他申请了一个号码，还印制了名片，上面有小天使的名字、职责及号码。

人们接到这样的名片，都很惊讶。有人拨打了那个号码，电话通了，小天使甜甜地说："我是小天使，有什么可以帮助您吗？"

这个消息很快传开了，小天使的电话也忙碌起来。面对形形色色

的烦恼和请求，小天使都会耐心地开导、真心地祝福。

当然，给小天使打电话，价格并不便宜，每分钟要支付1.07美元，但这个电话还是响个不停。

一个小天使雕塑，让工作人员看到了商机，继而打造了一个童话般美好的故事。

（作者：汤小小；推荐者：顾　顾）

不老情人

父亲得了失智症，思维混乱，幸好有母亲悉心照顾着。

有一天，父亲对儿子说："帮我买一个大钻戒，我求婚时用。"儿子哭笑不得："您要向谁求婚呢？"父亲说："隔壁的女孩，我非娶她不可！她是上帝派来与我共度此生的。"儿子很苦恼，可他想到，医生曾嘱咐过，父亲若生气，可能导致猝死。他只得买了钻戒，拿给父亲……

没想到，第二天，母亲哽咽着对儿子说："你父亲昨晚向我求婚了。他的病让他以为我们还没有结婚，恳求我一定要嫁给他。"

儿子的眼角也有些湿润，是的，在没有成为夫妻之前，母亲不就一直住在父亲的隔壁吗？

经历过人生的百转千回后，依然选择你。这份爱，是那样的执着！

（作者：徐立新；推荐者：华　华）

爱的磁石

有个妈妈为女儿写了一首儿歌："云儿云儿，像妈妈，一朵一朵爱心大……"从女儿出生起，妈妈就唱给她听。可在女儿3岁那年，这首歌戛然而止——女儿被人抱走了！妈妈找了女儿3年，却一无所获。

这天晚上，妈妈看到路边有个男孩子，边玩边唱道："云儿云儿，像妈妈……"妈妈很激动，问他："能告诉我这首歌的来历吗？"男孩说："我们几个流浪的孩子都会唱呀！"妈妈想让男孩带她去看看，却被拒绝了："不行，那样我会挨打！"

妈妈只好暗地里跟着男孩，到了一处贫民窟。跟男孩在一起的有3个小女孩，妈妈等到屋内灯光都熄了，悄悄潜入，偷偷剪下了每个女孩的一缕发丝。DNA鉴定结果出来了，真的有一个是她的女儿！得救后的女儿扑进妈妈怀中，泪如雨下，说："妈妈，我终于找到你了！"

原来，女儿不知道家在哪里，便想到一个办法：教小伙伴唱"云儿云儿……"她觉得会唱这首歌的人越多，妈妈听到的机会就越大……

爱，是人海中彼此不先放弃的找寻，虽然如同大海捞针，但只要带上爱的强力"磁石"，便能吸回漂泊在浩渺中的小针。

（作者：徐立新；推荐者：晴 天）

多出的钱

有个男人来到德国，看到路边的小型自动照相馆，就想试一下。

操作方法很简单，只需在投币处放进5欧元，摆好姿势，按一下"开始"按钮，就会有4张照片出来。

男人放了5欧元进去，按了好几下按钮也没有反应，才发觉机器有故障了，可钱已被吞进去了。男人正在着急，看见机器上有个通信地址，还写着："若遇到故障，请联系本公司，我们会将钱退回。"他就写了一封信，投入邮筒。

没过几天，男人打开电子银行的账户，看到一个5.5欧元的进账，应该是照片退款，可他放进去的是5欧元啊！

后来，他跟一个德国朋友讲了这件事，朋友告诉他："那0.5欧元是你的邮费，你不是花了邮票钱吗？"男人这才恍然大悟。

这件事让男人反省自己：是否能做到同样的诚实守信、认真严谨？

（推荐者：梧 桐）

（本栏插图：安玉民 梁 丽）

学写作文，从读故事开始

你的手表在哪里

□ 赵娜娜

洛杉矶有位老艺人，专做机械手表。很多明星大腕都慕名去他那里做表。

为啥呢？因为老艺人做的表，不仅漂亮准时，而且是纯手工打造，独一无二。他还有个习惯，每位顾客来做表，老艺人都会留下一张合影做纪念。

有一天，手表店来了一位戴眼镜的顾客，说要做一块手表。直到顾客把手表拿走后，老艺人才想起来，那块手表里有个小钢针方向摆错了，这样走起来就不准了，最少与标准时间差10分钟，这可是个不可饶恕的错误。

老艺人想联系那位顾客，但这样的话，顾客就会知道他出了差错，

几十年的名声就全毁了。怎么办呢？思来想去，他有了主意，找到了全市最有名的小偷亨特。

老艺人指着那位顾客与自己的合影，对亨特说："你把他手上的表给我偷来，我就给你1000美元。"亨特拒绝道："才1000美元？我要是被逮到了，要坐牢的！"

老艺人解释了原因，劝他说："你去把表弄来，我修好你再送回去。其实，这不叫偷。"

亨特笑了，说："你这老头还挺爱面子呢，好吧。"

很快，亨特在大街上找到了那个戴眼镜的人。他走上前去，故意碰了对方一下，趁着道歉的工夫，手一伸一缩，便把那块表弄来了。

亨特把表交给老艺人。老艺人拿过手表，戴上老花镜，撬起后壳，仔细瞅了瞅，摇头了："这块表不是我做的。"亨特急了："别耍赖啊！"

老艺人很认真地说："我绝对没看错。我做的每一块表都有唯一的编号，而且里面都有一个特别的小钢针。你看，这块根本没有，是块仿制的表，我的手表太出名了，到处都是仿制表。你把这表还回去吧。"

亨特脸都白了："我没看错人啊，是照片上那个人啊！怎么会错呢？"

老艺人说："你把这块假表还回去吧，我会给你100美元的。你只要弄回那块真表，我再给你900美元，一分不少。"

亨特一咬牙，说："好吧。我亨特在洛杉矶混了快二十年，还没失过手呢，你就等我的好消息吧！"

偷表容易还回去难，但亨特是久经沙场的老将，这点事难不住他。

还了表，戴眼镜的男人并没有发觉，亨特松了口气。他瞅了"眼镜男"半天，觉得是照片上的人啊，怎么会出差错呢？他正想着，一个戴帽子的人走到眼镜男面前。亨特一下愣住了，原来这两人是双胞胎啊，再一看那人的手腕，果然有块老艺人做的表！

亨特想，我弄错了，应该去偷帽子男的表。正要动手，他忽然发现有个妙龄女郎，正拿着手机打电话，手指上还有颗大钻戒，他心动了，何不搂草打兔子，顺带把钻戒也偷了呢？

他跟在女人身后，说时迟那时快，手一伸一缩，钻戒到手了。

他回转过头，看到眼镜男和帽子男还站在那儿说着话呢。他想，这哥俩真有意思，一个戴眼镜，一个戴帽子，不过这样也好，我就能分辨谁是谁了。

亨特从帽子男身边走过，电光火石间，他手一伸一缩，手表到了自己兜里。他赶紧去找老艺人。

老艺人撬起手表后壳，又摇了摇头："这块手表也不是我的，是仿制的，你看，里面没有小钢针。"

亨特的脑袋有些大了：开始偷了眼镜男，表不对，还回去；又偷了帽子男，还不对，难道他们是三胞胎？

其实，亨特本来是能完成任务的，眼镜男确实找老艺人做了一块表，只戴了半天就被他的弟弟——也就是那个帽子男发现了。帽子男有些爱虚荣，便花很少的钱，买了一块仿制表，偷偷替换了眼镜男的表。所以，亨特第一次偷的是仿制表。但是，帽子男今天良心发现，把换表的事和眼镜男说了，又把表换回来了。而那时，亨特正在偷女人的钻戒，没留意到换表的过程，结果，他又偷了块仿制表。

于是，亨特又费了很大的力气，把表"还"给了帽子男。

过了几天，亨特又发现了眼镜男，手一伸一缩，手表又被他拿下。可是，这次老艺人的回答让他崩溃了："这仍然是仿制表！"这是怎么回事？老艺人说过，他们两人中一定有人戴了真表。

让亨特做梦也想不到的是，上回双胞胎回去后，眼镜男发现自己的表有10分钟的误差，而帽子男的表只有2分钟的误差，他以为帽子男在糊弄自己，便把那块仿制表抢了过来，把真表丢给了帽子男。

亨特只好又把表"还"给了眼镜男，他对老艺人说，自己很疲惫，

有一种想哭的感觉。

老艺人安慰他："你可以变通一下，把两块表都弄来，不就行了吗？"

亨特一拍大腿："好，我把两块表都弄过来！我亨特是洛杉矶头号'快手'，绝不是浪得虚名。"

亨特再一次找到两兄弟，他们两人都戴着表。亨特心里乐开了花，这次你们跑不掉了吧？他走近了，抽了个空子，手一伸一缩，再一伸一缩，两块手表全部搞定。他把手表交给老艺人，老艺人撬起第一块手表的后壳，摇了摇头。亨特一点都不担心：第二块就是真表啦！

第二块手表被打开后壳，老艺人也茫然了："这块也不是！"

亨特泪如雨下，说："老头，你不能骗我啊！"

老艺人说："我怎么会骗你？他们之中的一个确实是我的顾客。"

这下，亨特受到了前所未有的打击，从此一蹶不振，退隐江湖。自那以后，洛杉矶的治安好了许多。

为什么两块手表都是仿制的呢？原来，眼镜男戴着帽子男的仿制表，越戴越美，以为是真表；而帽子男很生气，他的表竟然误差10分钟呢！一气之下，他把真表给丢了，又买了块仿制表。

就这样，一块手表，扳倒了洛杉矶一位叱咤风云的小偷。

（题图、插图：安玉民 梁 丽）

逃不掉的
归宿

□ 张 岩

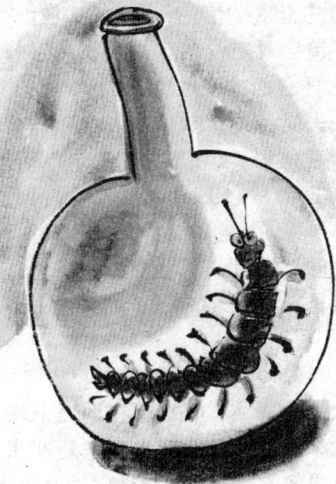

有一条特别爱喝酒的蜈蚣，死后见到了阎王，对着阎王就是一通抱怨，说自己死得太冤。

阎王很不解，问它冤从何来，蜈蚣便向阎王详细地讲述了一番。

原来，那天蜈蚣出去找酒喝，却是一无所获，满心郁闷地回到家里。它所谓的"家"，其实是一户人家家里的一个瓷瓶，样式古朴美观，里面也很宽敞舒适，蜈蚣十分喜欢，便把瓷瓶当成了固定居所。

万万没想到，也不知是哪个该死的家伙，竟然往瓷瓶里倒入了强力胶水。结果，蜈蚣进去后，被胶水粘了个结结实实，经过一番痛苦的挣扎后，终于一命呜呼了。

阎王听了，觉得很有趣，拿来生死簿，翻看了一下蜈蚣的死因，还真是被胶水粘死的。他对蜈蚣说："这就是你的命，没什么好抱怨的，大不了让你下辈子投个好胎。"

可蜈蚣就是不依不饶，一门心思要复活。阎王被缠得没办法，不耐烦地说："我都跟你说了，这就是命！不管你复活几次，都是一样的结果，不信你就试试！"

蜈蚣十分不服气："试试就试试，只要让我保留生前的记忆，我就绝不会重蹈覆辙！"

阎王略微思考了一下，答应让蜈蚣复活，但是只给它三次机会，三次以后，蜈蚣就得乖乖地在地府做它的鬼魂。

蜈蚣想都没想便答应了，在它看来，自己是没有任何理由失败的。于是，蜈蚣重新回到了人间。

阎王对着蜈蚣待过的地方，喃喃说道："第一次，你将死于恐惧。"

蚰蜒真的完好无损地回到了那户人家，它决定给自己重新找个窝。它顺着墙壁慢慢往前爬，不经意地一低头，看见了墙壁下面那个瓷瓶，不知怎么的，它就想起了自己死时的惨状。它越想越害怕，身子开始剧烈地抖动起来，当它爬到瓷瓶上方时，那个黑幽幽的瓶口好像突然变成了索命的恶鬼巨口，它吓得脚一软，从墙壁上掉了下来，不偏不倚，正好掉进了瓷瓶里。

毫无疑问，蚰蜒又见到了阎王。

阎王给它分析了一下这次死亡的原因，其实也没什么，说白了就是心理作用，"一朝被蛇咬，十年怕井绳。"因为它第一次是死于瓷瓶中，自然就会对瓷瓶产生一种恐惧心理，当这种心理被无限放大后，蚰蜒就会失去控制，结果自然不言而喻了。

蚰蜒想了想，觉得阎王分析得很有道理，它决定从中吸取教训，绝不再犯同样的错误。

阎王一副高深莫测的样子，自言自语地说："这一次，你将死于报复。"

蚰蜒再一次回到了那户人家，这次它学乖了，直接就在地面上爬了起来。它边爬边想，到底是谁往瓷瓶里倒的胶水？要是被它知道了，一定狠狠咬那家伙一口。

恰在此时，蚰蜒耳边传来了一个小孩的声音："明明哥，那些胶水如果不封好了，会不会干掉啊？"蚰蜒听出来了，说话的小孩是这家主人的外甥，小名叫亮亮。难道胶水是他倒的？

另一个稍大些的孩子回答说："应该没啥事，你就放心吧。明天你就把胶水带回去，把你那些坏掉的玩具好好粘粘。"

蚰蜒一听，肺都快气炸了，它迅速爬到亮亮身前，看着他那两只穿着拖鞋的脚丫，越想越气，狠狠地在他左脚上咬了一口。

亮亮疼得大哭，明明忙问出了什么事，亮亮告诉他自己被蚰蜒咬了，明明气得到处找蚰蜒。蚰蜒看

明明气势汹汹的样子，吓得四处乱窜。不过，孙猴子终究没逃出如来佛的手掌心，不一会儿，蜈蚣就被明明生擒活捉了。

明明对亮亮说："你想怎么出这口气？"亮亮说直接踩死算了。

明明觉得这样太便宜蜈蚣了，想了想，说："不如我们把它放到装胶水的瓷瓶里，看它被胶水粘住后，还怎么到处乱窜，还怎么咬人……"

不用说，蜈蚣再一次出现了阎王面前。

阎王意味深长地对蜈蚣说："报复永远都不是一种好的方式，稍有不慎，到头来害的还是自己。只剩最后一次机会了，希望你能好好珍

惜！"

望着蜈蚣远去的身影，阎王笑了笑，说："这次嘛，会以一种你生前最爱的方式……"

蜈蚣第三次回到了那户人家。它觉得，这户人家只会给自己带来霉运，还是换个人家住吧！

就在蜈蚣准备离开的时候，突然嗅到了一股白酒的味道，这对于嗜酒如命的它而言，无异于打了一针强心剂。它循着气味望去，只见桌上正摆着一瓶白酒，并且没有盖瓶盖儿。蜈蚣乐得差点没背过气，不顾一切地向白酒冲去。

这白酒是怎么来的呢？原来，亮亮被蜈蚣咬伤后，明明就拿出白酒给亮亮消毒。消完毒后，正巧到了播放动画片的时间，两个小家伙忙着看电视，就忘了把酒瓶盖上，没想到便宜了蜈蚣。

蜈蚣这次算是过足了瘾，心里别提有多美了，它一边喝一边想：我干脆直接找个户主是酒鬼的家庭，到时不就有喝不完的酒了吗？哈哈！

蜈蚣越想越高兴，越高兴喝得就越多，不知不觉就喝大了。它迷迷糊糊地从酒瓶里爬出来，大着舌头说道："喝、喝得差不多了，该回去睡、睡觉了！"说完，它就朝着装有胶水的那个瓷瓶，晃晃悠悠地爬了过去……

（题图、插图：安玉民 梁 丽）

现代社会的多与少

钱财多的回家少，姿色多的穿得少，想法多的成事少，成事多的长命少，
读书多的心眼少，心眼多的安宁少，情人多的睡眠少，朋友多的困难少，
段子多的郁闷少，笑声多的疾病少。　　　　　　　（推荐者：墨　丁）

世界之最

◆ 最难搞定的，是老婆。
◆ 最难脱手的，是情人。
◆ 最难管住的，是嘴巴。
◆ 最难减少的，是体重。
◆ 最难提高的，是身高。
◆ 最难增加的，是收入。
◆ 最难统一的，是口径。
◆ 最难实现的，是理想。
◆ 最难处理的，是关系。
◆ 最难伺候的，是领导。

（推荐者：聂　勇）

《西游记》的终极问题

◆ 孙悟空被五指山压住后，为何不变小钻出来？

◆ 神仙有那么多法宝，取经路上把孙悟空打得那么惨，为何在孙悟空大闹天宫时不拿出来用？

◆ 玉皇大帝和王母娘娘到底是母子还是夫妻？

◆ 孙悟空被压了500年，这500年是天上的500年，还是人间的500年？如果是人间的500年，这猴头大闹天宫，犯下那般大

过，才被判了天上的500天？

◆ 猴哥以前在东海想干吗就干吗，后来为啥总说自己水性不好？

◆ 神仙自然可以长生不老，那么太上老君的两个童子，为啥还要巴巴地下凡，做了金角大王、银角大王来捉唐僧吃，想借此长生不老？

◆ 孙悟空从来没上过学、没读过书，为什么这么多"俗话说"、"常言道"等一大堆的理论？

（推荐者：孙　剑）

◆ 进步其实需要代价，有道是——
胡子越来越长，梦想越来越短；
规则越来越多，朋友越来越少；
电脑越用越多，人脑越用越少。

◆ 黑诊所的特征很好辨认——
中医只要三个头：老头、枕头、
指头；
西医只要三个筒：电筒、听筒、
针筒。

◆ 爱情这玩意儿就是冰淇淋——好
吃，好看，但是容易融化；
婚姻这事儿就像热糖饼——管
饱，够甜，但是经常烫嘴。

◆ 占一个摊位叫小贩，
占一批摊位叫老板，
占整个市场叫企业家。

◆ 幸福是正版软件，付出才
能得到；
而不幸就像流氓软件，一
旦缠身，很难清除。

◆ 有不少人，活在你的生活
里；
有一些人，活在你的心里；
更多的人，只活在你的电
话簿里。

（推荐者：秋　树、喜　乐）

趣味小道理

段子也疯狂

◆ 我问一个朋友："为什么外国人姓名中名字在前面，而中国人姓在前面？"
朋友告诉我："因为外国社会只看你是谁，不看你爸是谁；而在中国，别
人不管你是谁，他们比较在意你爸是谁。"

◆ 她是全公司最认真也最无趣的员工，没想到也会被经理搭讪："我有车，
送你吧？"她心跳加速，却摇头道："不用。""别客气。""您爱人不介
意？""不会的。""那多不好意思。""呵呵，要不要，给句话。"她终于勇
敢地点了点头，补充道："送了我，车就是我的了，可不许再要回去呀！"

◆ 我家有一只小狗，跟周围的人很熟了，超市都会让它进去。有一天，我带
它一起去超市买菜，进去没多久，它就往门口走。我很奇怪，就跟着它出来。
走到转弯的地方，它一直蹭我的手，我把手伸过去，没想到它在我手上吐
了个鸡蛋。

◆ 有个美国数学教授很怕坐飞机，他研究了近20年的统计数据，发现恐怖
分子带炸弹上飞机的概率其实非常低。但他还是不安心，又进一步研究数
据，后来发现，两个乘客同时带炸弹上飞机的概率几乎为零，于是他决定，
坐飞机时自己携带一枚炸弹。

（推荐者：史志鹏、向星宇）

逗乐趣语

◆ 要征服一个女友，有两个方法：一是讨好她妈，二是超越她爸。

◆ 人生，就是从小白兔到大灰狼，再到老狐狸的过程。

◆ 生活中最沉重的负担不是工作，而是无聊，终于明白为啥微博、QQ 这么火了。

◆ 我总觉得，古代结婚掀盖头的心情和刮彩票差不多。

◆ 不识岳母真面目，只怨还在租房住。

◆ 女人不咋爱踢足球的原因大概是：无法忍受周围有 10 个人跟她穿同样的衣服。

◆ 春天，是个万睡万睡万万睡的季节。

◆ 到底是怎样的侠客创造了刀削面？这是历史留给我们的问题。

（推荐者：曹绍明、喜 乐）

淘宝错字伤不起

◆ "掌柜，我选的这个诱惑吗？"
"诱惑，嘿嘿。"
（小编注："诱惑"应为"有货"）

◆ "有大妈吗？"
"亲，客服最大的 27 岁。"
（小编注："大妈"应为"大码"）

◆ "一口气买了五件，能幽会吗？"
"吃个饭应该还是可以的……"
（小编注："幽会"应为"优惠"）

◆ "亲，给我保佑吧！"
"啊！我不是菩萨。"
（小编注："保佑"应为"包邮"）

◆ "你们能发神童吗？"
"亲，我们做正经生意，不贩卖儿童！"
（小编注："神童"应为"申通"）

◆ "我有个问题要吻你一下。"
"啊？这样不好吧！"
（小编注："吻"应为"问"）

◆ "好平哦亲！"
"滚！老娘平关你屁事！"
（小编注："好平"应为"好评"）

（推荐者：顾 顾）

（本栏插图：安玉民 梁 丽）

平淡生活有诗意，细微之处见真情。有一种爱，是细雨，是涓流，是点点滴滴汇成的海……

孝心发屋

□ 曾宪涛

前段时间，巷口新开了家理发店，店名是"杜姐发屋"。店主当然就叫杜姐了，她四十来岁，自来熟，很快就和巷子里的居民都混熟了。

玉清嫂也是杜姐的常客，她比杜姐大，是个粗线条，快人快语，跟杜姐挺合得来。不过，每次玉清嫂来，杜姐都爱说玉清嫂的老公大徐。

这回，杜姐又说开了："你也不打扮打扮你家大徐，人还不到五十，鬓发都白了，叫他染发也不愿意，就跟个小老头儿似的。"

小店里坐的人一听，都哈哈大笑。玉清嫂有点脸红，冲杜姐说："小老头儿就小老头儿，你嫌俺不嫌，俺看着放心。"小店里又是一阵笑。

玉清嫂虽然嘴上这么说，可哪个女人不希望自己的老公年轻精神，自己也有面子。老公和她同岁，平时不修边幅，穿衣服也不讲究，现在又白了鬓发，看上去的确显老。

玉清嫂回到家里，忍不住问老公："看你老的，杜姐要给你染头发，你为啥不愿意？"大徐说："染什么头发，你没听说过那化学药水有毒？还是自然的好，又省钱。"

玉清嫂道："省你个头，以后别跟我一起出去，那么老，我嫌丢人。"

两口子斗嘴，说说就完了，大徐依然还是老样子。

没过多久，一个周日下午，大徐要回父亲家看看，玉清嫂忙着收拾屋子没跟去。

玉清嫂忙完，出门去超市，经过杜姐发屋时，杜姐在里面喊她。玉清嫂进了小店，店里没人理发，杜姐正闲着。只见杜姐一脸神秘，说："你家大徐剪完头刚走，今天还主动叫我给他染了发。甭说，你家老公一染发，至少年轻了十岁。"

玉清嫂听得一愣，说："他只说回家看自己父亲，没说来剪头染发。"杜姐道："不是你叫他染发的？"玉清嫂摇摇头。杜姐脱口而出："这就怪了，一个从来不打扮的人，突然打扮起来，这里面一定有问题。"

"有啥问题？"玉清嫂听得心里发毛，"就他这样的，还能有外遇？"

"还真甭说！"杜姐有意逗她，"你家大徐一修饰，还真是一表人才，真能叫女人动心。说不定是去约会，不然去看父亲，染头发干吗？"

玉清嫂掏出手机就拨了老公的电话，那边通了，她劈头就问："你在哪儿？"大徐回答："我在父亲这儿，有事？"玉清嫂说没事，就把电话挂了，又对杜姐说："他在他父亲家。"

杜姐撇撇嘴，说："他说在那儿你就信，你知道他现在在哪儿？"

玉清嫂觉得这话有道理，慌忙出了店门，骑上自行车匆匆走了。她很快来到公公家，按了半天门铃，却没人应声。玉清嫂又拨通了老公的手机，没人接，她不停地拨打，可那边就是不接电话。玉清嫂有点相信杜姐的话了，她想到老公才当了部门经理几天，就开始讲究仪表了，先是说谎欺骗自己，现在又不接电话，肯定是出问题了。

玉清嫂没有办法，只好先回到家里，可做什么都没心思。等了许久，她又拨通老公的号码，传出的声音却是："您拨打的电话已关机。"玉清嫂那个气呀，心里道：好呀你，等回来再跟你算账！

这一等就等到夜里十点多，大徐才从外面回来。看着老公满头黑发、神采奕奕的样子，玉清嫂积攒了一个下午和一个晚上的怒火爆发了，她指着老公的鼻子问："你今天到底去哪了？"

大徐不明白老婆为啥发那么大的火，说："不是跟你说回家了吗？"

玉清嫂怒道："胡说，我去你家了，怎么没人？"大徐说："你啥时候去的？我后来带父亲洗澡去了。"

玉清嫂竖起眉："你就编吧，那我打电话你为啥不接？"大徐说："洗澡我就没带手机，怎么接你电话？"

玉清嫂说："哎哟，编得真圆乎，那我问你，晚饭时我打电话，你为啥要关机？"大徐笑了："我的手机都叫你打没电了，哪是关机呀！"说着，拿出手机给她。玉清嫂接过手机一看，果然没电了，火气才有点消了。

不过，玉清嫂还是有点不信，沉着脸问："你没骗我？"大徐说："骗你不是人，你要不信，打电话问我父亲。"说着，大徐拿起老婆的手机，拨通了父亲的电话。那边父亲问什么事，大徐说玉清有话问他，说着就把手机递给老婆。玉清嫂不能不接，只好跟父亲闲聊了几句，证实了老公今天的确都跟父亲在一起。

可玉清嫂心里还是有疑问，不好意思说出来。老公见她仍然沉着脸，问她今天到底是怎么了，她才道："你今天为啥要染发？"

大徐一听，还是这么回事，不由乐了，说："我告诉你为啥要染发。"

大徐妈一直在外地女儿家为女儿带孩子，家里就父亲一个人。每周休息，大徐都要回家带父亲洗澡，给他搓背按摩。就在上周给父亲搓澡时，父亲看着大徐鬓角的白发，对他说："你也老了，头发也白了，唉——以后少为我操心，多注意保养自己。"父亲显得很伤感。大徐心里也酸酸的，这才知道，外表年轻不年轻，不单是自己的事，于是，他决定再去看父亲时，一定要把自己弄精神点，所以，他今天剪了头，染了发。

最后，大徐又对老婆道："你想想，要是我们看到孩子的头发白了，心里会是啥滋味？"

此刻，玉清嫂的火气连一丝都没了，她叫老公坐在沙发上，自己靠在他身上……

第二天，玉清嫂见到杜姐，自豪地说了老公染发的原因。杜姐听得一怔一怔的，对她说："你真有福气，有这么好的老公。"

以后，小店里每有不修边幅的男人，杜姐就讲大徐的故事。甭说，小巷里那些邋遢男人，还真叫她给说通了。杜姐说："我这不是为了赚钱，我这是为了孝心。"

再后来，杜姐干脆给小店换了个名字，就叫"孝心发屋"。

（题图、插图：刘为民）

爱情是短暂的浪漫，婚姻是永久的责任。故事中这对80后小夫妻，在经历了柴米油盐的平淡之后，能否用锅碗瓢盆奏出浪漫的交响曲？

谁动了我的结婚证

□ 陈 伟

有人说，社会上有个现象，就是80后"刚掀结婚浪潮，又掀离婚热潮"。这话有些夸张，可也挺形象，说出了不少年轻夫妻对待婚姻的草率态度。

小林和李夏就是一对80后小夫妻，两人都是娇生惯养长大的，婚后家务琐事一多，就感到厌烦了。两人又都倔犟任性，时常为了一丁点儿小事闹得不可开交，真是大吵三六九、小吵天天有。

这天晚上，小林下班回到家，说："老婆，今天我跑了一天业务，太累了，这顿饭你做吧。"李夏一听，当即不乐意地叫了起来："就你知道累，难道我不累吗？按照咱们的家务值日表，今天的晚饭该由你做。"小林也气了："你不要太斤斤计较！前两天你值日的时候，我一直在外面吃饭的，你多做一顿怎么了？"

两个人的嗓门越来越大，导致"战争"逐步升级。吵着吵着，李夏就哭起了鼻子，抹着眼泪嚷道："这日子没法过了，离婚！""离就离！谁怕谁啊？"愤怒之中，小林毫不犹豫地接过话。

以前闹归闹，这种离婚的气话他们还没说过，如今一提出来，两人便动了真格。气头上，他们当场就拟好了离婚协议书，并双双在上面签了字、摁了指印。

第二天一大早，他们气鼓鼓地

去民政局，要求办理离婚手续。工作人员告诉他们，想离婚得先出示结婚证。这两个马大哈听了直发愣，他们都忘记把结婚证放在哪里了！

他们返回家，一起动手，翻箱倒柜地找了半天，总算在床头柜下面找到了装结婚证的红盒子，但打开盒子，两人都傻眼了——盒子里空空如也，两本结婚证不见了！

李夏冷冷地看着小林，说："是你怕离婚，把结婚证藏起来了吧？"

小林马上不甘示弱地反击道："我看你是贼喊捉贼，家里的证件都是你负责保管的，一定是你藏的！"

气话归气话，两个人都心知肚明，对方把结婚证藏起来的可能性几乎没有，可结婚证怎么不翼而飞了呢？家里也没有遭过贼啊！就算进过贼，偷啥不好，偏偏要偷他们的结婚证？

突然，李夏叫了起来："我知道是谁拿走了结婚证，是你爸！"小林气愤地说："你瞎说，怎么可能！"李夏说："我没瞎说。你忘了吗？我们结婚后你爸来住过几天。有次我中途回家拿点东西，正好撞见他从咱们卧室里出来。为这，咱俩不是还吵了一架吗？"

经李夏一说，小林想起来还真有这件事，但他仍然梗着脖子说："就凭这，你就认定是我爸拿走了结婚证？荒唐！再说，他拿我们的结婚证干吗？"

李夏还是坚持自己的推断，说自从小林的爸爸进了他们卧室，她就没见到过结婚证。

这么一说，小林也觉得有这种可能，他掏出手机，准备打电话问问爸爸，李夏却说："你还是算了吧，你这么直接地问，你爸肯定不会承认的。这样吧，你先不要声张，咱们明天一起去你爸家找。"

为了洗清爸爸的"嫌疑"，小林同意了这个提议。

于是，两人装作什么事也没有的样子回了家。见儿子儿媳回家，小林爸爸很高兴，马上提起菜篮子，奔菜市场去了。两人抓紧时机，动手在屋里翻找起来，然而，他们差不多把屋子里找遍了，也没有找到结婚证。

这下，小林舒了一口气，得意洋洋地说："你没话说了吧？结婚证不是我爸拿的！"李夏见自己的怀疑落空，也无话可说。

被结婚证这么一耽搁，两人也就和好了，离婚的念头被抛到脑后。久而久之，也许是过了婚姻的磨合期，他们闹别扭的次数越来越少，感情又像婚前那样甜蜜起来。他们都不禁暗暗庆幸，幸好当初结婚证不见了。

春节，小两口回李夏的娘家拜年。因为两人已经做惯了家务，看

到爸妈张罗做饭，便忙里忙外地帮忙。看着小两口的转变，李夏的爸妈很是欣慰。

饭桌上，酒过三巡，李夏的爸爸突然进屋，拿出两个红彤彤的本子交给李夏。李夏接过来一看，竟然是他们的结婚证。她不由得大吃一惊，没想到拿走结婚证的，不是小林的爸爸，而是自己的爸妈！

李夏问："爸，你是什么时候拿走的？"李夏的爸爸叹了口气，说："唉，你们这些粗心的孩子，让我说你们什么好呢？竟然连结婚证不见了都不知道。告诉你们吧，结婚证是我在你们婚礼那天拿走的。"

李夏仍然感到不解："你们为什么要拿走？"

"为什么？你还好意思问？"李夏的妈妈接过话，嗔怪地说，"那天我们去你们的婚房，发现你们把结婚证随便扔在床头柜上，我们就想，这么重要的东西，要是丢了可怎么办？于是就拿回来帮你们保管了。"

原来是这样，两人的脸都有些微微红了。李夏忍不住辩解道："谁说我不知道结婚证不见了？我半年前就发现了！"

李夏的爸爸意味深长地看了她一眼，说："我问你们，你们是在什么情况下发现结婚证不见的？"

两个人支支吾吾地说不出话来，李夏的爸爸变得严肃起来："不用你们说我也知道，你们肯定是在找结婚证的时候，才发现不见的。而你们找结婚证的目的，就是为了去离婚，对不对？"

两个人不好意思地点点头。

李夏的妈妈说："幸好我们早就料到了这一点，不然你们现在就后悔去吧。"

原来，李夏的爸妈早就预料到，年轻小夫妻适应性差，又好意气用事，婚后肯定一时间难以适应，为了一点小事，就敢真去离婚。拿走他们的结婚证，就是想在他们产生离婚念头的时候打个岔子，好让事情有个缓和的余地。

李夏的爸爸语重心长地说："今天把结婚证还给你们，是因为，我觉得你们已经懂得了婚姻中各自的责任。结婚、离婚都不是儿戏，要以严肃的态度去对待。"

"爸，我们一定会记住您的话。"小林率先下了保证，他小心翼翼地捧过结婚证，低头想了想，说，"李夏，我想把这两本结婚证烧了。"

"你说什么？烧了？"李夏吓了一跳，连李夏的爸妈都有些吃惊。

小林笑着点点头，说："是的，烧了。既然结婚证对我们来说没什么大用场，不如烧了它。"

李夏一听，笑了："亏你想得出来。"

（题图：佐　夫）

步步紧逼

□ 赫至名

最近，阿成开了家超市，就在自己住的小区里，生意还不错。

这天上午，阿成接到老婆电话，说今天一大早，他们的对门邻居大东子来买了些东西，本来超市今天打特价，可她一忙活给忘了，多收了大东子十三块钱，老婆让阿成去把钱还给大东子。

阿成有些不以为然，说："就这么点钱，等他再来买东西时，还给他就算了嘛。"

"你还不知道大东子的脾气吗？"老婆急了，说，"这小子脾气暴，前些日子，出租车司机绕了他两圈路，他差点跟人家动手。这次我多收了他钱，万一他以为我骗他，不就麻烦了吗？"

阿成觉得老婆说得有理，虽然自己跟大东子关系不错，可如果人家真以为自己老婆骗他，就算不动手，说几句难听话也受不了啊！阿成想起来，刚才听到对门门响，大东子应该在家，就出去敲门。

阿成敲了会儿门，没人应声，他正打算走，看到大东子上楼来了。他赶紧叫住大东子，把事情说了一遍，然后掏出两张十块的递给大东子。大东子看上去无精打采的，掏出钱包看了下，说："没零钱，给我十块钱算了，那三块钱不要了。"

阿成坚持要给，于是，大东子一边掏钥匙，一边不耐烦地说："那你跟我回家，家里有零钱，找给你。"

两人进了屋，大东子从抽屉里拿了七块钱，没给阿成，却转身在沙发上坐下了，说："我说阿成，多收我十三块钱，其实也没什么大不了，不给我都行。不过，有些话我得跟你说明白。"

阿成心想坏了，这家伙果然心里不痛快了。他赶紧道歉："真对不起，都怪我老婆糊涂，可她不是故意的，你别放在心上。"

大东子冷笑一声，说："我不会放在心上，不过，我想给你讲个故事。咱小区边上，有个老乞丐总在那儿讨钱，你知道这人吧？"

阿成忙点头说知道，大东子又问："后来这老乞丐的腿不知道怎么断了，你也知道吧？"

阿成义愤填膺地说："知道，听说是被人给打的，你说谁那么混蛋啊？"

大东子指着自己的鼻子说："你说的那个混蛋，就是我。"

阿成不由得大吃一惊："你？"

大东子说："对，是我用棍子一下一下打断的。你知道为啥吗？"阿成跟大东子做邻居这么久，还从来没见过他这副模样，心里有点害怕，忙摇了摇头。

大东子又冷笑两声，说："因为这家伙敢拿我的钱！那天我裤兜漏了，一个五毛钢镚掉了出来，这王八蛋顺手捡起来，就放自己口袋里了。我让他还给我，他居然说没拿，这把我气的，正好旁边没人，我捡了根棍子就把他的腿打断了。"

阿成简直不敢相信自己的耳朵，颤声问："大东子，你跟我说这些是什么意思？"

大东子咬牙切齿地说："我的意思是，我的利益不容侵犯，谁敢拿我的钱，我就要他好看！"

阿成又气又恨，他无论如何也想不到，大东子竟然是这种人！可看到大东子一脸冷酷之色，阿成只好再次道歉："多收你的钱，是我们的错，以后绝不会再发生了。"

大东子点点头，终于放过了他："行，那就没事了，你走吧，我也得出去一下。"

大东子和阿成一起出了门，锁上房门，大东子把七块钱塞到阿成手里，诚恳地说："成哥，对不起，刚才的话你别往心里去。"

阿成愣了，吃吃地问："你……这又是什么意思？"

大东子低声说："没什么意思，刚才的事，你就当我没说。打乞丐的事，那是人干的吗？我是骗你的。"

阿成呆呆地看着大东子，满肚子的疑问。大东子笑了，说："来来来，你不是没事吗？到我家再聊会儿。"说着，他慢腾腾地把刚锁好的门又打开了。

这时，阿成听见屋里好像有什么动静，奇怪地问："什么声音？"

"老鼠吧？"大东子不以为然地说，"你别打岔，刚才的话没说完，我还得给你讲个故事。"

阿成实在忍不住了，说："大东子，以前你不是这样的人啊，今天这是怎么了？"

大东子把脸一板，说："今天被老板训了一顿，心情不好，想找个人出气，谁让你撞枪口上了，认倒霉吧！"大东子继续恶声恶气地说，"去年我家进了贼，后来那家伙被抓到了，蹲了三个月班房才出来。他出来当天，我就把他弄到郊区那烂尾楼里，狠狠地折磨他，最后那家伙跪在地上求我放过他。可是，既然敢偷我的钱，就应该做好心理准备，落在我手里，就让你求生不得、求死不能……"

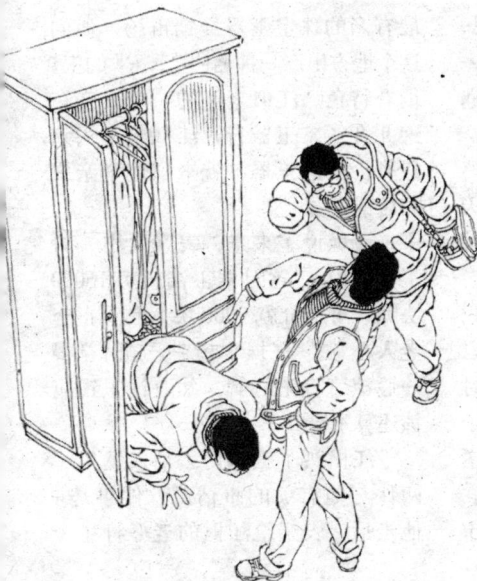

阿成简直要疯了，这大东子怎么一会儿人一会儿鬼呀？他想打断大东子的话，可又有点不敢，只好任他喋喋不休："这世界上最可恨的就是贼，总想着不劳而获，这帮家伙要是落在我手里，我扒了他的皮都算是轻的……"

阿成正不知如何是好，突然听到一阵"滴答、滴答"的声音，随后看到大衣柜门突然开了，一个人从里面撞了出来，"扑通"一声跪在地上："大哥饶命，我再也不敢偷东西了，您可千万别折磨我呀！"

阿成一愣，一下子反应过来了，他之前听到大东子家门响，来敲门，大东子却不在，原来，那是这个贼进屋时发出的声音啊！

只见那家伙浑身发抖、满脸恐惧，身上一股尿臊味扑鼻而来——他吓得尿了裤子，刚才的"滴答"声是尿液滴在衣柜里的声音。

大东子得意地笑了："哈哈，成哥，这回你明白了吧？我早上走得急，衣柜门都没来得及关，可回来时柜门却关上了，我就知道家里遭了贼。刚才那些话，都是为了吓他。咱们出去，是让他感觉到希望；再回来，是为了让他绝望！果然，吓得他屁滚尿流，哈哈，太过瘾了。"

（题图、插图：刘为民）

误会

连连看

□ 李大勇

生活中,有的"巧"令人匪夷所思,简直就像是电脑设计出来的一款作弄人的游戏,江枫前不久就遇上了一次。

这天,江枫正在吃早餐,老婆拿出一沓钱,说:"江枫,妈今天六十大寿,我一直没空,你中午抽空去给妈买一对玉镯子。"

前几天,老婆跟江枫商量她妈过六十大寿的事,老婆说,她妈以前有对家传的玉镯子,生活困难时给卖了,后来经常为当初卖玉镯子的事情难过,所以,老婆想借机送一对玉镯子,弥补一下母亲的遗憾。

单位午休时间,江枫来到本市最有名的珠宝玉器经销市场。他们这个地方出产一种名叫"翠玉"的玉,很有特色。江枫老婆的一个表亲在这儿开了家玉器行,江枫为了买到货真价实的玉器,就来到这个亲戚的店铺里。

江枫说了来意,表亲取出一对玉镯,说:"这对翠玉镯我卖16000块呢,可进价就9000块,我看正合老人心意。"江枫拿起来,顿时觉得一股凉意直沁心脾,知道这玉镯应该还算不错。

江枫买了玉镯回去后,发生了两件与他有关的事情。一件事是:他走后,表亲给江枫的老婆打了个电话，告诉她，江枫从他这里按进价拿走了一对玉镯子，他可是一分钱没挣，话外之意无非就是，你欠我一个人情呢！另一件事是：有个高中同学叫周婧，从北京路过这里，明天就要走，当年的老班长正在张罗大家聚聚。老班长先打电话给江枫，偏偏江枫的手机快没电了，他调成静音充电，就没接着这个电话。随后，老班长就打电话给江枫的老婆。

老班长说："嫂子，江枫怎么不接电话呢，他上班了吗？"

江枫的老婆说："上了呀，是不是中午睡觉没听见，你过会儿再打，有什么事情吗？"

老班长根本没多想，回答说："我们以前一个叫周婧的同学，从北京路过咱们这里，我帮着联系这帮老同学吃顿晚饭。"

江枫的老婆也没多想，就挂了电话，随后老班长再给江枫打电话，这回倒是通了。江枫遗憾地告诉他："今天是我丈母娘六十大寿，晚上要给她祝寿，家里早就订好饭店了，你给周婧解释一下。"老班长有点惋惜，但也没法。

再说江枫下午上班没一会儿，组长来了，说："江枫，下午戴瑞公司来人，你先准备一下材料。"江枫是销售员，最近生意不太好，以前跟戴瑞公司有过几次合作意向，但

因为价格原因，双方一直没有谈拢，这回人家主动上门，自然是机会难得。

戴瑞公司的人一直到下午四点半才到，江枫心里急啊，今天是丈母娘的大寿之日，自己又是大女婿，一家人都在饭店等着，去晚了可不是个事啊！

还好，将近五点半，和戴瑞公司的事总算忙完了。没想到，江枫正准备走，组长说："江枫，晚上陪戴瑞公司的人一起吃顿饭。"

江枫不好意思地说："组长，我家里晚上有点事，去不了。"

婉言谢绝了组长，江枫刚出单位门，手机响了，一看是孙总的。孙总在电话里说："江枫，这次跟戴瑞公司谈得不错，这事十有八九算成了。晚上做东请他们，你们几个都得去。"

江枫为难地说："孙总，我丈母娘今天六十大寿，我真去不了。"

孙总话不多，但话里有话，总而言之，江枫非得去不可。事到此时，江枫没办法，只得拨通了老婆的手机，说："晚上单位有事，我回不去啦！"

老婆不满地说："你以为我妈还能活几个十年呀？"江枫解释了好半天，老婆冷冰冰地丢下一句话："你谎撒得也太大胆了！"说完，她赌气地挂了手机。就这样，第一个

误会开始了，老婆想起老班长说那个北京的周婧来了，你江枫明明是去和她见面，偏偏要说"单位有事"，有意思吗？

再说那一头。组长先去饭店订桌，等他们一帮人马到了后，组长看到江枫，第二个误会发生了，组长的脸立刻拉下了，他对江枫说："你不是说晚上有事来不了吗？是谁请动了你的大驾？我说话不好使吗？"江枫看着组长铁青的脸，不免心里打起了寒噤，官大一级压死人呀，他哪里还敢解释？

酒过三巡，饭桌上气氛相当热烈。孙总喝到了兴头上，提出去KTV，而且语气几乎是命令式的："谁不去，就是不给我孙某人面子！"

江枫没辙了，刚得罪了组长，难道还要得罪孙总？唉，今晚就豁出去了！

一行人离开饭店，跑到外面打车，上一辆走一辆，最后就剩江枫和一个女同事。

两人上了车，可是司机把车开到凯迪宾馆前就停下了，他对江枫说："兄弟，你们自己往前走几步，就到那家KTV了。我这是黑车，KTV前面有交警，走背字抓住罚个千儿八百的，我这犯不着，零头我就不要了。"

江枫想想也是，就和女同事下了车。说来巧了，江枫的小舅子一家去饭店赴宴，陪老人吃完饭，回家路上经过这里，一眼看到江枫和一个年轻漂亮的女人在宾馆前下车，当即火冒三丈，立刻打电话给姐姐，狠狠地告了姐夫一状，这是第三个误会。

江枫和女同事刚走进KTV大厅，从门外进来一群人，最前面一人正是老班长，这第四个误会是难免的喽！只见老班长上下打量着美女同事，阴沉沉地问江枫："你丈母娘吃了什么返老还童的灵丹妙药，看这样子，比你都要年轻多了！"

江枫悔得肠子都青了，想想也是，老班长他们吃完饭后一定会到本市最好的这家KTV，只是迎面碰上，有点巧。不等江枫解释，一帮老同学一个个坏笑着走了过去，周婧委婉地一笑，并没打招呼，江枫尴尬得真想走过去解释一番。

到了包间，江枫看到孙总他们唱得特投入，觉得有必要跟周婧解释一下。于是，江枫找到了老班长他们的包间，态度谦恭，十分真诚，解释完后，大家附和着说："理解理解，不过，这年头，这事就是真的，也算不了什么。"

江枫听了，哭笑不得。他主要是来见周婧的，两人干了两瓶啤酒后，周婧无意中说起，这次来本想买一对翠玉镯送礼的，可惜没时间，挺遗憾的，毕竟这里的翠玉是家乡的一张"名片"。

酒精已经把江枫的大脑刺激得有些短路了，他平时就是热心肠，再加上周婧又是老同学，就主动说："周婧，我今天给我丈母娘过寿买了一对翠玉镯，单位有应酬，这么晚了也不能送了，要不然你先拿着，我明天一上班就再去买一对。"说着，江枫从公文包里掏出一个礼品盒，一对翠玉镯子发着淡雅而清亮的光泽。

周婧看了，爱不释手，说："你真给力，帮了我这么大一个忙。"周婧看了一下翠玉镯子的标价，掏出16000元，说："你数数，明天只好麻烦你再去给老人买一对了。"江枫觉得这事没啥大问题，他以为周婧给的是9000元，也没数，就装包里了。

这时，老班长在旁边问了一句："你回家怎么和老婆说？"江枫毫不在乎地答了一句"实话实说"，周婧说："你先前跟她说和单位同事出去吃饭，后来你又把玉镯转让给我，她还以为你撒谎呢，回家不是找打吗？"

老班长也跟着说："就是。我之前听说，现在女人对男人最关心的有三个方面——你对她们家里人的表现，你对别的女人的

态度，她对你经济能力的管控。你说，你今天这事占了几条了？"

江枫脑子一转，说："这也好办，我就说陪单位客人吃饭，玉镯放在办公室没带，不是说明天一早就去买吗？"

老班长举起一瓶啤酒，说："江枫，你今天晚上没来跟我们一起吃饭，明天早晨你得送周婧去飞机场，算是将功补过。"

江枫也觉得送送周婧心里会平衡点，就满口向周婧要求去送机。

盛情难却，周婧幽了一默，说："那好吧，给你个改过自新、重新做人的机会。"两人说定了，江枫明天早上7点10分准时到宾馆接她，不见不散。

晚上十一点钟，江枫终于从孙总那里解脱出来，回了家，老婆似乎已经想好了不追问这事，江枫平时表现还是很不错的，这或许只是一次偶然事件。

江枫回来后去卫生间刷牙洗脸，这时，老婆一边翻江枫的公文包，一边说："我看看你给妈买的翠玉镯。"

江枫在卫生间里答道："晚上出去吃饭，玉镯放在单位了。"

话音刚落，老婆一声惊叫："江枫，你包里怎么有一沓子钱？"随之就传来一阵点钱的声音，江枫的脑袋顿时就大了，撒谎容易，这圆谎可就麻烦了，他脑袋里马上闪出若干个念头，可是只有一个办法比较合情合理。主意打定，江枫假装若无其事的样子，说："这是对方公司给的好处费9000元，想压低些价。"嗨，江枫还以为包里是9000元呢！

老婆没再追问什么，而是躲到儿子屋里，拨通了江枫那个老班长的手机，她想弄清楚：在凯迪宾馆前下车的女人，会不会是那个叫周婧的同学？老婆问："老班长，晚上你们是跟江枫在一起……"因为前面已经说过，绝不能暴露江枫跟周婧见面的事情，所以老班长毫不犹豫地说："没有呀，江枫说今天晚上丈母娘六十大寿，没跟我们一起。"江枫的老婆心里虽然有些狐疑，但没好意思继续追问下去。

第二天一大早，老婆对江枫说："一会儿我跟你到单位去取翠玉镯，我妈昨天肯定惦记了一晚上。"

江枫一听，头立刻大了，这镯子在周婧手里呢，能到单位去拿吗？就在这时，江枫的手机响了，他一看手机号挺陌生，接通后问："你是哪位？"

对方回答说："我是周婧呀，你不用来宾馆了，我搭一个关系户的车走了，谢谢你的翠玉镯……"

这当儿，老婆正在一旁，什么话都听到了，老婆已经憋屈一晚上了，到了这个时候，终于爆发了："我妈的六十大寿你根本没当回事，你撒谎说单位有事，你跟你们老班长串通说你没见周婧，周婧为什么谢谢你送她翠玉镯？还有，凯迪宾馆前，你跟一个女人是怎么回事？你敢说她不是周婧吗？你包里多出的7000元又是怎么回事？谎话连篇，这日子我没法跟你过了……"

江枫懵了，一下想起老班长说的女人最关心的三个问题，一个不落地，怎么全让自己给赶上了？悲催呀！

（题图、插图：张恩卫）

狠心的奶妈

□ 方冠晴

步步相欺

在皇权时代，谁只要与"宫廷"二字沾上点边，就能非富即贵。郑衡的父亲郑念祖，是一位宫廷魔术师，魔术师在江湖上没地位，也就入个杂耍的下九流，但挂了"宫廷"二字，就了不得，郑念祖官从六品，相当于个知县了。所以，他也能三妻四妾、车迎轿接。

富贵人家也有苦命人，郑衡虽生在这样一个家庭，但他排行老四，上面还有三个哥哥。在那个重世袭、重长子的年代，宫廷魔术师只有一个，郑念祖如果死了，儿子中也只有一个能继承父亲的衣钵，入宫任职。

不管父亲如何挑选继承人，也不会挑到郑衡头上。郑衡一出世母亲就死了，而且母亲生前在家中也没地位，父亲正眼也不瞧郑衡一下。

没娘的孩子没人疼，连下人都敢欺负他。郑衡一出世，就交由一个姓陈的奶妈抚养，这奶妈待他很苛刻，立下种种规矩，动不动就对他呵斥打骂。当着别人的面，一个下人当然不敢欺负主子，但郑衡稍稍惹得她不如意，回到厢房，关起门来，就死命地掐，往往掐得郑衡身上青一块紫一块的。

所以，郑衡成了郑家最乖的一个儿子，到哪都不敢吭一声气。

郑衡八岁那一年，皇上和亲，将一位公主嫁给番王，番王到皇宫来迎亲，皇上特召郑念祖入宫表演魔术。也是皇上一时高兴，允许在京七品以上官员可以携家眷入宫参加盛宴。

于是，郑念祖带着四个儿子入了宫，儿子的母亲也跟着。郑衡没有母亲，郑念祖就让陈氏跟着。

入了宫，奶妈陈氏却一反常态，对郑衡怂恿起来，说难得来一趟皇宫，叫郑衡到处逛逛。

郑衡哪里敢？站在那里没动。陈氏就悄悄地在他屁股上掐了一把，痛得他眼泪直打转。没办法，他只得被陈氏拽着，被动地跟着陈氏走。

没走出几步，一位管事的太监将他们拦住了："什么人？竟敢在宫里乱闯？不想活了？"郑衡吓得快哭了，陈氏却不慌不忙，指着郑衡说："他是去给十阿哥表演魔术，给十阿哥解闷儿的。"一听这话，太监像见了鬼似的，赶紧闪身让到一旁，呵斥道："那还不赶紧去，磨蹭什么？"说着话，他还指了指西北方向。

"去给十阿哥表演魔术"这句话，就像一道令符，让郑衡和奶妈陈氏在宫里畅行无阻。不一会儿，他们来到皇宫西北角一处院落前，与别的地方不同的是，这个院落外面站满了带刀的侍卫，屋内还传来一个孩子的哭闹声。

掉入虎穴

两个侍卫一见郑衡，立即钢刀出鞘，双刀一架，拦住了郑衡和陈氏的去路。陈氏如法炮制，又说："他是去给十阿哥表演魔术，给十阿哥解闷儿的。"侍卫将郑衡周身上下细细地搜过一遍，才走近门去，将那扇紧闭的大门上挂着的大锁打开，叩了叩门环儿，然后迅速退回来。

一会儿，大门打开一条缝，叩门的侍卫大声通报了是怎么回事，然后对郑衡呵斥："发什么愣？赶紧进去！"郑衡一步一回头，怯怯地走进门。大门关上的那一刻，郑衡透过门缝望到，陈氏已迈着碎步，顺着原路往回走了。

郑衡进到里面，看到一处奢华的床幔，那哭声就是从床幔后面传出来的。领他进来的宫女跪下来禀报："十阿哥，有个小师傅来给您变魔术了，可要看看？"

"变魔术的？"哭声止住了，几个宫女赶紧将床幔撩开，就见一个年龄与郑衡差不多大的小男孩从床上爬起来，那男孩脸上布满水泡，就像被开水烫了似的。

男孩迫不及待地冲郑衡嚷："你是变魔术的？快！快点给我变，将我脸上的这些泡都变没了！"

郑衡吓得当即就跪下了，说："这个……我可变不了。"

一听说变不了，十阿哥恼了，又哭起来："变不了你还来这儿干什么？给我打！打他！"

真有两个太监立即就跑上来，将郑衡按在地上，直打得郑衡皮开肉绽。打完了，郑衡双手捂着屁股就往外跑，大门已经从外面锁上了，他拍着门叫开门，门外的侍卫威严地一声吼："只准进不准出！你要再敢大声喧哗，就地正法。"说话间，那两个太监又冲了过来，郑衡眼一黑，昏了过去。

他醒过来时，已是晚上，十阿哥已经睡着了，有个宫女正在给他受伤的屁股敷药，一边敷一边默默流泪。郑衡见这宫女眼熟，一问方知她正是陈氏的胞妹。在她的长吁短叹中，郑衡终于明白是怎么回事。

十阿哥染上了天花。

在那个年代，天花是很难治的病，而且传染性极强，在这里服侍十阿哥的人中，除了两名太医和两名太监以前患过天花不会再被传染外，其他的人，都有可能会染上。更何况，宫里有过先例，阿哥如果生天花死了，在他病中服侍的那些人，全要替死去的阿哥陪葬。

明白过来是怎么回事，小小的郑衡吓出一身冷汗来。那个陈氏，怎么如此歹毒？从胞妹那里得知十阿哥染了天花，竟硬生生将郑衡推到了这生死交界的地方！

郑衡被关在这座房子里，出不去，再加上身上有伤，第二天，就发起烧来。到第三天，他脸上就开始痒痒，一照镜子，脸上已经像爆米花一样，爆出了许多小红点和水泡。他，被传染上天花了。

因祸得福

郑衡被关在那间房子里整整两个月，幸好，有太医呢，他没死，被治好了；更加谢天谢地的是，十阿哥也痊愈了，大家不用陪葬了。所有人都被放了出来，因陪护十阿哥有功，每人赐银百两。

抱着百两赏银回家，郑衡欢天喜地的，哪知道刚一进门，迎面就挨了父亲两个耳光，郑念祖勃然大怒，呵斥道："混账东西，进了宫居然敢到处乱闯，你是嫌不能给家里惹祸吗？"郑衡委屈啊，他将整个事情都跟父亲说了。

郑念祖当即着人叫来陈氏，厉声问道："是谁让你送郑衡去给十阿哥表演魔术的？"陈氏丝毫不怯，仰脸怪叫："没有谁，就是我自个儿的主意。"

"你想干什么？"

陈氏眼一翻，吃吃冷笑："让他染上天花呗，让你儿子短命！"

郑念祖那个气呀，叫来家丁，生生打断了陈氏的一条腿，将她轰出门去。

经历了这一场生死劫之后，也许是郑念祖意识到郑衡可怜，开始关注起郑衡来。这一关注，他发现郑衡身上有另外三个儿子都没有的品性，郑衡从来都不言不语、不声不响，站在那里眼不乱看、手不乱动、脚不乱迈。这，恰恰是宫廷魔术师所需要的胆怯劲和沉稳劲呀，要知道，给皇上表演魔术，稍有差池，就可能掉脑袋给家族惹祸啊！

郑念祖从此对郑衡关心起来。

到郑衡十六岁那一年，郑念祖患了重症，便将几手看家的魔术悉数教给了郑衡，又带郑衡入宫晋见皇上，就这样，将宫廷魔术师之职传给了郑衡。郑衡的那三个哥哥和三个姨娘到病床前吵呀闹呀，但皇上都圈定了郑衡子承父业，他们再闹又有什么用呢？

成了宫廷魔术师后，郑衡像所有光宗耀祖的人一样，他想到的第一件事，就是要让母亲跟着荣光。他问管家，他的母亲葬在哪，他要帮母亲重新修坟。哪知管家的一句话吓了他一跳，管家说："你母亲根本没死啊！"

"没死？那她在哪？去哪了？"

"被你父亲打断了腿，轰出门去

了。陈氏，就是你的生身母亲啊！"

管家将过去的事细细诉来。原来，陈氏只是一个丫环，有一天郑念祖酒后乱性，霸占了她，让她怀上了孩子。孩子出生后，郑念祖觉得，这件事传出去会辱没了他的名声，所以，他逼迫陈氏不能认郑衡为儿子，只以奶妈自居。

难怪陈氏那么恨郑衡，原来，她是在恨郑家。可是，虎毒不食子呀，她当初怎么能将自己骗去十阿哥那里？这个疑问，郑衡不当面问出来，心里实在憋得慌，他央求管家，一定要找到陈氏。

母爱如山

管家还真的找到了，陈氏被赶出郑家后，一直在一户人家当佣人，但半年前已经患了重病，被辞退了，现在，她一个人住在破庙里，已经奄奄一息了。

郑衡赶过去时，陈氏只剩一口气了，但见了郑衡，她脸上还是不由自主地露出了笑容，颤巍巍地拉着郑衡的手，说："孩子，我的孩子，你终于出头了，妈的心思，没白费。"

郑衡并没有好口气："你费的心思，就是打我掐我？就是将我送到十阿哥那里，差点害死我？"

陈氏艰难地点了点头，断断续续地说："孩子，每个人这一生都会患一次天花呀。你说，是在皇宫里患天花，有太医给治着，这样活命的机会大呢？还是在普通百姓家，缺衣少药地活的机会大？更何况，我不让你患天花，你现在能、能……"

郑衡愣在那里，等他醒过神来，陈氏已经断了气。

在后来整理父亲的遗物时，郑衡找到了一本家谱，在家谱的扉页，郑衡爷爷的爷爷，也就是郑家第一位宫廷魔术师，写有一条遗训："宫中之职，只能一子继业，故必慎择之。首选染过天花之人，次选沉稳性怯子孙。性怯则不惹祸，染过天花则不会中途夭折，如此，我郑家可永沐皇恩矣。"

郑衡傻了，这么说，父亲选择他接替宫廷魔术师一职，倒真的是因为他染上过天花。祖上有遗训呢，天花是要人命的病，没患过天花的人，如果接替了宫廷魔术师之职，又在任上患了天花死了，还没来得及将技艺传给下一代，郑家这荣华富贵也就到头了……

那么，陈氏是不是偷看过这条遗训，才会那样对待他？可怜天下父母心啊，陈氏是用她半辈子的辛酸，换来了郑衡一辈子的荣华。郑衡后来一生只娶一妻，那是他记着母亲，他不想让别人重复母亲悲惨的命运。

（题图、插图：黄全昌）

葵爷教子

葵爷爱种葵花，由于腿瘸，他三十八岁才娶上媳妇，次年有了儿子大宝。哪知这孩子不学好，养成了偷盗的习性，十八岁时被抓，判了五年刑。

葵爷心都凉了。葵花成熟时，他赶马车到镇上，挨家挨户送葵花，一家一盘。葵爷说："大宝可能偷了你家的一只鸡、一只羊，原谅他吧，我也有错，太溺爱他了！"大宝入狱五年，葵爷送了整整五年。

大宝出狱后，决定痛改前非，便贷款和父亲办起了小型瓜子厂。

葵花熟了，大宝继续给乡亲们送瓜子，但这次送的不是葵花盘，而是包装好的一大包葵花子。瓜子品牌是大宝起的，叫做"有仁有爱"。

他还说，不管乡亲们能否原谅自己，他都会一直送下去……

（作者：阳光麦子）

好听的名字

那年，有两个知青，将被安置到"金花"和"高山"两个地方。

工作人员让他们选择去向。男的说女的优先，可偏偏女的也大度，要男的先选。工作人员建议抓阄，结果，女的抓到了金花。

没想到，两人到达目的地才发现，地名和地形完全相反：金花无花，高山林立；高山一马平川，花儿飘香。

女的心情失落时，接到男的打来的电话："委屈你了，咱俩换换吧？"这话让女的心中暖烘烘的，说："谢谢你的好意。我爸说，环境越艰苦，越能锻炼人。加上你这句温暖话，我可以安心工作了！"男的心想：你一个女孩子都乐意吃苦，我这男子汉难道还落后不成？之后，两人安心工作，都成了首批回城对象。

有次，女的问："假如当时是你先选，你会怎样选择？"男的说："还用问吗？肯定选高山，让你爬高山，也太不厚道了吧。"女的很感动。

后来两人结了婚，男的叫女的"金花"，女的叫男的"高山"，他们都觉得，这样称呼很亲切、很好听。

（作者：圆　熟）

神 嘴

刘老板开了个饭店，招牌甜品是水果什锦汤。

这天，服务员端汤时，手一抖，汤洒在地上了。一条狗舔了几下后，躺在桌边，直吐白沫。客人们看到这一幕，纷纷围上来，嚷嚷着汤有毒。

刘老板忙端起汤，说："我喝一口试试。"一位客人一把夺过汤碗："我们信不过你，还是另找人试试。"

刘老板说："谁来喝？我给他一百块钱。"说完，站出来个老头儿。刘老板一愣，却见那老头儿端起碗呼啦一大口，品了一会儿，说："我品出来了！你这碗汤是用十种水果做成的，这些水果生长期间被用了农药，残留了不少在果肉里。这些农药是有害的，不过不至于毒死人。"

这时，药检部门的人来了，一查，果真如此。

晚上，刘老板"扑通"一声跪到老头儿面前说："爹，你怎么来了？"老头儿说："你离家这些年，毫无音信，我只好出来找你……"

刘老板还忘不了白天的事，问："爹，你是怎么品出来的？"老头儿脸一红，说："我出来后到处找你，没钱，经常到饭店拾削下来的果皮吃，你那汤，我能品不出来吗？"

刘老板的眼泪"哗"地流下来了。

（作者：鲍宜龙）

真的应验了

早上天还未亮，老婆就把大周摇醒，神秘地说："告诉你个好消息……"大周依然睡眼蒙眬，问："什么事啊？"老婆兴致很高，说："我梦到你生了个男孩儿！"说着笑了。

大周不满地说："做这样一个荒诞的破梦，却打扰了我的好梦！"老婆说："你不一直为转正科操心吗？这生孩子不就预示着……"大周脱口而出："升了？"他顿时睡意全无。

说话间，天亮了。老婆催促大周说："麻溜地，快去做饭。"大周在锅里放好料，端到电磁炉上煮粥，一会儿，手机响了，他一看是副局打来的，赶忙关了电磁炉，专心打起电话来。挂了电话，大周垂头丧气，连连抱怨老婆的梦就是荒诞不可信，升正科的事黄了，这是副局亲口告诉他的。

老婆也很失落，催促大周盛饭。来到桌前，吃了一口，老婆嚷道："还说不准，你尝尝这饭！"

大周也吃了一口，硬硬的，脱口而出："这饭怎么——"老婆接口说道："生了！"她白了大周一眼，"没想到应验了，却是在这饭上！"

（作者：果绍祜）

（本栏插图：陆小弟）

约翰·迪克森·卡尔（1906—1977），美国推理小说家。他一生共设计出五十余种不同类型的密室，有"密室推理之王"的美誉。

一扇不存在的门

□ 韦忠纯 改编

画中女子

布朗先生是一名退休老教授，今年六十多岁了，孤零零一个人住在一个名叫曼切斯特的小区内。

小区里还有一位叫梅森的老人，巧的是，布朗先生的后窗正对着梅森的卧室，以前，他们常常隔着窗户聊天。可是，最近梅森的心脏病犯了，他只能躺在床上，一日三餐和药都由家庭护士送到床边。

梅森再没力气聊天了，但布朗先生还是会习惯性地走到后窗，看看老朋友卧室里的动静。每一次护士拉开窗帘时，布朗先生都能看到对面卧室墙上的一幅油画。

画中有一位身穿宫廷服饰的古代美人，据说，她是法国国王路易十四的情妇，以行巫术和下毒而著名，后来被国王遗弃，下场凄惨。布朗先生曾经问过梅森："为什么要在卧室里挂这么一幅画？"梅森笑着解释："我不喜欢这个女人，但喜欢这套宫廷服饰。"布朗先生很不喜欢这幅画，但每当他走到自家的后窗时，都不得不面对这幅画。

这天晚上，布朗先生踱到后窗前，习惯性地朝梅森的卧室望去，室内灯火通明，可是接下来发生的事儿，让布朗先生惊出一身冷汗：只见那幅油画上的古装美人，竟飘飘然地从画上走了下来，手里还举

着一个托盘。她走到梅森的床边，将托盘放在一旁的小桌上，然后开始给梅森灌药。梅森似乎在抗议，但那个女人不由分说，将药灌进了他的喉咙，梅森瘫软在床上不动了。紧接着，那个女人又举着托盘，飘飘然回到画里，画中突然出现了一扇门，女人消失在门后。这时，屋里的灯忽然灭了，卧室内顿时陷入一片黑暗……

布朗先生揉了揉昏花的老眼，"难道这幅画显灵了？"他喃喃地说，"唉，我一定又犯老糊涂了，最近头疼得特别厉害。还是去睡觉吧，不然不知道还会出现什么幻觉。"

不过，不可思议的是，第二天早上，布朗先生得到消息，他的老邻居梅森前一夜真的死了，死因是被人灌下了过量的镇静剂。

不翼而飞

梅森家只有三口人，梅森、他的侄子和侄媳，这几个月来，一直负责照顾梅森的护士艾玛小姐也住在他家里。案发当晚，他的侄子小梅森和妻子在离家三英里的地方参加一个化装舞会，而护士艾玛小姐则去城里看电影。

布朗先生对警察们说出了他看到的异常现象："画上的女人从画中开了一扇门，然后消失不见了。我知道这听上去很荒唐，但真是我亲眼所见。"他走到窗户边，指着对面墙上的画，说，"你看，那幅画还挂在那里呢。"

案件的负责人是杰克探长，他皱了皱眉头，说："你确定你看到的就是画中的女人吗？"

布朗先生点点头，肯定地说："我看着那画上的女人已经有三年了，不会错的！"

"这么说我就明白了。"杰克探长对在场的警察们说，"昨晚小梅森和夫人参加了一个化装舞会，小梅森夫人的服饰就是依照画中的那位宫廷贵妇置办的。"

一个警察惊呼一声，说道："那您认为是小梅森夫人毒死了老人？"

"根据布朗先生的证词，我们只能得出这个结论，不过我感到奇怪的是，"杰克探长指了指对面的画像，"布朗先生，你确定那个女人是从画中出来、又回到画中？"

布朗先生斩钉截铁地说："对！"

"可是挂那幅画的墙上并没有门。"杰克探长眉头紧蹙着说，"那个女人又是怎样消失的呢？"

所有人都摇摇头，一片沉默。杰克探长从小梅森夫妇的笔录了解到，案发前几天，小梅森夫妇接到了化装舞会的请柬，小梅森夫人对家里那幅宫廷美人的画像印象深刻，就让裁缝店照样赶制了全套行头。当晚，舞会举行到一半时，她忽然接

到了一个陌生人的电话，对方告诉她家中出了大事，让她赶紧回去。小梅森夫人不安地把电话里的事情告诉了丈夫，可正在打桥牌的丈夫牌兴正浓，小梅森夫人无奈，只得独自驾车回了家。等她回到家中，却发现一切正常，原来那个电话只是一个无聊的恶作剧。但这么一来，她已经没兴趣再回舞会，就上床睡觉了。

这听上去，小梅森夫人的确有最重大的嫌疑。

杰克探长又去调查护士艾玛小姐。"梅森卧室有两扇门，一扇通向走廊，一扇通向您的房间，您的房间紧挨着他的。"杰克探长对艾玛小姐说，"平时您的房间一直上锁吗？"

艾玛小姐是个身材苗条的美人，

她正在扫地，今天她不小心将卧室的一面镜子打碎了。她点了点头，说："原先我从不锁门，但是一个星期前，我发现房间里的镇静剂少了一大瓶。我有些担心，因为人服用过量的镇静剂会导致死亡，于是我就把卧室的门都反锁上了。"

杰克探长理解地点点头："您估计会是谁偷了镇静剂？"

艾玛小姐耸耸肩，说："谁都有可能，小梅森夫妇，或者是梅森自己，老人的身体越来越坏，他很可能会产生轻生的念头。"

杰克探长很镇定地说道："可是住在对面的布朗先生说，案发当晚，他看见有个古装女人从画中走下来。您怎么看呢？"

艾玛小姐感到很可笑，她不假思索地说："他一定是看花眼了。我猜测布朗先生看见一个穿古装的女人走进卧室，她打扮得和画中人一模一样，于是他就认定她从画上下来，又回到画中。"

"这个解释听起来似乎合理。"杰克探长若有所思地点点头。

一箭双雕

案子越来越扑朔迷离了，杰克探长从未碰到过这么棘手的案件。

这天早晨，杰克探长醒来，像往常一样洗漱、刮胡子，当看到镜子里自己的影子时，他的脑海里忽

然闪过一丝灵感，如果当时布朗先生看到的只是镜子里的虚像……

杰克探长一拍脑袋，赶紧将所有涉案人员召集到小客厅，说他有重大的事情要宣布。

"布朗先生的证词非常关键。"杰克探长严肃地望着在场的所有人，说，"他看见一个穿古装的女人，从墙壁上一扇不存在的门走进来，又从那扇门走出去。可我们都知道，那面墙上没有门，只有一幅油画。可见，布朗先生当晚看到的，并不是那幅画，否则他就不会产生那个女人从画上走下来的错觉，这说明，案发当晚画被人拿走了。"

杰克探长指了指挂画的地方，继续说："而原先挂画的地方，被放上了其他东西，因此布朗先生才会看到一扇本来不存在的门。那被挂上的东西……"杰克探长拉长了声音，说道，"我猜是一面镜子！布朗先生看见的，其实是镜子倒映出来的门，实际的门则在墙壁的对面，而那扇门通向您的房间，艾玛小姐！"

杰克探长紧紧地盯着艾玛小姐，艾玛小姐的脸色变得煞白。

"那面镜子已经被您打碎了，如果我没猜错，艾玛小姐，一定是您说服小梅森夫人定制了画上的服装，是吧？"杰克探长冷冷地说道，"而且您也照样定制了一套，我已经到裁缝店了解过了。案发当夜，您假装去看电影，中途却从电影院里溜出来，从侧门溜进卧室。您知道布朗先生常常站在后窗向这边观望，于是您换上衣服，扮成小梅森夫人，邻居布朗先生就成了目击证人。"

听完杰克探长的话，小梅森立刻脸色大变，嚷道："原来凶手是你，我们家一向对你不薄……"

杰克探长看了看小梅森，脸上却露出鄙夷的笑容，说："我没说错的话，陷害您妻子的，您也有份吧？舞会上的电话是您打的吧？我们查过电话记录，已经证实了，那个电话就是从举行舞会的住宅里打出来的，当时您曾经离开过牌桌。"

说着，杰克探长将一份文件"啪"地扔在桌上，正色道："这是一份最重要的证据，小梅森，您犯下了重婚罪，您在国外和这位美丽的艾玛小姐结过婚，您有把柄捏在艾玛小姐手中，于是她逼迫您杀死自己的叔叔，并且嫁祸给您夫人，这简直是一箭双雕之计！"

最后，杰克探长目光炯炯地说："你们故弄玄虚，以为警察不会深究一位老人颠三倒四的证词，你们只想把所有疑点引向小梅森夫人，但是，我从来不会轻视老人的观察力，一扇不存在的门恰恰暴露了事情的真相。"

（题图、插图：佐　夫）

铜人恋

□ 吴治江

郑立今年二十八岁，他从小立志当演员，十多岁就离开穷山沟外出"追梦"，追到现在一事无成。如今，他总算干着一样与演员沾点边的职业——扮铜人。

在一个著名旅游景区，郑立和表弟满脸铜彩一身铜色，穿长衫戴墨镜，一人握扇一人怀抱算盘，扮成清朝的公子哥儿和账房先生，一动不动地立在景区最热闹的"顺意街"街口，吸引游人合影，收费十元、十五元不等。兄弟二人观景挣钱两不误，挺知足的。

可这天，他们突然发现，不远处来了一位竞争对手。有一个铜人跟他们差不多的打扮，旁边放个纸板，写着"合影一次8元"。铜人这

行一般不标价，有人甚至先不告诉游人要收费，待合影完了再收费甚至收高价。而这位一来就明码标价，离他们又这么近，看来是来抢生意的。

果然，这人生意很好。表弟小声说："哥，我过去把他赶走。"郑立说："要是他不走，争执起来引来管理员，我们都要被赶走。别急，我有办法收拾他。"

第二天，两人提前下班回到租住的小屋，卸了妆，各自戴上一红一黄两头假发。随后，他们跟踪着那个铜人，到了一条僻静的巷子里，两人一前一后堵住了那人。

那人一脸紧张之色，还没来得及开口，就听郑立说："给你按摩按

摩。"郑立兄弟俩上前劈头盖脸就是一顿打，打得那人抱头求饶。表弟抓住那人领口，恶狠狠地说："滚出顺意街，明天再看到你，还打！"郑立一掌推向那人胸口，说："快滚！"

那人低着头跑开了，郑立却呆呆地立在那儿。表弟说："痛快！哥，走，今天好好吃一顿。"郑立却一声不吭。表弟问："怎么了？"郑立说："我感觉、感觉那人是个女的。"

表弟大惊："女的？哪有女人干这行的？"郑立说："是女的！女人干这行，一定有苦衷。"郑立虽没能演戏，可他喜欢看电影和小说，他感觉那铜人一定"有戏"。

第二天，果然不见了昨天那铜人，可郑立心猿意马，始终想着这事。中午时分，他叫表弟坚守阵地，自己提前下班。

郑立恢复了平常打扮，四处寻找，果然在另一个不太热闹的小广场上，他又看到了昨天那铜人。他在一旁悄悄观察，确认那铜人果真是个女人！郑立十分后悔昨天的事，因为他父亲常打母亲，他从小就发誓：这辈子决不打女人！

郑立来到女铜人面前，直直地盯着她。女铜人认出了他，吓得拔腿就要走。郑立小声说："昨天的事真对不起，我请你吃饭，向你道歉。"

女铜人连声拒绝："不，不！"郑立说："你知道我们为什么打你

吗？我们兄弟俩也是铜人，怕你抢生意，昨天我不知道你是女人，我从不欺负女人，我要向你道歉。"女铜人思虑片刻，说："那行，可我就这身打扮去，否则我不去。"

"好。"郑立立即打电话给表弟，说六点在"好味酒楼"吃饭，他叫表弟别卸妆，就铜人打扮去。

郑立守着女铜人到下班，两人一起来到酒楼。表弟把郑立拉到一旁，小声问："你是不是看上她了？"郑立说："昨天那一掌，让我怎么也放不下她。"

吃饭间，郑立掏出身份证给女铜人看，说他们不是坏人，大家都是同行，他只是奇怪，她一个女人怎么干上了这行？女铜人慢慢不再戒备，讲起一段伤心的往事来。

原来，女铜人的名字叫林叶，二十七岁，家住云南山区。五年前，她家里来了一位旅行背包客，租了她家一间房一个月。就在这一个月里，她爱上了比自己大十岁的背包客，背包客也很喜欢她，说要跟她结婚。可不久，一个女人找上门来，竟然是背包客的老婆，她是大老板的女儿，和背包客结婚已两年，背包客是受不了老婆的大小姐脾气才躲出来的。背包客被老婆捉回去了，临走时，他悄悄告诉林叶，等着他，他离了婚就回来找她。可一个多月

后，林叶发现自己怀孕了，父母强迫她打掉孩子后，她就离家出走找背包客，到他说的地方找不到他，电话也联系不上。她知道那个背包客是为旅行社搞旅游策划的，常到很多大景区，又看到景区扮铜人收入还行，便在各景区扮铜人，边谋生边寻找背包客。她一定要找到背包客，亲口问他还爱不爱她。几年间，她待过几十个大景区，可一直没找到。

听完她的诉说，郑立一拍桌子："你把他的照片给我们，我们帮你找，要是找到这骗子，揍死他！"林叶连声说"谢谢"，给了他们两张照片。

这之后，他们成了朋友，可奇怪的是，每次和林叶见面时，她都是铜人打扮。郑立说："你就不能让我们见见你的真面目吗？"林叶总是调皮地说："我无脸见人。"

郑立喜欢上了林叶，可他毫无恋爱经验，不敢对她说。

天下说小不小，说大也不大。不久后的一天，郑立还真看到了那个背包客，他和一男一女说着笑走过来。当他们走近时，原本呆若雕塑的郑立不声不响地一伸手，把三人吓了一跳。那女的惊叫之后，笑着搂着郑立合影，郑立趁这机会确认了那人就是背包客。他们刚走开，郑立马上打电话给林叶，同时悄悄地在后面跟着背包客。

在郑立的电话指挥下，林叶在一条巷子里堵住了背包客。背包客惊诧地说："铜人让开！我不想跟你合影。"

林叶说："你到底爱不爱我？"背包客一下惊呆了，看着林叶泪流满面，他终于认出了她，忙支开同伴，拉着林叶进了一家茶馆。郑立也跟了进去，坐在角落里。

背包客听了林叶的诉说后，无奈地说："那婚我离不掉，我对不起你！"他掏出一张卡放在桌上，"这里面有十万，我知道这赎不清我的罪过，可——"林叶说："我不要你的钱，只要你一句话，你还爱不爱

我？"背包客犹豫了半天，憋出一句话："对不起，我、我没法爱我还是要离开你。"

郑立不解地问："为什么？"林叶说："你马上就知道了。"她打开灯，郑立一下呆了。林叶露出了她的真面目，她左脸下半部分至脖颈处有一大块疤痕，如果不是这疤痕，她完全是个美女。

"好，我明白了，你走吧！"林叶指着门口坚决地说。背包客犹豫了一下，起身要走。林叶把卡扔到他怀里，大声说："把钱取掉，多存点良心进去。"背包客走了。

林叶独自坐了好久，才来到郑立身旁说："谢谢郑哥，我明天要走了，祝你们生意兴隆。"郑立鼓起勇气说："忘了那个骗子吧，你这段时间应该看出我的心思了，我、我喜欢你，你就别走了，啊？"林叶说："我知道你的心思，可我真的无脸见人，我配不上你。"

"吓到了吧？还有呢。"林叶说着，背过身去，褪下衬衣，只见她背部一半也全是疤痕。她穿好衣服，说："现在你还喜欢我吗？"

郑立好说歹说，林叶还是要走。他只得说："那好，你一定要走，我为你饯行，今晚六点在'好味酒楼'，不见不散。但有一点，你必须卸掉这身铜人妆，我们既然是朋友，就该坦诚相见。"林叶默默地点了点头。

郑立愣愣地说："能告诉我是怎么回事吗？"林叶这才告诉他，原来她把自己的故事截了一段，当年，父母逼她打掉孩子后，她真不想活了，趁父母不在家，她把一瓶酒浇在身上，点火自焚，幸亏被邻居发现救下她一条命，可身上却留下了这些疤痕。之后她离家出走，由于她的相貌，工作不好找，后来她发现扮铜人既能挣钱又能盖住疤痕，还能趁机找背包客，就干上了这行。

郑立和表弟在酒楼等林叶，六点过了她还没来。直到七点，林叶打来电话，让郑立一个人去她住处接她。表弟说："有戏，哥你快去。"

郑立怀着忐忑的心情敲响了林叶的门，门开了一条缝，他进去，屋内没开灯，黑黑的。突然，门关上了，他被人从身后一下抱住，那是林叶。林叶说："我知道背包客不会再爱我，我找他，是为了解开心中的结。我还知道你喜欢我，我也喜欢你，可是，

林叶讲完，直直地盯着郑立："我再问你一遍，你现在还喜欢我吗？"

郑立坚定地说："喜欢！不，是爱，我爱你！"

不久以后，在景区热闹处，出现了一对男女铜人，男的是"贝勒爷"，女的是"格格"，旁边牌子上写着："真心铜人；铁面柔情。合影每人每次8元。"

（题图、插图：陆小弟）

拔牙

□ 张维超

温华是华鼎集团的总经理，他有一颗牙坏了好长时间，疼痛难忍。这天一早，他就被牙疼折磨醒了，可他没去医院，而是径直去了集团。他有一件重要的事情，要向董事长汇报。

董事长正是温华的父亲，多年来重病缠身，好多次都想把集团交给温华打理，但都有些放心不下。

温华把几份材料摆在父亲面前，说技术中心经理叶之利已经"叛变"，接连三次泄露集团的核心机密，这几份材料就是铁证。

父亲问温华，想怎样处理这件事。温华说："技术中心是集团的心脏，而叶之利就是一颗钉子，钉在了心脏上。怎么做？赶紧拔掉啊！"

父亲一脸期待地看着温华，问："怎么拔？"温华不耐烦地说："开会，拿出证据，直接让他滚蛋！"

父亲很失望，摇了摇头，说："这件事你别插手了，我来处理。"

十多天过去了，父亲并没有采取任何措施，可恨的是，就在这几天里，叶之利又一次泄露了核心技术！温华决定，自己寻机出马！

没过多久，父亲去外地参加一个会议，他前脚刚走，温华后脚就开始行动了。没错，他要趁机把叶之利给开除了，来个先斩后奏。

进了电梯，温华的牙又来捣乱，疼得他龇牙咧嘴的，他忙从口袋里取出药瓶，拿出止疼片，一口吞了。一出电梯，温华碰到了父亲的秘书

小刘，就吩咐道："快，召集技术中心的员工开会，紧急会议，要快！"

刘秘书问："是跟叶之利有关吗？"温华生气地说："问啥问？照办就是了，快！"

刘秘书并没有离开，而是说："温总，董事长临走前吩咐过我，如果你给技术中心的人员开会，必须阻止你；董事长还说，希望你不要忘了他的吩咐。"

温华冷笑一声，说道："你凭什么阻止我？"说罢，他直奔技术中心。

技术中心的人都在忙碌着，温华咳嗽了一声，招呼大家去开会。可刘秘书又跟来了，说："温总，这个会你不能开，董事长一会儿就到。"温华看了刘秘书一眼，心想：你唬谁呢？董事长这会儿应该在飞机上了。这么想着，他一下把刘秘书拨到一边："让开！"

会议室里，该到的都到了。温华把手里的材料一摔，说："大家看看这几份材料。"材料一传阅，好多人的心顿时提到了嗓子眼。温华咳嗽了一声，说："大家都明白了？那好，让叶经理说说吧。"叶之利脸色灰白，低着头一言不发。

温华拍了一下桌子，说："既然你不说，那我直说了，你是叛徒——"

"谁是叛徒？"门开了，董事长推门而进，他看了看摆在桌上的材料，说，"这样的材料我收到过好几

次了，但我绝对不信！想当初，这个集团就是我和叶经理一手创立的。我已调查清楚，这些材料是一个公司的离间计。"

温华疑惑地看着父亲，心里一急，牙疼开始了，疼痛像一根钢针直入骨髓，他慌忙去口袋里拿药……等温华吃了药，面部表情恢复如初时，会议室里仅剩他一人了。温华叹了口气，算了，先去把牙治好吧。

去医院的路上，温华接到了父亲的电话，父亲说："你不是一直想接手集团吗？那好，这件事就是一道考题，如果你能取得满分，我就让你接班，但是，你的每一步行动，都必须经过我的同意。"温华满口答应了。

来到医院，温华对大夫说："拔牙要多久？我还有事呢！"

大夫给他检查了一下，说："你的牙不能拔，我给你开些药，拿回去……""为什么不能拔？"温华插话道，"我很忙，根本没时间一趟趟地跑。"

大夫说："你牙周发炎，现在拔，可能会把命搭上。"说着，他把开好的处方递给温华，"交钱拿药去吧。"

温华去拿药，要排队，望了望前面，长着呢，他就寻思起大夫刚才说的话：不就拔个牙吗？能把命搭上？看来拔牙也是有讲究的……琢磨来琢磨去，温华突然想起了什

么。

回到集团，温华叫来几个亲信，给他们一一布置了任务。

几天后，温华和父亲商量："我想把技术中心的高小飞调到分公司去工作。"父亲没问为什么，同意了。

又过了几天，根据集团计划，要安排技术中心的一个人去深造，派谁呢？温华早有计划，对父亲说："您看刘远合适吗？"父亲又点头应允了，只是说："刘远去深造，要与集团签合同的，合同准备好了吗？"温华拿出合同让父亲过目，父亲看完，很是满意。

与此同时，集团新推出的一个产品市场反应不错，销售额连攀新高，温华就提出对技术中心的人加工资。父亲听后笑了，说："你这几步棋走得都不错，怎么想到的？"温华张大嘴，说："拔牙，大夫告诉我的。"父亲有些纳闷："大夫？"

温华点点头，说："那天我去拔牙，大夫说，我的牙周有炎症，如果盲目拔掉，会有生命危险，必须消炎止肿后才能拔掉。而叶之利呢，就是这颗坏牙，如果一下子拔掉，他会带走很多技术骨干，这样集团很危险。于是我对他身边的人作了调查，发现技术骨干高小飞并不愿和他沆瀣一气，我便把高小飞调到分公司，委以重任；而刘远呢，虽说是叶之利的死党，但我把他派去

深造，有了合同的约束，他办事就要小心多了；接着，我提高技术人员工资，笼络人心。此时，叶之利就孤立无援了，就像我这颗已经消炎的坏牙，可以拔掉了。"

几天后，叶之利接到法院传票，是温华起诉他泄露华鼎集团核心机密的。等待叶之利的，恐怕是牢狱之灾。

有了这个成绩，温华对父亲说："这下您该履行诺言了吧？"父亲摇了摇头，说："这道题你没得满分呀！就像你的牙，拔掉了，你就不考虑再镶一颗吗？"说着，父亲递给温华一份资料。温华看后才知道，父亲组织技术中心的人，于近期秘密研发出了一个新型产品。

父亲说："这就是我送给你的新牙。叶之利不干了，却掌握着集团大部分核心技术。如果他在打官司的同时，把这些技术泄露出去，我们如何应对？我们要打出新的拳头产品，才能万无一失。"

听了父亲的话，温华知道，自己要想坐上董事长这把交椅，需要学习的还很多。

（题图：张恩卫）

□ 吴迟

末位一定淘汰吗

小年夜，美甲会所的美甲师姚莉兴冲冲地赶到酒店，参加单位的年会。一进大厅，她就看见一群同事围着财务张姐签字领红包。

姚莉签完字接过红包，凭手感，信封里厚厚一沓，顿时心跳加快。自己一年来的工作业绩并不理想，怎么能拿到这么大一个红包？姚莉有点奇怪。

年会很热闹，酒至半酣，服务员上了一道鸡汤。这时，有个同事说："今天是小年，我在《故事会》上看到过一个故事，老板给我们上这道鸡汤，可是有名堂的。"

大家一时来了兴趣，停下筷子听她说："旧时徽商有个习俗，老板爱在小年请伙计学徒们吃顿饭，叫散伙饭，吃完后大家都收拾收拾回家过年。散伙饭必有的一道菜，就是一只鸡，这道菜上得有讲究，鸡头对着谁，那人就心里有数，过了年就不用再回铺子了。"

听到这里，众人的目光齐齐朝鸡头的方向看去，姚莉这才发现，鸡头正对着自己，她突然想起了红包的事情。

姚莉借口上洗手间，躲进厕所里拆开了红包，发现红包里夹着一张纸，赫然印着"解除劳动合同通知书"。通知书清楚写明，由于她在单位年度绩效考核中居于末位，根据末位淘汰制这一规章制度，单位决定与她解除劳动合同。再数数钞票，正好多出来一个月的工资。天

哪,多出来的竟然是"遣散费"!

姚莉心里不服,大家的业绩就张贴在会所大堂里,她之前看过,倒数第一的并不是自己,而是今年刚来的新人小冯。怎么现在自己反被淘汰了呢?

姚莉回到酒桌,正好经理来敬酒,姚莉忍不住说:"感谢经理一年的关照,我呢,提个小小的建议,以后考核评价的过程是不是要更公开透明啊,为什么倒数第一,也要让人心服口服才行。"

众人面面相觑,经理愣了一下,呵呵一笑:"建议很好,一定考虑,一定考虑。"说着,他转身离开了。

姚莉还想追上去理论,发现有人在后面轻轻拉了她一下,扭头看,正是小冯。小冯红着脸,说:"姚姐,考核结果没有错,本来我是倒数第一,但……我在最后一刻自己出钱给自己办了一张贵宾卡……"

姚莉呆住了,小冯在关键时刻自己给自己办了张贵宾卡,由倒数第一晋升为倒数第二,终于低空飞过,安全过关。姚莉一时说不出话来,愣了片刻,拎着包走出了酒店。

回家后,姚莉越想越委屈,忍不住打电话向表姐诉苦:"职场如战场啊,小冯平时多老实一孩子啊,竟也会出阴招,明明工作能力最差的人不是我嘛……"

表姐冷静地说:"小冯也不过是为了保住工作而已,刻薄的是你们老板。用人单位单方面解除劳动合同的情形是法定的,每一次考核都必然有人倒数第一,末位就走人?法律上恐怕说不通。"

一句话提醒了姚莉,在表姐的支持下,姚莉提出劳动仲裁,最后仲裁委裁决,由美甲会所支付违法解除姚莉劳动合同的全部赔偿金。

律师点评:

《末位一定淘汰吗》故事主要涉及一个法律问题,即用人单位实施"末位淘汰制度"如何才能合法有效。根据法律规定,劳动者严重违反劳动纪律或者不能胜任工作的,用人单位可以解除合同。然而,关键是"末位"既不一定是违反劳动纪律也不一定是不能胜任工作,且就算不能胜任工作,也应首先考虑是否通过换岗、培训等形式予以调节以达到能够胜任的条件。

所以,就本故事中反映的美甲会所对姚莉以"末位淘汰制"为由解除劳动合同,即便属于规章制度范围之内,假如没有经过培训或调整工作岗位,仍不能胜任工作,并提前30天书面通知或者额外支付一个月的工资这一系列合法程序,其解除仍然与法不符。

(题图:丁德武)

善，会永世长存；而再强大的恶，也往往是昙花一现的，总有一天，会和作恶的人一同灭亡……

怕你一万年

□ 老三

这一天，夜深了，苍鹰镇西头的"康家佳肴"餐馆正要打烊，突然来了一位客人。这客人三十多岁，身材瘦削，背着个鼓鼓囊囊的牛皮褡裢，里面的东西"叮当"作响，听上去像是金银之物，店老板康荣和老婆伍慧洁忙起身迎客。

几年前，康荣带着老婆来到苍鹰镇，开起这家餐馆，生意一直不好，勉强度日罢了。上个月，儿子康健呱呱落地，日子就更难过了。今天忽然有贵客光临，他们俩真有点喜出望外。

很快，伍慧洁为客人端上几样精致的菜肴，还有一大壶烫过的高粱酒。客人拿起筷子，说："这么晚了不会再有人来，把门闩上吧！"

伍慧洁答应一声，闩上了门。

康荣坐在旁边，随口聊着："老哥这是在哪里发财呀？"

客人没回答，用鹰隼般锐利的目光打量着餐馆内的陈设，眼光不停地在伍慧洁窈窕的腰身上瞟着。

康荣和伍慧洁浑身泛起一股寒意。这时，客人开口了，说："这个镇子不错，我打算在此定居下来。"

康荣赔着笑脸道："此地风土人情，的确有超过别地之处。"

客人继续说道："你这个饭店不

错,我准备在此长期住下来了。"

伍慧洁赶紧说道:"小店本小利薄,请不起您这样的大人物……"

客人不为所动,只管说他的:"你这个店老板不错,老婆也不错,我想取你而代之。"

康荣哆嗦着问:"你……什么意思?"没容他说下去,客人霍地站起身,用一双青筋暴凸的大手,掐住了康荣的喉咙……

次日上午,阳光明媚,苍鹰镇上人来车往,非常热闹。客人和伍慧洁一起,来到"老余面坊"。"康家佳肴"所售的水饺、面条,都是从这里进的货。

"老余面坊"的余老板是个老头,爱说爱笑。他跟伍慧洁打起了招呼:"怎么今天你来提货?你老公呢?"他看了眼客人,又问,"这位是……"

伍慧洁神色淡漠地说道:"他就是我老公。"

"开什么玩笑?他要是康荣,我就是根胡萝卜!"余老板说着,放声大笑,他又把脸转向了周围几个闲客,"你们说好笑不好笑?这娘们儿说他就是康荣!如今世道确实乱了,娘们儿开始乱认老公了。"一帮人大笑起来。

待他们笑够了,客人冷冷地说:"我就是康荣,你最好相信我!"他身上的杀气镇住了众人,现场一时鸦雀无声。

片刻之后,余老板豪爽和正直的天性战胜了恐惧,他朗声说道:"还是那句话——你要是康荣,我就是根胡萝卜!"说着,他掉头进了屋。

客人盯着余老板的背影,一字一顿地说:"你会后悔的!"

第二天的清晨,有人发现"老余面坊"门户大开,全家老小一十三口,全被杀死在睡梦中。余老板死得格外怪:他的口腔中,插着一根极粗极长的胡萝卜,一直捅进了他的咽喉深处!

从此以后,镇上的人一见那位客人,离得老远就点头哈腰地招呼:

"康老板，您好，您好！"

要说这个"康荣"还真能干，他用几年工夫，将"康家佳肴"餐馆扩建成了集餐饮住宿于一体的大型客栈，生意兴隆。

这时候，伍慧洁又生下个儿子。"康荣"心花怒放，专门雇了个干净利落的奶妈，帮助带娃娃。

满月酒后的第三天中午，奶妈抱着娃娃在院里晒太阳，忽然，她尿急，想去茅房，伍慧洁正走来，奶妈就把娃娃交给她，自己跑去茅房。片刻后奶妈回来，见伍慧洁躺在屋里午休，却不见了娃娃，赶紧问道："老板娘，娃娃呢？"

伍慧洁翻身坐起，惊讶地说："不是你在看吗，怎么来问我？"

"我刚才尿急要去茅房，不是交给您了吗？"

伍慧洁着急地说："我一直在睡觉，难道是我梦游了不成？"

奶妈吓坏了，她和伍慧洁赶快到处找。一会儿工夫，找到了，娃娃就在院中水井里，早已经淹死了。

"康荣"闻此消息，一口气没上来，昏厥了过去……一天一夜后，"康荣"才苏醒过来，放声大哭："我过去杀人越货太多，这是报应啊！"

伍慧洁坐在床边垂泪，一旁是康健。康健，就是那个真正的康荣的儿子，他原本在炕角玩，见"康荣"醒了，他走过去，擦拭着"康荣"眼角的泪水，懂事地说："爹，弟弟没有了，你别担心，等你老了，我养你，我孝顺你！"

"康荣"止住哭，摸了摸康健的头，含泪笑道："宝贝真乖，到外面玩去吧。"丫环进来，抱走了康健。

"康荣"对伍慧洁说："这孩子太聪明了，必须杀了他！"

伍慧洁大惊："你说什么？"

"康荣"说："我会老，他会长大。总有一天，你会把真相告诉他。那时，他能不替自己亲生父亲报仇吗？"

伍慧洁"扑通"跪倒，苦苦哀求。半天，"康荣"说："要保你儿子的命，只有一个办法……你懂的！"

伍慧洁慢慢爬起来，走到里屋，将一根绳子，挂到了房梁上……

伍慧洁"因为过于悲痛而投缳"，这个说辞很好，镇上似乎没人生疑。从那以后，"康荣"将康健时时刻刻带在身边，教他武功，教他算账，小小年纪就让他熟悉客栈的生意。康健从十六岁起，就挑起了大梁，取代父亲成为了老板。

"康荣"之所以老早就"退居二线"，是因为他的身体状况急转直下，需要安心静养。康健非常孝顺，专门在镇子的后山坡上，盖起个独门独户的宅院。按父亲的要求，围墙就有三丈多高，又花重金购买了两条豹子般凶狠的猎犬，放在院子里看家护院。

"康荣"愈来愈敏感多疑，除去这个儿子外，他不相信任何人，因此他一个伺候的人也不要，一天三顿都要康健亲自去送饭他才吃。

又过去几年，当康健长成二十岁的大小伙子时，"康荣"的身体彻底垮了，瘫痪在床。这一天，康健给父亲送饭回来，想到父亲可能不久于人世，他不由悲从中来，边走边痛哭起来。

就在这时，有个人走了过来，是镇上的卜员外。他见到康健痛哭，忙上前询问怎么回事。康健说了"康荣"的事，卜员外大吃一惊，说："这些年来，你父亲为繁荣咱们镇上的生意，居功至伟。如今，他瘫痪了，我得代表乡亲们去探望一下。"

康健挺为难："您知道我父亲的脾气……尤其生病这些年，更加古怪，他再三叮嘱我，谁都不见。"但康健架不住卜员外的恳求，还是带他去了。

见儿子带了个人进来，"康荣"勃然大怒，躺在被褥里，吼叫着："我怎么跟你交代的？为什么带生人来？"

"不是生人，是……"康健想辩解，父亲已气得咳嗽连连，上气不接下气了，卜员外忙悄悄退了出去。

康健安顿好父亲，回到家，夜已经深了，却见卜员外及一位老妇在客厅等候着。康健心中有点不快，问："时候不早了，你们还有什么事吗？"

卜员外指着那位老妇，问："你还认识她吗？她就是你死去弟弟的奶妈。"

康健瞪着老妇，怒冲冲地道："都是你不留神，让我弟弟掉到井里淹死了，我母亲这才上的吊……事后你背井离乡躲了出去，不然我父亲一定会杀了你！"

老妇语惊四座："你弟弟是你母亲亲自扔井里的，开始我不晓得为什么这样，后来才弄清楚。"

康健一听对方胡说八道，正要大发雷霆，卜员外说话了："没错。你母亲淹死你弟弟，是为了保住你。如果你弟弟活着，你这个冒牌父亲一定会杀死你，而且你的亲爹，也是被你孝顺着的瘫子杀害的！"随后，卜员外将来龙去脉细说了一遍。

康健犹如五雷轰顶，但他仍难以置信，说："可是……我还是不敢相信你讲的是真的！"

"那么，你跟我们出来看看。"卜员外拉起康健，三人来到院外，只见院子外面，排起一条长长的队伍，从院门口一直排出老远，一眼都望不到头。

卜员外激动地说："我今天执意要去你'父亲'的住处，就是想看看他的身体怎么样了。听说那个混

蛋瘫痪了，要完了，大伙都不怕了。镇上能动弹的几乎都出来了，要一个一个地向你说明真相，直到你相信为止。"

一个白发苍苍的老大娘喊着："孩子，为你爹娘报仇啊！"

又一个人呐喊着："还有'余家面坊'的一十三口，死得那个惨啊！"

"这么多年，因为怕那个混蛋，这么明明白白的真相，没一个人敢讲出来，大伙心里都堵得要死要活的啊！"

人们吵着叫着，不少人"呜呜"地痛哭起来。

爱有多深，恨就有多切，康健的面孔渐渐铁青起来，他一言不发，在镇上男女老少的簇拥下，朝山坡上那幢高墙深宅大步走去。

一会儿，康健打开了大锁，一

脚将大铁门踹开，斥退了两条恶犬，阔步迈进大厅，点起灯火，一声大喝，吼醒了睡梦中的"康荣"。

睡眼惺忪的"康荣"正要发怒，一瞧满屋子义愤填膺的民众，他愣了。半晌，他什么也没说，耷拉下了脑袋。

康健冷冷地说道："你怎么这么蠢？他们就算怕你一万年，还有第一万零一年！"

等众人退出后，康健锁好了大铁门，吩咐家丁将宅院包围起来，不许任何人出入。

第一天，能听见宅院里，狗在叫，"康荣"在骂；第二天，狗叫得更大声了，"康荣"基本没动静了；第三天，狗不叫了，人也没声了，仿佛是幢空宅……

直到第五天的黄昏时分，狗的狂叫声和"康荣"的惨叫声骤然响起，夹杂着扑咬声、斥骂声，状况之惨烈，令人惨不忍闻。

一会儿，惨叫声停止，狗也不吠了。康健打开大铁门，缓缓走进大厅，望着正被两条饿疯了的恶犬撕咬吞吃的"康荣"，久久无语……

（题图、插图：谢 颖）

王府的秘密

□ 铁甲铜牛

飞鸽传信

朱元璋死后，年幼的朱允炆继位成为建文帝。没多久，其叔朱棣密谋造反。

为防走漏消息，朱棣将燕王府分为内外两层，内层是家眷、内侍，外层为仆役、侍卫等，内外之间不得随意联系交谈；同时，派出猎犬日夜巡逻。

燕王府中，徐妃最得宠，她文武双全，深得朱棣信任。这天，徐妃忽然发现，王府上空有一只白鸽在不断盘旋，她眉头一皱，说："大王，快命人把白鸽射下来！"

白鸽很快被乱箭射杀。徐妃亲自检查，发现鸽翅下藏着个小布袋。徐妃说："王府中肯定出了内奸，想借白鸽把情报送出去。"可伸手一掏，布袋却是空的，她大惊失色，说："情报可能是掉出来了，赶紧搜查！"

朱棣马上派出全部猎犬前去搜查。他深恨奸细，亲手把白鸽劈成两半，扔到院里喂狗。一只白色巨犬抢上前来，两口就吞了下去。

这只巨犬叫做雪獒，产自西域，嗅觉十分灵敏，深得朱棣喜爱，它的驯犬师也被封作犬队领队。

领队把布袋放在雪獒鼻尖，雪獒嗅嗅，猛地蹿了出去。很快，雪獒就跑了回来，可它竟然叼了只白兔回来！领队忙跪下解释道："狗天性爱追兔子，所以……"

朱棣大怒，赏了领队两记耳光，扭头走了。

一个月后，建文帝大婚，召各路藩王进京贺喜，朱棣也在其中。不料朱棣一到京城，就遭到软禁，看

来奸细还是把情报送到了建文帝手里。为了活命，朱棣装疯卖傻，浑身涂满屎尿，终被放了出来。

朱棣回去后，全力调查奸细，可始终一无所获。

查出内奸

后来，朱棣起兵造反，结果大败，只得出城去搬救兵。临走前，他再三跟徐妃交代，千万不能把自己不在城内的消息泄露出去。

朱棣走后第三天，王府后院又飞出一只白鸽。有了上次的经验，侍卫长急忙把它射了下来，果然又在鸽翅下发现了一个空布袋。

徐妃十分恼怒，她下令按照上次的方法处理。这次雪獒总算争气，很快咬住了一个人，竟然是侍卫长！徐妃命人把他关进死牢。

不几天，建文帝大军忽然赶到，很明显，情报又传出去了！好在朱棣手下强将不少，拼死抵抗，城总算保住了。两次泄密都险些要了朱棣的命，他暴怒不已，立刻杀了侍卫长。

事后不久，朱棣到王府的外府查访，遇到雪獒在训练。只见犬队领队放出活鸡，雪獒几个箭步追上去，一口就吞进嘴里，撒着欢儿跑回来。领队扔给它一块又肥又嫩的牛肉，这时怪事来了，雪獒大嘴一张，把刚吞下去的鸡吐了出来，大口吃

起牛肉来！

朱棣觉得有趣，便笑着询问。领队解释说："大王经常带雪獒去狩猎，为了不让它吃错东西生病，我就训练它捉到猎物后，只吞进嘴巴，而不是咽到肚子里，最后把猎物叼回来换牛肉。"

朱棣脑中一亮，大喝一声："来人，把他抓起来！"

朱棣把领队抓进大牢，同时派人到他家里搜查，果然搜出跟建文帝来往的密信。朱棣得意地说："当日雪獒叼回白兔，我便对你起了疑心。那布袋中其实并无情报，只是为了掩人耳目，真正的情报在白鸽体内，被雪獒吞下后又吐出，被你得到，是不是？"

领队只好招供，他就是内奸。他还用重金收买了王府的首席名厨，名厨擅长雕菜，能在一颗米粒上刻出几十个字。因为名厨在内府，领队在外府，名厨就偷偷将"燕王谋反"四个字刻在一粒豌豆上，喂给白鸽吃，再将白鸽放飞。果然，朱棣把鸽子剁成两半喂狗，情报就到了领队手中。为了转移注意力，他设计误导雪獒，第一次让它叼回白兔，第二次则咬住了侍卫长。

寻师问道

泄密案终于水落石出，朱棣下令把犬队领队和名厨的头砍下来挂

在城头，来个杀鸡给猴看。可没想到，第二天一早，两颗脑袋不见了，只留下几根鸽毛！

民间很快就有了传言，说这二人是鸽仙转世，要不怎么两只鸽子藏在王府，这么多年都发现不了？现在二人又化作白鸽，升天去了，将来定会回来复仇。朱棣为这传言焦躁不安，睡不好觉。

徐妃建议他说："城东清风观有位大师，替人消灾除难十分灵验，我们去看看吧！"朱棣答应了。

第二天，他们悄悄来到了清风观。大师听完他们的来意，淡淡一笑，说道："万物皆由心生。一切虚妄，信之则有，不信则无。"说完，大师示意小童送上清茗，请朱棣品尝。

朱棣这次轻车简从，并没带试毒小太监，按理说是不敢随意吃喝的，可大师一番美意，不喝岂不失礼？他有些犹豫不定。

聪明的徐妃见了，悄悄拔下发簪，假装一不小心掉进茶杯里。小童想去换一杯茶，朱棣挥挥手拒绝了，他知道，徐妃这支发簪是用纯银打造的——也可以用来试毒。发簪并没有变色，朱棣放下心来。

这时，大师又道："得民心者得天下。只要大王善待百姓，区区传言，算得了什么？"

朱棣点头称是："我从小跟随父皇四处奔波，深知老百姓的疾苦，

我这次起兵，并不是贪恋权位。我这个侄儿朱允炆，一出生就在深宫里，只知道宠信太监，误国误民。为了百姓，我只好背上谋反的罪名。"徐妃听着，心底一颤。

大师欣慰地点点头，说道："当地百姓称赞大王爱民如子，是万民之福。实不相瞒，我夜观星象，看出大王才是天下之主。希望你坐上龙椅之后，不要忘记今天所说的话。"

朱棣郑重说道："我向天起誓，若不能善待百姓，就不得好死！"说罢，他端起茶杯要饮下……

这时，站在旁边的徐妃一个趔趄，失手打翻了朱棣的茶杯。朱棣连忙关切地扶起她，原来徐妃站立过久，身体疲倦，于是二人打道回府。

三士护主

经过苦战，朱棣最终攻克京城，建文帝也在皇宫大火中失踪，朱棣的手下只找到一具焦尸。经宫中太监辨认，尸体体型与建文帝相近，嘴里缺少两颗牙齿的特征也吻合，可以断定就是他的尸体。

大火扑灭之后，朱棣在上书房发现了一道密旨，上面写着"三士护主"。原来，朱元璋对朱棣早有戒心，预先留下三着暗棋。朱棣想起内奸并未完全出现，深感恐惧，派出大量密探查找，却始终一无所获。

转眼又是一年，徐妃病危。朱

棣前去探望，亲自给她喂药。徐妃已是气息微弱，她叫侍女退下，单独留朱棣在屋里，艰难地从怀中抽出一封书信，递给他。

朱棣一看，脸色大变："是你！"

徐妃正是三着暗棋之一。她的父亲与朱元璋是结拜兄弟，因此朱元璋选了她来对付朱棣。徐妃的任务是设法阻止朱棣谋反，如果不成，就不择手段将其杀死。那对白鸽由徐妃秘密喂养，有谁敢去搜查她？刻豆、吞鸽全是徐妃的妙计。

领队和名厨被杀后，徐妃制造鸽仙传言，就是想让朱棣心中烦躁，趁机劝他去清风观，在茶中下毒。只是生死关头，她却改变了主意。

徐妃与朱棣恩爱多年，早已日久生情；又听到朱棣那番肺腑之言，

心中受到触动；最后大师的一番话，更让她下定决心，顺应民心天意，不杀朱棣。于是，她碰翻了已被下毒的茶杯。

朱棣问道："那天我亲眼看到你用银簪试茶，并未变色，如何下毒？"

徐妃把发簪取下，缓缓说道："先皇所设三士，一是犬队领队，二是我，其三却并非何人，正是这支发簪。"原来，这发簪里有特殊的机关：前端有个小孔，里面藏着剧毒鹤顶红，外面则用蜡膜封住。遇到热茶时，发簪膨胀，小孔张开，毒粉就混进了茶水里。发簪虽然是纯银的，却被蜡膜覆盖，遇毒也不会变色。

朱棣又道："你不杀我，岂不有负先皇所托？"

徐妃摇摇头："我虽未杀你，却保护了朱允炆。城破之时，我挑选了一名体貌与他相似的侍卫，还特意敲掉了那人两颗牙，让他替朱允炆而死。真正的朱允炆早被我放走了，我也算对得起先皇所托了。"

此时，徐妃已是油尽灯枯，说话也开始断断续续："先皇要我杀你，无非是疼惜孙儿，哪里想过天下百姓？我却想给天下百姓一个有道明君。试问，一人的权位与全天下人的幸福，哪个轻，哪个重？答……答应我，永远……做个好皇帝……"说完，她安详地闭上了双眼。

（题图、插图：谢　颖）

重走爱情路

□ 赵丽娟

最近，阿P家可谓是一喜一忧，喜的是阿P高升为局长，忧的是小兰不幸下岗。

小兰下岗在家，情绪不太稳定，满嘴牢骚："你当上局长忘了老婆，忙得连家都不要了，我整天一个人，无聊得只能靠回忆过日子了！"

阿P忙哄她："怎么会呢？你在我心中多重要啊，就像我早上的馒头、夏天的雪糕、山东人的大蒜、四川人的辣椒啊……"

小兰不听花言巧语，脸一板："那你说，马上就是咱结婚十五周年纪念日了，咋庆祝？"

阿P忍不住夸下海口："等着吧！到那天，我一定让你感动，说我阿P是世上最好的老公！"

说做就做，为了有个最佳方案，当天晚上，阿P就在常去的论坛上发了个帖子，咨询网友。网上给啥建议的都有，经过筛选，他选择了"穿着情侣装、重走爱情路"这条。提建议的人挺好心，还给了他个网店地址，说那里卖各式各样的情侣装。

阿P暗想：小兰最近在追一部电视剧，对主人公"重走青春路"的做法念念不忘，若是两人穿着儿子最喜欢的"灰太狼"、"红太狼"情侣T恤，再去个有纪念意义的地方，她不感动才怪……阿P越想越美，立刻付诸行动。

当阿P把两件T恤放到小兰面前时，小兰兴奋地叫了起来："你确定要穿这个出去？"

阿P讨好地说："那必须的！穿出去显得咱俩多恩爱，今天我就带

你找回青春，重走爱情路！"

说走就走，一大早，"灰太狼"阿P就带着"红太狼"小兰出门了。

阿P选了一个名叫"海天一色"的度假村，当年他就是在那里向小兰求婚的。更重要的是，度假村现在经营不善，快要倒闭了，这样的地方，肯定没熟人。咱阿P怎么着也是个局长，要是让下属看到自己穿成那样，以后咋混？

度假村就在海边，阿P提议去海边走走，要知道，十五年前，他就是在海边求的婚呀！

刚溜达几步，阿P就后悔了。度假村虽然人少，来海边玩水的人却很多。这不，前方就有个熟悉的身影，还是他的下属，绰号"快嘴"。

阿P顿时没了心情，拉着小兰转身就走。小兰被阿P一拽，脚一绊，整个人朝地上摔去，只听一声惨叫："啊……这是什么？还热乎乎的。"她指着T恤上一大块黄褐色的污物，脸都白了。阿P抬头一看，不远处有一只小黄狗跑过，他吞吞吐吐地说："我好像知道是什么了……"

小兰扭头跑到度假村，躲进洗手间，说什么也不肯出来了。

阿P找到一个女服务员，求了她半天，终于花双倍的价钱，从她手里买了一件八成新的连衣裙。还别说，奔四的小兰换上连衣裙后，看上去既年轻又妩媚。阿P啧啧夸道：

"这可真是漂亮他妈给漂亮开门——漂亮到家了！"小兰没好气地瞪了他一眼："别人纪念日送名牌，你倒好，送了条二手裙子给我！"

午饭时候，阿P特意点了一瓶红酒，以示浪漫。可他酒量不行啊，几杯红酒下肚，脚下就没根了，离开时全得小兰搀着走。

说来也该阿P倒霉，刚走出度假村，他竟然又看到一个熟人。这熟人是电视台的记者，手里还拿着个话筒，正在采访什么。阿P忙把头低下，加快了步伐。小兰下意识地往后一看，反应过来了。

直到走远了，阿P才松了一口气。小兰不满地说："怕被人看到，还出来干吗？"阿P嘿嘿一笑，得意道："这才更证明我在乎你。你要是能找出第二个局长，穿成我这样跟老婆出门，我的P字立马倒着写。"

到了第二天，阿P就得意不起来了。他感觉同事看自己的眼神都怪怪的，似乎带着同情。难道昨天在海边，还是被"快嘴"看到了？他找到"快嘴"，旁敲侧击地问了起来。"快嘴"起初一头雾水，等明白过来，诧异地问："P局，您昨天也去海边了？我怎么没看到您？"

既然不是"快嘴"，一定是那个记者朋友，阿P气愤地想，他嘴巴可够长的，才一夜就传到自己单位

来了!

正郁闷着,阿P的手机响了,是父亲打来的,语气不太好:"你回来一趟。"说完就挂了。阿P愣住了,今天这是怎么了?

赶到父亲家,阿P看到老丈人也在。老丈人一脸愧疚,好一会儿才说:"阿P啊,小兰肯定不是那样的人,你千万别急,要弄清楚。"阿P这才知道,网上有段视频,视频里有小兰的身影,她搂着一个年轻帅气的男人,正从宾馆里出来。

阿P立刻就火了,跑回家,二话不说,拿起剪刀就把情侣T恤给剪烂了,骂道:"那个兔崽子是谁?"

小兰"哇"地哭起来:"那个兔崽子就是你呀!"她打开一个新闻网页,新闻题目是——"度假村被中山实业收购"。原来昨天那个记者朋友是拍这个新闻去了,阿P和小兰走出度假村时,正好被拍到。小兰当时往后看了一下,被清晰地拍到了脸;而阿P低着头,只被拍到背影。阿P穿着那么一件时尚的"灰太狼"T恤,从背后看,还真像是年轻小伙子。

小兰委屈地说:"当时你要是不低头,大家也不会认为是别人。现在所有人都认为我跟别人开房去了,咋办?我真想一平底锅拍晕你!"

要说这阿P就是聪明,他很快就有了主意。他又去网上买了两件情侣T恤,笑眯眯地说:"咱们再走一次爱情路,光明正大地走!"

阿P先带着小兰去了父亲家和老丈人家,老人们放心地笑了;又带着小兰到自己单位,特意让别人多看他的背影,同事们恍然大悟地笑了;还带着小兰重走了恋爱时常走的路,小兰终于也甜蜜地笑了。

可阿P还是笑不起来,因为他得了个新外号——"怕老婆的灰太狼"。这让爱面子的阿P连续几天闷闷不乐。

不过没过几天,小兰突然兴奋地对阿P说:"怕老婆的灰太狼,我红太狼抓到羊啦!"阿P这才知道,小兰就是在网上给他建议的那个人,给他介绍的网店,也是小兰下岗后和朋友合开的。阿P夫妻俩穿着情侣装这么一折腾,现在那些衣服卖得特别好。

看到小兰这么高兴,阿P的心情也瞬间变得晴朗,外号算什么?老婆开心,才是最重要的!他又得意地哼起了小曲:"要嫁就嫁灰太狼,这样的男人才像样……"

(题图:顾子易)

红版编辑部各编辑邮箱:

姚自豪:yaobianji1950@126.com
吕 佳:lujia411@126.com
石莎莎:ssasha@163.com
丁娴瑶:dingxianyao@126.com
李 丹:lidan090@sina.com

"好人常直道，不顺世间逆。"有这样一种人，不管生活给他多少不公，不管世事给他多少磨炼，他都会坚守着一个信念："做个好人"……

证明

□ 李坤学

1.捡了条狗命

小涛今年十九岁，年初来到城里打工，一晃十来个月过去了，眼看就是春节，他每天都盼着和家人团聚。

腊月二十三，小涛终于忙完了最后的收尾活，赶紧去买了车票。这天一大早，他从被窝里爬起来，背着简单的行李赶去车站。一踏出房门，冷空气便如刀一般割在脸上，小涛忍不住打了个哆嗦，赶紧一溜小跑，只要运动起来，用不了一会儿，身上就能热乎了。

天刚蒙蒙亮，街上十分安静，连个晨练的人都没有。小涛跑了二三百米，到了东方小区附近，在他正前方不远处，一只拇指狗穿着黑皮马甲，正在街上溜达。

这只拇指狗很漂亮，几天前小涛早起去干活的时候见过它，由一个哈欠连天的中年大叔牵着它出来方便。小涛忍不住左右张望：那中年大叔呢？

小涛没看见中年大叔，再回头时，见拇指狗已经跷起后腿，歪着身子开始撒尿，尿完了，拇指狗没

动地方，伸着鼻子闻个不停。小涛觉得有趣，吃吃地笑了起来。

就在这时，前面传来一阵轰鸣声，一辆货车从对面开了过来。可能是街上没人的缘故，车开得飞快，转眼间由小变大，越来越近。拇指狗也看见了货车，想躲到路边，可是它光迈前腿，后腿却一动都动不了——它竟然被自己撒的尿冻在了地上。

拇指狗慌了，"呜呜"地叫着，拼命挣扎，可它的力气太小，那只后腿便如焊在冰上一般，怎么也挣不脱。眼看着货车就要将它辗成肉泥，小涛想都不想，扔掉行李猛扑过去，一把捞起拇指狗滚到路边，货车呼啸着从他身边一掠而过。小涛爬起来，不由得感到一阵后怕。

货车也停了下来，司机跳下车跑过来，惊慌地说："对不起，刚才太乏了，没看见你的狗，幸亏你救了它，你没事吧？"

小涛这才感觉到胳膊一阵阵疼痛，应该是在地上撞伤了，不过估计是皮外伤，没什么大不了的，于是他说没事，让司机走了。

小涛弯下腰，把拇指狗放在地上，没想到，这狗前脚刚一着地，就一下子缩了回来，同时发出一声惨叫。原来，刚才小涛在地上翻滚的时候，拇指狗的一条腿撞在地上——

应该是撞在钢板上，竟然折断了。

没错，地面就是钢板，要不然，东北的天气再冷，撒尿拿棍敲也只能是传说，地上要是钢板的话，热尿下去瞬间成冰就太有可能了。拇指狗很不幸，撒尿没挑对地方，结果发生了这起意外事故。

至于好端端的地面，为什么要铺上钢板，这还得解释几句：这小区的一条管线出了故障，维修公司的人就先接了条临时管线对付，因为地面坚硬没法挖沟，管线就放在了地表，又怕来回过车压坏，就在上面铺了块钢板，保护这条管线。

话说小涛见拇指狗受了伤，心想得赶紧找到它的主人，帮它治伤。前几天，小涛见到那中年大叔的时候，他正好从一间平房里出来，离这儿并不远。于是小涛捡回行李，抱着拇指狗，去敲中年大叔的家门。

2.别当我傻子

故事讲到这里，就有必要介绍一下拇指狗的主人，中年大叔老梁。这老梁四十多岁，性格倔强，凡事爱认死理，几乎没什么朋友，所以就养了条狗做朋友。可养狗也不容易，如果不想它在屋里大小便的话，就得每天带它出去方便。这天早晨，老梁实在不愿意爬出热被窝，就让狗自己出去了。

老梁的回笼觉睡得极香，可就在这时，偏偏有人不识趣地敲门，实在令老梁不高兴。他满肚子不痛快地开门一看，自己的爱犬正可怜兮兮地躺在一个打工仔怀里，老梁不由得心生警惕，一把夺过拇指狗，问："你是谁？我家白白怎么在你手里——呀，你把白白怎么了？"

老梁发现拇指狗的腿受了伤，十分愤怒。小涛急忙给他讲刚才发生的事情，正说着，他觉得手上热乎乎的，抬起来一看，一股鲜血从胳膊上流了下来。

老梁吃了一惊，随即恍然大悟，冷冷地问："这么说，你的胳膊也是为救我们家白白弄伤的？"

小涛点头，笑道："刚才我还以为没啥事呢，没想到流了这么多血。"

老梁又问："你是不是想让我送你去医院，然后讹诈我钱啊？"

小涛一下子愣了，不解地说："大叔，你什么意思啊？"

"我还想问问你什么意思呢。"老梁不客气地说，"狗撒尿把脚冻住了？你编瞎话能不能给编圆点？你们这些打工仔，除了素质什么都有，除了好事什么都干，你能冒着被撞的危险救狗？真把我当傻子了。"

小涛火了，正想辩解，老梁把脸一绷："我问你，你怎么知道这是我的狗？你怎么知道我家住在这儿？"

小涛讷讷地说："前几天，我看见你牵着狗从这儿出来……"

"说得倒像真的似的，可你骗不了我。"老梁不屑地说，"你是自己不小心伤了胳膊吧？想去医院看又舍不得花钱，所以你打伤了我的狗，还编了这么个瞎话来骗我，对不对？"

小涛脑子"嗡"的一声，他愤怒地想说点什么，可情急之下，一时不知怎么开口。

小涛脸红脖子粗的样子挺吓人，老梁心里有些害怕，就虚张声势地说："好在我没证据证明是你打伤了

我的狗，我认倒霉不用你赔，可你，你也少打我的主意。"说完，他用力关上了门。

小涛愣了半天，才缓过劲来，他用力砸门，边砸边喊："别这么平白无故地冤枉人，你给我出来……"

老梁怒气冲冲地打开门，喝道："我都不找你麻烦了，你还没完没了是不是？给我滚！"说完，他又把门关死了。

小涛满腔怒气无处发泄，不知道该怎么办，他只有一个念头：绝不能带着这种屈辱回家，一定要证明自己不是老梁眼中的那种人。

小涛家也不回了，赶去车站退了票，又背着行李返回来。当他来到那块钢板前时，突然想到，那只狗的脚曾经冻在冰里，自己将它拉了出来，那钢板上会不会有什么痕迹呢？想到这里，他赶紧低下头寻找起来。可是离事发时已经过去了近两个小时，早有无数的车、人经过，哪里还找得到什么痕迹？小涛只好无奈地离开。

3. 今晚发笔财

小涛却不知道，他在钢板上寻来找去的样子，让两个人很是担心。这两人，一个是大头，一个叫老三，是标准的社会闲散人员。如今临近年关，他们想弄点钱过个肥年，所以趁着夜黑风冷，把附近十几个铁制垃圾箱全偷了卖废铁，发了笔小财。

两人得了甜头，正想再接再厉再发新财，听人说了东方小区的街上铺了块钢板的事情，两人大喜，赶紧来验货，正好看见了小涛。待小涛走后，两人慢腾腾地走上前去，老三疑惑地问："大头，你说这小子会不会是同行？是不是也在打这块钢板的主意？"

大头脑袋大，智商也明显要高出老三一截，他一边蹲下身子，假装系鞋带，一边低声说："如果他想打这块钢板的主意，应该像我这样，在边上观察钢板的厚度，估计钢板的重量，而不是傻乎乎地踩在钢板上，你就放心吧。"

说话间，大头已经估计出这钢板大约有七八百斤，他低声说："这块钢板咱俩抬不动，还得找两个帮手才行，就明天晚上动手吧。"

老三性急，马上就问："明天晚上？那今天晚上干什么？"

大头笑了："今天晚上，咱哥俩先发笔财。"

原来，大头昨天路过东方小区四号楼，看到一楼一个窗户后面放着一台 DV 机，他曾经在商店见过一模一样的，卖五千多块。大头很是心动，晚上来回侦察了好几遍，发现这家一晚上都没亮灯，好像没人。

刚才来看钢板的路上，大头特地经过那家，看到DV机仍然好端端地放在窗后。

"正好，经过这段时间的学习，哥哥我开锁的本事也练得差不多了，如果今晚他家还没人的话，就拿他家第一个开刀。"大头搂着老三的肩膀，说，"到时候你给我把风，如果成了，以后咱的业务重心就转移到撬门开锁入室作业，逐步抛弃原来那些傻、粗、笨的赚钱方式。"

当晚天遂人愿，这家一直毫无动静，到了九点多钟，二人潜进楼道里，准备利用技术手段打开门锁。可是，大头明显高估了自己的技术水平，忙活了半个多小时，大冷的天内衣都被汗浸透了，也没能打开这把简单的锁。

就在这时，老三发现一个人影远远地走了过来，越走越近，于是赶紧提醒大头："风紧、扯呼——"

大头这个气呀，辛辛苦苦练了半个月的技术，结果不但白挨累，关键是业务重心转移的大计落了个空，这对他的打击实在太大了。大头怒从心头起，出了楼道，顺手捡起一块砖头，狠狠砸在这家窗玻璃上，玻璃被砸出个大洞，他伸手进去，抓起DV机就跑。

这番动作声响太大，那个人影一愣，随即大步向这边跑来，但他离得实在太远，追了几步也就放弃

了。

大头和老三一口气跑到安全的地方，约好了第二天去销赃分钱，然后各回各家。

大头到家的时候，儿子小勇正在电脑前全神贯注地打游戏，听到他进屋，头都不回一下。大头没好气地把DV机扔给小勇，说："这是你老三叔买的二手货，让你帮忙把里面的东西删掉，你会弄吧？"

小勇终于把眼睛从游戏中离开，飞快地扫了一眼："这有什么不会的？包在我身上了。"

大头转身进了卧室，躺在床上还有些不甘心：要不是被那个混蛋打扰了工作，或许现在已经打开了门锁，实现了人生的突破，那个混蛋实在太可恶。

4.寻找目击者

大头诅咒的那个混蛋不是别人，正是憋了一肚子火准备证明自己的小涛。可是小涛为什么这么晚去东方小区呢？

原来，小涛把行李送回住处，简单处理了胳膊上的伤口后，马上返回了东方小区。他琢磨着，他救狗的时候虽然街上没人，但说不定谁在家里看到了这一幕，只要能找到目击者，就可以证明自己的清白了。于是，小涛挨家挨户敲门，跟

人家讲述早晨发生的事情，问人家是不是看到了。可是，一直走访到晚上，小涛又累又饿却一无所获。

就在小涛垂头丧气准备回去的时候，突然看到一栋楼前的告示板，上面贴着一些买卖、租房、寻人等信息，他灵机一动——自己也可以写个启事贴在这儿嘛！

小涛费了好大的劲，憋出一篇寻找目击者的启事，因为不会使用电脑，他找来纸笔，一个字一个字地抄了十来份，弄好之后已经晚上九点了，他来到东方小区，准备在每栋楼前都贴上一份。没想到他走到四号楼的时候，惊走了大头和老三。

小涛追了几步没追上，这时候有邻居听到砸玻璃的声音和小涛的叫喊声，便出来看个究竟，于是就有人给玻璃被砸这家的屋主打了电话。屋主名叫周长海，单身，是个小白领，因为年底工作忙，这两天一直吃住在单位，他接到电话后马上赶了回来，报了警。

小涛这才知道，那两个砸玻璃的还偷走了DV机，不禁十分后悔，对周长海说："我还以为他们只砸了玻璃呢，要是知道他们还偷了东西，说什么我也会抓住他们。"

小涛那种朴实的样子，一下子就赢得了周长海的好感。周长海问他怎么会这么晚来这里，小涛当然实话实说了。周长海听完，一阵苦笑："要是DV机没丢，我就能证明你救狗的事情了。"

原来，那台DV机是开着的，一直在冲着窗外摄像。既然小涛救狗的地点就在钢板上，那么当时那一幕，肯定会被DV机记录下来，如今DV机被偷了，证据当然也就没有了。

周长海如此一说，小涛更加后悔，他随口问道："周大哥，大晚上的，你开着DV机冲着街道，你想录什么呀？"

周长海叹了口气，说出了原因。前些日子，小区的几个铁制垃圾箱被人偷走了，居民们的垃圾没地方

70

处理，弄得小区脏乱不堪。看到这种情况，周长海就想用个什么办法抓住小偷。恰好这时候，街道上铺了块钢板，周长海立刻敏锐地想到，这块钢板对那些贼来说，就是一大块肥肉，他们会不会动心呢？

周长海说："说来也巧，我家的窗户正好对着钢板的位置，我就把DV机放在窗前，如果有人趁着夜深人静偷钢板的话，肯定会被录下来……谁想到DV机就这么让人偷了，这计划也就行不通了。"

小涛眼睛一亮，如果偷DV机的和偷垃圾箱的是一伙贼，那么很有可能，他们会像周长海判断的那样来偷钢板。只要自己守在这里抓住他们，就能找回DV机，拿到里面的录像，证明自己的清白了。

小涛暗暗打定了主意，贴完了最后几张启事后，他潜伏下来，盼着小偷们赶紧出现。可他不知道，人家大头的计划是第二天动手，所以今夜无贼。小涛又累又困，还冻个半死，一直守到天都亮了，才打着喷嚏、捂着鼻涕离开。

小涛回到住处，一头扎在床上，睡得昏天黑地。直到中午时分，突然手机铃声大作，小涛一激灵，抓起手机一看，是个陌生号码，他接起来："喂——"

那边传来一个声音："那个寻找目击证人的启事，是你贴的吗？"

小涛精神一振，赶紧说是。对方哈哈大笑，得意地说："算你小子走运，前天晚上我打了一宿麻将，天亮回家时，正好看到你救狗的事情，我可以为你作证。"

小涛猛地从床上蹦了起来，终于可以证明自己的清白了，他觉也不睡了，兴冲冲地去见这位目击者。

5.作伪证真难

那么，这位目击者真的如他所说，亲眼看见小涛救狗的事情了吗？当然没有，因为这个目击者不是别人，正是老三。这天上午，老三去了大头家，两人拿着DV机，打算找家商店卖掉，不料遇到了一个多事的店主，因为大头拿不出发票，店主起了疑心，一个劲地旁敲侧击着打探DV机的来路，两人见势不妙，只好抓起DV机落荒而逃。

就在回家的路上，他们看到了小涛贴的启事，稍一打听，就知道了事情原委。大头脑子好使，立刻想到了发财的点子，让老三冒充目击者帮小涛作证。

话说小涛满腔兴奋地见到了老三，老三开门见山地说："作证可以，有什么好处？"

小涛一愣，想了想，说他愿意请老三吃顿饭。

老三大大咧咧地说："饭就不吃了，按两百块钱的标准，折现吧，先付。"

小涛虽然心疼，但还是爽快地掏了两百块钱给他，于是老三屁颠屁颠地跟着小涛来到老梁家。

从昨天到今天，小涛又是做家访又是贴启事，把这件事情折腾得人人皆知，就有人议论说，人家孩子要不是受了天大的委屈，能这么四处寻找证人吗？老梁欺负这样一个小孩子，实在没心没肺。这些话传到了老梁的耳朵里，惹得他直想骂人，而小涛和老三偏在这时送上门来。

一听说老三是为小涛作证的，老梁当时就爆发了："作证？我呸，你看他那贼眉鼠眼的样儿！一看就不是什么好东西，凭什么让我相信他的话？"

"你他妈的嘴巴放干净点。"老三不干了，"说谁贼眉鼠眼呢？惹急了老子弄死你。"

老梁吓了一跳，直觉告诉他，这个老三不是好人。老梁眼睛转了几转，计上心来，装作漫不经心的样子问小涛："之前你不是说，当时街上没人吗？那他是在哪里看见的？"

"我是路过，穿过小区的时候看见的。"老三瞪着眼睛，"他没看见我，我看见他了，有问题吗？"

老梁问："你看清楚了？"

"当然，要不我来干吗！"

"那好，我问你，我家拇指狗穿的马甲什么颜色？"

老三得意地笑了，虽然他昨天早晨没亲眼看见拇指狗，不过就像小涛一样，以前他也见过这只狗。看来，老天都帮着他呢，他不屑地说："黑皮马甲。"

老梁再问："那么，在这条东西街上，车是从哪个方向来的？拇指狗在哪个方向？"

老三不由得一愣，硬着头皮回答："狗在西边，车从东边来。"话一出口，老三看见老梁嘴角露出讥诮之色，情知不妙，赶紧改口，"不不不，狗在东边，车在西边。"

这次，不等老梁说话，小涛已经愤怒地叫了起来："你不是说亲眼看见的吗？怎么这个问题还会答错？你到底看见没有啊？"

老三知道瞒不住了，厚着脸皮嘻嘻一笑："就算没看见，我也听人家说了，我这不是想帮你嘛？"

老梁计谋得逞，愈加坚信了自己最初的判断，他不屑地对小涛说："别搞这些歪门邪道了，没用！以后也别再来烦我，别让我更瞧不起你。"

小涛耷拉着脑袋出了门，让老三把两百块钱还给他，可到了嘴里的肉，老三怎么可能再吐出来？乘小涛不备，老三一把推倒小涛，撒

腿就跑，三拐两拐就没了影子。

被人骗了两百块钱事小，可不但没能证明自己的人格，反而更让老梁以为自己是个弄虚作假的骗子，小涛气得差点哭出声来，但是错已铸成，他只能吃了这个哑巴亏。

当晚，小涛把自己包得严严实实的，再次来到离那块钢板最近的楼道里，他惊讶地发现，钢板附近的路灯，昨天晚上还好端端的，今天却不亮了，这是怎么个情况？会不会是小偷为了方便行动，故意弄坏了路灯？小涛心里蓦地提高了警惕。

6. 骑车追汽车

小涛没有猜错，路灯的确是大头动的手脚。今天白天，大头伪装成电工，从灯杆底部的维修孔掐断了里面的电线，破坏了照明，这样一来，钢板所在处漆黑一片，能充分减少被别人发现的危险。

夜里十一点多钟的时候，大头、老三和他们找来的另外两个帮手，开着一辆拖板车来发财了。几个人蒙着脸，每人拿着一根撬棍，跳下车三两下便将钢板撬得松动，然后一人抬一边，将钢板装进车里，整个过程只用了几分钟。可就在他们准备撤离的时候，楼里跑出来一个人，大喊："抓贼、抓贼了——"

这人正是小涛。

其实小涛的原意，并不是这样两手空空地冲出来大喊，而是想在他们来的时候报警。可当他拨通110，刚说了一句话时，手机突然自动关机，没电了。

明明在出来的时候，手机还有一格电呢，怎么突然间就没电了呢？这事还真是小涛大意了，在低温寒冷的天气里，手机电力损耗得特别快，那一格电就在小涛等待的时候一点点没了。小涛简直欲哭无泪，情急之下冲出来，也只是没办法的办法。

大头他们本来就做贼心虚，小

涛这突如其来的一嗓子，把这几人着实吓得不轻，好在钢板已经装上了车，几个人纷纷跳上车，大头一踩油门，风驰电掣地离开现场。就在他们松了口气、以为安全了的时候，老三突然指着倒车镜大喊起来："看，他在后面跟着我们——"

倒车镜里，一个穿着大衣、戴着口罩的人，疯狂地蹬着自行车追了上来。原来，小涛决定守株待兔的时候，多了个心眼：万一警察来得不及时，他不能眼睁睁地看着小偷跑掉，所以他借了一辆自行车，准备跟踪，这时候，自行车自然派上了用场。

大头不屑地摇摇头，自行车跟汽车赛跑？这是什么样的白痴才干得出来的蠢事？他脚下加力猛踩油门，回头再看，自行车已经被越甩越远，几个人不禁哈哈大笑起来。

几个人正得意时，冷不防一辆摩托车从十字路口冲了出来，大头大吃一惊，一边猛踩刹车，一边急打方向盘。可是，几天前刚下了场大雪，没来得及清理的雪都被踩成了冰，光滑无比，这种路面根本不敢急刹车。随着

刺耳的刹车声，车子一边前冲，一边转了一百八十度，虽然成功地避开了骑摩托的那人，却熄了火。

骑摩托那人吓得不轻，停下摩托，指着这边大骂不止。大头险些气炸了肺，把手一挥："修理他。"

老三等人立刻提着撬棍下了车，那人见势头不对，把嘴一闭，跳上摩托一溜烟跑了。

老三等人气焰越发嚣张，也不跑了，决定等小涛追上来后，好好教训他一顿。可是小涛也不傻，早看见前面那一幕，于是在不远不近的地方停下来，小心翼翼地观察这边的情况。

老三见小涛不动，气势汹汹地率领两个同伙追了过来，小涛才不想跟他们打架呢，骑上车掉头就跑。

老三的本意也是想吓走小涛，见目的达到，便和同伙上了车继续逃窜。可没想到，小涛转头又跟了

上来，气得老三大骂不止。

刚才的教训大头还没忘，说什么也不敢提速了，只好任小涛像尾巴一样远远地吊着。可这样下去也不是个事呀！大头恶狠狠地说："一会儿到前面拐弯的时候，你们几个下去躲起来，等他追过来的时候打倒他，记住，毁了他的车子，让他无法再追就行，千万别打伤人。"

老三点头答应，带着两个同伙在拐弯处下了车，小涛不明就里，刚一过街角，老三手里的撬棍猛地伸了过来，正插进自行车的前车圈里，前车圈猛地卡住，把小涛从车上甩了出去，砸在地上，不动了。

老三一惊，暗想不会就这么摔死了吧？可随即看到小涛的胸脯正急促地起伏着，还有呼吸，顿时心里有了底，装腔作势地喝道："敢和大爷作对？惹急了老子弄死你。"

说完，老三得意洋洋地带着两个同伙跳上车，赶到早就联系好了的收购站，处理了钢板，分赃完毕后，几人各自揣着几张百元大钞，心满意足地回家上床睡觉了。

7. 删掉的清白

却说小涛那一个跟头摔得挺狠，虽然骨头没断，但浑身上下无处不疼，差点就昏了过去。对，就是差点，所以他听到了老三那句装腔作势的

话。他在地上躺了四五分钟，总算觉得好了些，于是爬起来，推着车子一瘸一拐地到派出所报案去了。

可是，小涛对警察说了半天，只说出四个小偷的体形特征，但相貌没看见；那辆货车型号也能说出来，但车牌号被遮挡，也没看见。

小涛很沮丧，他低着头苦苦回忆当时的每一个细节，突然，他大叫起来："我想起来了，那个小偷的声音我曾经听到过。"

警察赶紧问他在哪里听过。小涛定了定神，说今天有个骗子说可以当他的目击证人，在老梁家里，那家伙说了一句"惹急了老子弄死你"，而刚才那个小偷也说了同样一句话，两人应该是同一个人。

小涛兴奋地大叫："虽然我不知道在哪里可以找到这家伙，但是我有他的电话号码。"

倒霉的老三哪里知道，自己无意中的一句话，竟然把自己出卖了。第二天上午，老三很顺利地落入法网，然后供出同伙，并且带着警察前去抓捕。小涛急着找回那台DV机，一直跟到了大头家里，却发现DV机里面空空如也，他急切地问大头："里面录的东西呢？怎么什么都没有？"

大头茫然地反问："里面的东西？早就删掉了，怎么了？"

小涛失望得差点哭出声来，指

着大头的鼻子骂道:"王八蛋,你害苦我了,没有那些录像,我怎么证明我救过那条狗?怎么让老梁相信我的清白?"

警察安慰小涛,说他为了抓贼,在零下几十度的天气里一守就守了两夜,足以证明他的人品,相信老梁会意识到冤枉了小涛的。

警察特地陪小涛去了趟老梁家,可是老梁振振有词地说,蹲点抓贼和冒着生命危险救狗,根本是两回事,就算小涛抓了贼,也不能证明他救了狗——没有证据,打死他也不相信小涛救狗的事情。

小涛彻底失望了,这时家人不断地打电话催他回家过年,警察也向小涛承诺,会帮他留意此事,让他留下联系方式,说一有消息就会通知他。无奈之下,小涛终于决定暂时回家过年。

这天,小涛背着行李来到老梁家里,郑重地对老梁说:"我现在要回家了,虽然我现在没办法证明自己救了你的狗,但你别小看我,总有一天,我会让你知道,我不是你想象中的那种人。"

8.做人的底线

转眼间新年过了,刹那间春天到了,这天,周长海正在单位浏览图页,一个朋友突然发来一个网址,附言:"这是如今网上最流行的视频,老搞笑了,老感人了,快看快看。"

搞笑和感人怎么能放在一块呢?周长海有些奇怪,但还是打开了网址,然后,他的眼睛一下子直了:一只小狗撒尿冻住了脚,一个打工仔扔下行李飞身相救……这不正是那个小涛曾经说过的那一幕吗?令他不解的是,从画面角度上看,这视频应该正是从他家窗户拍下的,可是,DV机里的东西明明已经全删掉了,怎么会又出现在网上?

在警方的配合下,周长海很快弄清了事情原委。那天晚上,大头命令儿子小勇删除DV机里的内容,小勇打开机器后,看到了这段视

频，觉得好玩，随手便发到了网上，于是这段视频在网上疯传开来。

周长海想第一时间通知小涛，可小涛的电话一直无法接通。恰好这段时间单位不忙，周长海决定按小涛留给派出所的地址，去一趟小涛家，亲自把这个好消息带给他。

来到小涛家，周长海敲了半天门，却没人应。一个邻居问他找谁，周长海说："小涛是住这儿吧？"

"小涛啊，"邻居叹了口气，"他家是在这儿，可现在他在医院躺着呢！"

周长海急忙追问怎么回事。邻居告诉他，小涛从城里回来后，一直郁郁寡欢，说有人冤枉他，不相信他的人品，他一定要做出点什么来证明自己。三天前，两个孩子在河边玩，河里的冰破了，孩子掉入河中，恰好小涛经过这里，衣服都来不及脱就跳了进去，虽然两个孩子得救了，但小涛差点淹死，大夫抢救了几个小时才把他抢救过来。

周长海震惊不已，怪不得自己怎么打他电话也不通，原来小涛竟然出了这种事。他立即赶到医院，病床上的小涛脸色苍白，身上插满了各种管子，见到周长海，小涛惊奇地瞪大了眼睛，用微弱的声音问："周大哥，你怎么来了？"

"我来向你报喜。"周长海含着热泪说，"你再也不用背那个沉重的包袱了。"

周长海打开笔记本电脑，调出那段录像给小涛看。看着看着，小涛忍不住泪流满面，好久好久，才轻声问："老梁看到这段录像了吗？"

"我看到了，派出所的警察还把我一通批评，我对不起你呀！"随着说话声，一个人走了进来，正是老梁，他满面羞愧之色，上前一把握住小涛的手，"其实我不是不讲理的人，可以前装修房子的时候，有个打工的小子偷了我两千块钱，所以我才对打工仔没好印象。可现在我终于知道了，不能以偏概全。希望你能原谅我，你看，我的宝贝白白也来了——"

一只小狗"腾"地跳上病床，来到小涛面前，伸出舌头亲热地舔着他的脸，正是老梁的那只拇指狗。

"刚才听你的邻居说你跳河救人的事情，我都快后悔死了。"老梁后悔莫及地说，"我知道，你是想通过救人，向我证明你有救狗的勇气，所以你这次差点淹死，还是怪我……"

"你又错了。"小涛竭力使自己的声音清晰，"即使不是为了向你证明，我也会毫不犹豫地跳下去，这不是每个人都应该做的事情吗？"

老梁愣了，周长海却"啪啪"地鼓起掌来……

（题图、插图：杨宏富）

@ **傻雀CHURCH**　"五一那天下午两点，我的一个特别关注对象，在微博上晒了一组旅游照片。看样子他在景区玩得很开心。"警察问："所以你就趁这个时段去他家里作案？"小偷满脸悔恨："我没想到那家伙为了吸引关注，上传的是陈年旧照，他一直守在家里等评论呢！"

@ **笑傲苍**　打他进店李师傅就注意着，终于要下手。"小伙子，理发吗？到你了。"他心里一怔，只好坐下。李师傅一只剪上下翻飞，很快令他焕然一新。临走李师傅叮嘱道："好形象要保持哟。"一个月后，年轻人大踏步进店，李师傅问道："最近还好吧？"他笑道："您把我剪这么帅，回头率太高，唉……"

@ **正版无字仓颉**　那天坐公交，前面有个背着背包的女学生在咔咔地摇微信。突然，我看见一只手正慢慢伸向背包！情急智生，我马上将手机调成振动也摇起来。果然，那学生的头像在跳。我连忙拟了条信息发过去：你身后有小偷！女学生猛回头，那只手缩了。我继续低头装看手机，这时一条微信发来：你少管老子闲事！

@ **唯我识家**　李老汉今天运气贼好，买张彩票中了辆自行车。旁边一人眼红，走上前对他说："大爷，您手气真好，要不您帮我买张彩票吧，我给您看着车子。"李老汉应允跑去买彩票。等他回来时，人和车子都不见了。他刮开彩票，着急地大喊："完了，这下我到哪去告诉他，他中了一辆小车啊！"

@ **呆一块**　偶然登录很久没去的QQ农场，看到老妈天天在玩，还新种了很多菜……于是登录了她的QQ（我帮她申请的）看看，结果发现，好友列表里只有我和妹妹两个人。想到我们都在广东打拼，一年只回一次家，心中顿时有点酸……现在我每天都抽时间种菜，只为等着我妈来偷。

@ **亳州李景强**　学校门前，一名家长趁摊主正忙，把一瓶奶茶暗暗塞给身后的儿子，举着另一瓶奶茶付完钱正要走，身后的儿子嚷道：两瓶，我这还有一瓶！摊主皱皱眉，很快笑了：你妈这一瓶盖上有奖，那一瓶是奖品！孩子进校后，家长红着脸来补钱，摊主对她摆摆手道：票子是小事，孩子是大事……

@ **四季春风80**　月薪仅有900元的保安老李面对巨款不心动，将拾得的十万元现金分文不少归还失主。记者通过调查，了解到老李曾因犯盗窃罪被判有期徒刑3年，于是在新闻里大力宣扬了老李洗心革面、重新做人的事迹。物业公司经理对老李隐瞒前科的事表示理解，一个月后，辞退了老李……

动感地带 "码" 上开始

请用手机或电脑扫描下列二维码，开启全新的视听旅程！（推荐使用"快拍二维码"www.kuaipai.cn）

微信有奖竞猜

故事会正式开通微信官方账号！您有3种方法关注我们：1、用微信客户端扫描右侧二维码；2、查找微信号story63；3、通过QQ号码2652898766查找。通过微信，您将免费读到我们准备的精彩故事，了解《故事会》活动信息，还能获得动感地带有奖竞猜的特权，答题赢取精美奖品哦！

参与本期竞猜办法：请使用微信发送答案字母（题目见P82）给故事会，我们将从回答正确的读者中抽取3位幸运者，赠送故事会公司出版图书一册。（竞猜只限微信用户哦！）

听故事栏目全新上线，你也能当故事大王

故事中国网"听故事"栏目全新上线，在这里，您不仅可以听到超过3000则故事音频，还能亲自上阵，讲一段故事和广大网友分享！听故事栏目正在征集"方言笑话大王"，总决赛冠军将获得年度笑话大王称号荣誉证书及奖金1000元！

汉声中国传统童话故事

扫描右边的二维码，您就可以收听到由台湾汉声出版社授权的中国传统童话故事。（不能使用二维码扫描的读者，也可直接登录www.storychina.cn收听）

本期（5月22日－6月7日）共有17篇故事，部分篇目：神医华佗、弓箭手的三个秘诀、董永与七仙女等。

我懂了（做个好宝宝）

故事会公司原创苹果APP应用，专门针对3－6岁幼儿，通过生动有趣的画面和情节，教会孩子日常行为规范，养成良好生活习惯，本辑共包括做个懂事好宝宝、做个安全好宝宝和做个礼貌好宝宝，每集包含15个生活场景及行为要点，由专业播音员配音，一定会让宝宝看完以后，自豪地说一声：哦，我懂了！（需用IPAD扫描，或在APP STORE中直接搜索"我懂了"）

囧段子

是不是嫌一期《故事会》上的笑话不过瘾？我们为您搜集了网上流传的爆笑段子，每周更新，保证内容新鲜火热，让您看到合不拢嘴哦！

您对于本栏目的设置有任何意见或建议，欢迎登录故事中国网ｗｗｗ．storychina.cn 论坛反映。

友情提示：尽管《故事会》是免费向您提供以上增值服务，不过您如果用手机上网下载音频、视频文件，将产生额外的流量费，且速度较慢，建议您在wifi环境下使用。

隐形凶器

·神探夏洛克·

在一所大学的女生浴室里，一学生被害，死时发辫凌乱，一丝不挂。神探夏洛克初步断定她是窒息而死。然而，现场只有一条短毛巾，没有发现绳子一类的东西。案发时，还有另一名女生一同在浴室洗澡，故她被视为嫌疑人。可是，这名女生是光着身子从浴室跑出来的，当时在门外的同学可以证明。

夏洛克在现场没有发现可能用作凶器的绳子，觉得不可思议。无意中，他注意到了什么，喃喃道："原来如此。"于是，他马上找到了凶器。你知道是什么吗？

思维风暴　错误的算式

这里有一个几根火柴搭成的错误等式（罗马数字），你只需移动一根火柴，就可以让等式成立。给你1分钟，能想出来吗？其实答案真的很简单！

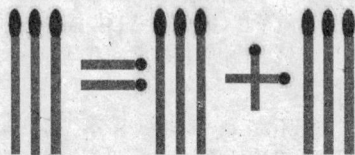

超级视觉　蘑菇云里的玄机

这是一朵原子弹爆炸后升起的蘑菇云，再仔细看看，你发现了什么？

疯狂QA

（此题可加故事会微信参与有奖竞猜，具体方法详见P81）

一个屋里有多个桌子，如果3个人一桌，多2个人。如果5个人一桌，多4个人。如果7个人一桌，多6个人。如果9个人一桌，多8个人。如果11个人一桌，正好。请问这屋里多少人？

A.209　B. 2519　C.35　D.44

想知道答案吗？方法一，直接扫描二维码。方法二，登录http://url.cn/CWIMv2，查询"动感地带"答案的同步更新。方法三，购买6月下《故事会》！动感地带，与你不见不散。（上期答案见本期P89）

天下父母，有哪个不望子成龙、望女成凤？眼下快到六月，高考、中考即将到来，"教子"，也又一次成为百姓们津津乐道的话题……

一碗面条

从前，有个善良的老头，有三个儿子，老伴很早就过世了。老头辛辛苦苦把三个儿子拉扯大，又给他们娶了媳妇，一家人在一起过日子。

有一天，老头想要吃点面条，就告诉老大媳妇，让她去做。

面条做好了，老大媳妇忙着给她丈夫盛了一碗，老二媳妇、老三媳妇也忙着给自己的丈夫盛了一碗。老头等急了，拿着碗走到灶前，锅里只剩下清汤了，老头的眼泪一下子就掉下来了。

老头把老大叫到跟前，指着老大碗里的面条问："你吃的啥？"老大得意洋洋地说："家常饭！"

老头又把老二叫到跟前，指着老二新做的一身衣裳问："你穿的啥？"老二歪着脖子说："粗布衣。"

老头又把老三叫到跟前问："知冷知热是啥？"老三鼻子一哼："自个儿的妻！"

"咳，对呀……"老头长长地叹了口气，说，"家常饭，粗布衣，知冷知热，自个儿的妻。要是你们妈妈在，我的面条也不会这样稀。"

接着，老头又把老大、老二、老三的孩子叫到身边，说："孙子，方才你们都看见了？""看见了！""你们记住，这是我们家的一个规矩呀！"

孙子们大声回答："记住了，爷爷！"

老头这一招，吓得三个儿子一愣：规矩？不就是要传下去吗？将来还要轮到自己头上……儿子忙求饶道："爹爹，你别生气，今后我们家不要这个规矩了。"

作诗教子

有个秀才，家有一子，二十多岁了，非常好赌。秀才教训过他好几回，儿子就是听不进去，秀才为此很是烦恼。

有天夜里，秀才翻来覆去睡不着觉，就写了一首诗——

"贝者之人不是人，
只为今贝起祸根；
有朝一日分贝了，
到头成为贝戎人。"

因为每句都有一个"贝"字，就定题为《贝字诗》。秀才写好后，放在儿子床前的桌上。儿子看到后，一连念了好几遍，还是不明白什么意思，就去问父亲。

秀才解释道——

"第一句，贝者两字合成赌。好赌之人内瞒爹娘、外骗亲友，还算人吗？"

"第二句，今贝合一为贪，好赌之人都为了贪，有贪，祸害随之而来。"

"第三句，分贝合一成了贫。好赌之人赢了就滥吃滥用，输了就乱卖乱借，这样下去能不贫吗？"

"最后一句，贝戎合一成了贼。好赌之人若不悔过，就会偷盗、犯法，你仔细想想是不是这样？"

儿子边听边点头，终于打算戒赌了。

临刑之前

有个女人，她有个儿子，疼爱得不得了，儿子要星星她不敢给月亮，儿子要吃黄瓜她不敢给西瓜。

正月里，女人抱着儿子上邻居家串门，放在炕上，儿子就往窗前爬。窗台上放着一盆花，刚刚开出两朵，儿子爬过去就要掐。主人心疼地说："唉……"这女人却说："你看我儿子多会玩！掐一朵就行啦！"儿子真去掐下一朵。

几年后，儿子渐渐长大了。他很任性，一耍起脾气来，女人就问："宝宝，你要干啥？"儿子说："弹

爷爷脑门玩。"于是女人就走到里屋，对老汉说："爹，你孙子叫你去一趟！"老汉说："你这样惯着他，将来会坏事的……"女人说："这你管得着吗？他是我儿子！"老汉没法，只好让孙子弹脑门玩。

这一年，儿子长到二十岁了，胆子越来越大。有一天，知府出巡，儿子老远一看，见知府的帽子挺花俏的，觉得好玩，就扒开人群，走上去把知府的顶戴花翎摘了下来。这一下可犯了大罪，要被问斩，儿子很是后悔，可是已经晚了。

行刑那天，刑场上围得人山人海，知府问犯人："你还有什么要求吗？"

犯人想了想，说："我只有一个要求，我是吃我娘的奶长大的，今天我就要死了，再让我吃娘一口奶吧！"

知府一想，也合理，就同意了，手一扬："准！"

于是，娘来到了儿子跟前，不料儿子竟然一口将娘的奶头咬了下来，他痛哭流涕，说："娘啊娘，从小你就惯我，这不是爱我，分明是害我啊！"

猜谜教子

有个宰相，为官清廉，而且一向简朴。

有次，他的小儿子要结婚。小儿子想：结婚是一生的大事，父亲又是个大官，一定要把婚事办得体体面面。于是，小儿子把婚事所需的物品，列了一张长长的单子，让大哥到京城购买。

大儿子来到京城，向父亲转告了弟弟的打算，并让父亲看了要买的东西。

父亲看了单子，眉头紧锁，叹道："我家历来清廉俭朴，岂能纵容后人如此奢侈！"于是，他提笔在购物单上写了几行字——

"一人站着一人卧，两个小人地上坐。家中还有两口人，退回娇儿细琢磨。"

父亲嘱咐大儿子，不要在京城买任何东西，只将单子退给弟弟，他就会明白。

果然，小儿子看到父亲写在单子上的谜语，羞愧不已，改变了原来的打算，决定简朴办事。宰相知道小儿子的转变后，便赶回家中参加了小儿子的婚礼。

原来，这四句话是个字谜，谜底是个"俭"（原繁体字为"儉"）。

这件事在当地传为佳话。

有个男的，懒得出奇，能坐着绝不站着，能躺着绝不坐着。

有个大雪天，他很不情愿地出门办事，回来的路上，他又累又饿，

懒人出门

蹲到一棵大槐树下不想走了，呻吟着："谁来救救我啊！"

从下午等到晚上，终于等来了一辆马车，这男的忙叫道："赶车的，救救我吧！"

马车停了下来，赶车的竟是那人的父亲，这男的十分高兴。没想到父亲走到儿子跟前，拿起手中的马鞭，就给了他几鞭子，边抽边骂："一家人在家等你半天，没想到你在这儿蹲着，冻死你活该！"说完，他驾车走了。

儿子又气又急：你可是我爹啊，这么冷的天，竟然见死不救！儿子火上心头，用尽最后的力气，爬起来就往前追。

父亲在前面赶着车，倒也不急，看儿子撵上来了就赶快点，看儿子落远了就赶慢点，就这样吊了儿子几里地。

眼看着儿子追得气喘吁吁、满头大汗，父亲这才把马车停了下来，说："好了，上车吧！"

儿子冲过去，一把揪住父亲，气呼呼地问："爹，你咋能这样待我？太过分了！"

父亲说："你刚才快冻成冰棍了，如果我不给你几鞭子，你就是上了车，也得冻僵。我这样做，是逼你跑热了，再上车啊！"

儿子这才恍然大悟，一脸羞愧地说："爹，谢谢你抽掉我的懒气，今后我再也不懒了。"

（搜集整理：曹保明 等）

（本栏插图：安玉民 梁 丽）

痴迷的赌徒

□ 孙训美

小柱子是村子里出了名的赌徒，没日没夜地泡在赌桌上，大街小巷，只要有小柱子的地方就会有赌局。

这一天，小柱子正在跟一伙赌徒吃饭呢，旁边饭桌的人在谈论着村里的事儿："听说王大壮的媳妇昨晚生了一个胖娃娃，不知道是男是女。"

小柱子听到这里，马上放下手中的筷子，举起自己的手，一个劲地嚷着："快来下注，猜是男是女啊——"

其余的人也大喊着："100是男的，200是女的！"就这样，饭桌成了赌桌。

这就是小柱子的厉害之处，无论什么事，他都能抓住一切机会来赌博，就是谁家下了几只猪崽，是公是母，他都会作为"题材"开起赌局来。

终于有一天，出事了，因为赌资纠纷，小柱子跟别人打了起来。那场面，可真够吓人的，小柱子像疯了一般，先是拉拉扯扯，然后拳打脚踢，最后竟然从路旁抓起一块砖头，狠狠地砸在对方头上，可怜那个小伙子，顿时头破血流，昏厥过去……

这一来可不得了，差点闹出人命来，于是惊动了警察，警车呼啸而来，将闹事的小柱子带走了。

小柱子被带上了警车，他垂头丧气的，就在车门将要关上的一刹那，小柱子猛地回过头来，对着大伙儿喊道："快下注啊，猜猜我到底判几年……"

挤中间

□ 覃利铁

对夫妻吵到社区办，要求离婚。

居委会主任主动上前，给他们端上茶水，问："说吧，直接点。你们最不能忍受对方哪一点，才要离婚的？"

男的说："她怪我挤中间……"女的一下火了："难道不是？我叫你不要挤中间，你听过没？""那我下次不挤中间……""下次？又是下次？"两人吵了起来。

主任看出来了，这对夫妻是女的要离，男的不愿意，于是他把女的支开，对男的说："你不要老挤中间嘛，你这么胖，把中间给挤满了，你媳妇睡哪？"

"不是这样的……"

"看，你就爱辩解，甭说了。多听媳妇的话，等她气消了，就好了。"主任连推带搡，把他推走了。

第二天一早，那两口子又找上门来。女的一进门就骂开了："今儿又挤中间了。狗改不了吃屎，离！"

男的一脸苦瓜状："可后来我改成挤下面了啊！"主任跟女的说："这说明他进步了，你咋就不让步？"女的说："他是先挤中间再挤下面，我更不能忍！"主任烦了："我给你们个建议，回去后一人一床！"男的说："主任，你叫我们夫妻分床？"主任说："你不听话，先让你尝尝分床的难受！"

第三天，那两口子还是来闹。主任火了："你们家住几栋几单元几号，说！下午我亲自上门！"

下午，主任扛着个床架到了他们家。女的说："主任，买了这个他还会挤的。"主任说："挤哪儿？挤了让他掉地上活该。"女的从卫生间里拿出一支牙膏，亮给主任看："看，我平时从下面挤到前头，他每次都从中间挤，我就气这！"

这下子，主任目瞪口呆了。

帮我办件事

□ 孙 泳

这事儿要传出去，还不成了笑话？

二牛联想到大旺平日做事十分刁钻，他的气就更不打一处来了，他决定借此机会教训大旺一下。

到了自己爹坟上，二牛把大旺的纸和自己爹的纸一起烧了，念叨了几句，就掩住嘴笑着回家了。

下午，大旺见到二牛，问："你替我烧了吧？"

二牛说："烧了，不过，我找不到你爹的坟。"

大旺愣了："那你咋烧的？"

二牛说："我托人给你爹捎去了。"

大旺吃惊地问："托的谁？"

二牛说："我爹。我在我爹的坟头上说，大旺要给他爹来烧纸，腿疼来不了，大旺媳妇也没空来，托我帮着给他爹烧个纸。爹啊，我不认识大旺爹的坟，麻烦您老人家，把东西转交给大旺爹吧！反正你们是老邻居，住得也不远，这事您就替我办了吧！"

大旺听了，一句话也说不出来。

清明节那天，二牛出门去给爹上坟，看见邻居大旺站在大门外朝他笑。

大旺嬉笑着说："想麻烦你帮我办件事。"二牛问："啥事？"大旺说："我这几天腿疼，上不了山，想麻烦你捎带给我爹烧两张纸。"二牛问："你媳妇儿呢？"大旺说："她有要紧事，顾不上。"

大旺爹的坟和二牛爹的坟离得不远，二牛犹豫了一下，不好意思拒绝，接过大旺递过来的东西，往山上走去。

走了一会儿，二牛就看见大旺带着媳妇儿出村闲逛去了。这下二牛明白了，敢情是大旺夫妻俩想偷懒，才抓自己干这倒霉事的。二牛越琢磨，心里越不是个滋味，替人家上坟，不就是替人家当孝子吗？

媳妇的答案

□ 鲍宜龙

张三与李四是好朋友，一有空就在一起闲吹、抬杠。

这天，两人得空，又到一起聊了起来。也不知道是聊得口渴了还是怎么的，张三拿起刚刚掉到地上的一个苹果，擦擦就咬。李四说："哎，怎么不洗洗就吃了？"张三啃了一口，停下来说："不洗就不能吃？洗就能吃？"李四说："是呀，古人说一水为净嘛。"

张三不服道："古人说的就对吗？我说不一定。"李四说："那你说什么为净？"张三说："我讲个故事给你听听，你就知道了。"

张三说开了：话说从前，有一家婆媳俩，关系非常不错，可就是喜欢抬杠。那天，两人不知道因为什么，突然提起什么样为干净。儿媳说"一水为净"，婆婆说"一眼为净"。两人争了半天，谁也没有说服谁。

第二天，儿媳在地里锄地，到了晌午，婆婆挑着饭菜送来。儿媳又累又渴，抱起水罐就喝。婆婆说：

"水好喝吗？"儿媳说："嗯，真解渴。"婆婆说："你看看那罐子，是你床头的尿罐子啊！"儿媳一听，"哇"的一声就呕了起来。婆婆坐在一旁掩着嘴笑，说："呕什么呀？"儿媳半天才回过气来，说："娘，你怎么用尿罐子送水给我喝？"婆婆说："我不小心将原来装水的罐子打碎了，没找到新的，就把你床头的尿罐子洗了好多遍，才送水给你喝。你不是说一水为净的吗？""唉，娘……"儿媳不再出声了。

张三停了一下，说："故事到这里结束了。你说，到底是婆婆说得对？还是儿媳说得对？什么为净？"

李四想了半天才说："这婆婆也太过分了。"张三摇摇头，说："其实这故事还有个小尾巴，不过这个尾巴要到你说出正确答案后，我才

讲给你听。"李四左想右想，觉得"一眼为净"和"一水为净"都无法解释这个故事，只好说自己认输了。张三一笑，说："光认输不行，得请我喝一杯。"李四说："好，今晚有约会，明晚下班后请你。"

其实李四是身上没钱，他晚上到家就向媳妇要钱，媳妇问要钱干什么，李四就将抬杠输给张三的事说了。媳妇听了一笑，说："就这点小儿科，也把你难倒了？"她边说边拿张纸，在上边用笔画了一下，交给李四说："你把这交给张三，保证不需要你请他。"李四看了看，一拍脑袋说："还是媳妇高明。"

第二天下班后，张三找到李四说："怎么没有动静？难道要赖账？"李四说："我现在答上来行不行？"张三说："行！"李四掏出媳妇给的那张纸，往张三手中一递，说："你看这答案对不对？"张三接过一看，是一个"心"形图案，一愣，说："对，是'一心为净'！心认为那东西是干净的，那东西自然是干净的。算了，那酒不要你请了。"他边说边抬腿要走。李四心中一喜，想：多亏了媳妇，让自己既有面子又省钱。他见张三要走，连忙拦住说："你那故事还有个小尾巴没讲呢。"

张三停下脚步，问："真想听？"李四说："嗯！"

于是，张三接着讲："那婆婆见儿媳不说话直发愣，很得意。可就在这时，突然一个晴天霹雳，瞬间天上布满乌云，那雷、闪电直在头上打！"

这时李四打断说："那婆婆一吓，跪下说，老天在上，我没有用真尿罐盛水给儿媳喝，那是我新买的罐子啊！"

张三摇摇头，说："错了，是那儿媳跪下说，老天爷，请息怒，我今后再也不与婆婆抬杠了……"张三说完，转头就跑。

李四一回味，这不是说自己的吗？跟后就追……

延伸阅读

您想阅读这位作者的其他精选作品和创作感言吗？请扫描右边的二维码。更多精彩，立刻体验。

火葬场的电话号码

□ 原文学

县里新修了一座火葬场，老刘走马上任当上了一把手。可不到一个月，他就遇到了麻烦事，他的手机突然之间来电不断，都是向他咨询火葬事宜的。

老刘非常奇怪，火葬场的电话号码早已公布于众，而且有专人接听，大家为啥一个劲儿地给自己打？他私下里一了解，这才明白，大家都嫌"火葬场"三个字晦气，谁也不往手机里存，而老刘又是出了名的大好人，很多人都有他的号码，

所以，大家一有事就打给他。

老刘犯了愁，这可咋办？单位里有人劝他换个手机号，老刘却摇了摇头，说："人家给我打电话，肯定是家中有亲人去世，如果我换了手机号，人家打不通还不急死！"

单位里的"伶俐鬼"出了个主意："有家三菱公司，人家的电话号码是30303030，听起来就像它的名字三菱三菱三菱三菱，又简单又好记，咱也弄个这样的号码，还怕别人记不住？"

老刘眼前一亮，对呀！他立刻把大家召集到一块儿，让大家想个吉祥号码。大家接连想出十几个号码，都被老刘否定了。老刘急了："想不出吉祥号码，谁也甭想下班。"

正在这时，老刘的老伴有事找来了，大家一见她，像见了救星似的，把她团团围住，因为她有个外号，叫"难不倒"。

"难不倒"听了来龙去脉，不以为然地说道："我以为多大个事，不就一个号码吗？84811491就挺好。"

大家一听，失望透了，有人嘟囔道："这样的号码谁不会想啊？你得弄个让人过目不忘的！"

"难不倒"胸有成竹，说："这个号码最适合你们了，84811491，读起来是——不死不要、一死就要……"

（本栏题图、插图：包丰一 顾子易）

90